文春文庫

宇喜多の楽土

木下昌輝

文藝春秋

目次

一章　嵐世の唄　9
二章　豊家落陽　105
三章　宇喜多家崩壊　189
四章　関ヶ原　263
終章　最果ての楽土　363
解説　大西泰正　379

宇喜多の楽土

主な登場人物

宇喜多秀家　備前の大名にして、豊臣五大老のひとり。
宇喜多直家　秀家の父親。梟雄と畏れられたが、病に倒れる。

宛行に賛同する宇喜多家家臣

千原九右衛門　築堤など土木工事の天才。
浮田河内守　鉄砲の名手として知られる家老。
黒田勘十郎　秀家の近習。元鳥見役。
進藤三左衛門　秀家の近習。剣の達人。
長船紀伊守／明石掃部／中村次郎兵衛など

宛行に反対する宇喜多家家臣

宇喜多左京亮　豪傑で知られる秀家の従兄。
戸川肥後守／花房又七郎／花房助兵衛／岡越前守など

豊臣家

豪姫　秀吉の養女になった、前田利家の娘。秀家の正室。
石田三成　秀吉子飼いの能吏。
淀殿（茶々）　秀吉の側室。秀頼の母。
豊臣秀頼　秀吉の実子。幼名お拾い様。
豊臣秀次　秀吉の後継者だったが、秀吉に粛清される。
小早川秀秋　秀吉の養子になった後、小早川家を継ぐ。

その他

本多正信　家康の軍師。
正木左兵衛　長五郎と名乗り秀家に接触する。
前田利家　秀吉の盟友。北陸の大名。
安国寺恵瓊　毛利家の使僧。

一章　嵐世の唄

天下人、羽柴秀吉

一

山城国大山崎の地には、まだ血の臭いが濃く漂っていた。

宇喜多八郎は馬を止めて、しばし平野を眺める。数えで十一歳の少年の体に、血と腐臭がうすくまとわりつく。

淀川が、ゆっくりと流れていた。川と山のあいだの湿地混じりの平地には西国街道がのび、その両脇にはおれた槍や欠けた刀、破れた旗指物が散乱している。風がふいて、血の臭いがすこし薄まる。合戦から一月あまりたち、屍体はあらかた土のなかに埋めたようだが、血の香りを完全に消すまでにはいたっていない。

明智光秀が謀叛し、本能寺で織田信長を討ったのが一月ほど前のことだ。羽柴秀吉は、備前の宇喜多家とともに毛利家の高松城を囲っていた。一報を聞き毛利家と和睦し大転進した秀吉は、ここ大山崎で明智勢と戦い、これを破る。味方の宇喜多家でさえ、戦勝の報せに耳を疑った短期決着だ。

「それにしても凄まじい合戦だったようですな」

横にならんだのは、宇喜多家の家老、花房《はなぶさ》又七郎だ。広い肩幅と引きしまった腰は、開いた扇を思わせた。三十歳手前だが、直家の代から羽柴秀吉と折衝をつづけている。

「やはり、羽柴筑前（秀吉）様は恐ろしきお方です。敵に回せば、間違いなく宇喜多家は滅びます」

散乱する旗指物は明智のものばかりで、羽柴秀吉の快勝ぶりが手にとるようにわかる。

「よいですな。我々は今から筑前様のおられる山崎城へむかいます」

花房又七郎は、さきにある山を指さした。上部三分の一を段々畑のように曲輪が取りかこみ、積みあげられた土塁や石垣が鎧を思わせる。

山崎の合戦で明智光秀を討った後、秀吉は天王山の砦を城に築き変えた。ここを本拠とし、京や尾張などへ忙しげに飛びまわっている。

「八郎様、お心を強くお持ちください。宇喜多家当主として恥ずかしくない姿をみせれば、筑前様も心を開いてくれるはず」

八郎の父であり宇喜多家当主の宇喜多直家が没したのは、今年の一月のことだ。家督を幼い八郎が継ぐことになった。無論のこと実権はない。今そばにいる花房又七郎や叔父の宇喜多七郎兵衛らの協議で、家中は采配されている。

八郎たちが上洛した目的は、羽柴秀吉にあうためだ。国境を接する毛利家は強大で、宇喜多家単独では太刀打ちできない。八郎らがたよるべきは、秀吉しかない。

本来ならたのもしき味方のはずである。

だが、ひとつ不安があった。

「聞けば、恵瓊《えけい》めがわれらに先んじて山崎合戦の戦勝祝いの使者として、筑前様と謁見したそうです」

安国寺恵瓊——毛利家の外交僧として名高い男だ。いち早く織田信長の転落を予言し、逆に無名だった羽柴秀吉を絶賛した人物眼の持ち主だ。

高松城を囲っていた秀吉が、大山崎に転進できたのは安国寺恵瓊のおかげである。秀吉は信長の死を秘して講和へ乗りだしており、毛利家中の抗戦派を説きふせたのが、安国寺恵瓊だった。

「きっと、恵瓊めは、われらの頭ごしに筑前様と同盟を結ぶつもりですぞ」

忌々しげに花房又七郎はいう。

秀吉にとって、宇喜多家の利用価値はひとつだ。西の毛利家の抑えである。が、その毛利と羽柴が組めば、宇喜多家は無用の存在となる。

「毛利が仇敵であった筑前様に近づく目的は、ただひとつ。中国の国分《くにわけ》を有利に進め、われらから領土を奪うことです」

毛利家と宇喜多家は、厄介な国分（領土分配問題）をかかえている。備前国児島郡、備中の東側半国、美作《みまさか》一国という広大な領土をめぐって、今も小競り合いが絶えない。

毛利家を傘下にするために、係争地を割譲するよう秀吉が求めてきたら、宇喜多家に抗う術はない。

「毛利に出しぬかれぬためにも、筑前様の心をしっかりとつなぎ止めておくのです。これは、合戦にも等しい大仕事でございますぞ」

到着した山崎の城で、八郎たちは多くの人々とすれちがった。明智を討った秀吉のもとには、客が押しよせている。武士は無論のこと、商人や僧侶、神官、貴族、南蛮の宣教師たちもいる。

「こちらでお待ちください」

一室にとおされて、八郎と花房又七郎はやっと腰を下ろすことができた。だが、そこからが長い。かれこれ、一刻（約二時間）になろうとするが、一向に呼ばれる気配がない。

「又七郎、本当に筑前様にあえるのか」

「先日は、清洲で大切な会談がありました。そこで筑前様が大きな成果をあげたのは、知っておられましょう」

何日か前に、清洲で織田家の宿将が集まり、信長の後継者を決める会談が開かれた。そこで、秀吉は柴田勝家とはげしく対立する。結果、秀吉の推す信長の幼い孫が織田家の当主と決まった。

「その後の対応にお忙しいにちがいありませぬ」

しかし、花房又七郎も太い膝をしきりにゆすっている。一刻以上待たされるのは、この男にとっても予想外のことのようだ。

八郎が立ちあがったのは、厠《かわや》にいくためだ。すわっているだけだと、不安で体が押しつぶされそうになる。

案内されたせまい厠のなかで、ため息をついた。うすい壁のむこうは庭なのか、陽光がうっすらと差しこんでいる。

壁のむこう側から声が聞こえてきて、思わず耳を傾けた。

「おい、どうして、筑前様は備前の若君におあいせぬのじゃ」

備前の若君とは、いうまでもない八郎のことだ。

山崎城につめる羽柴家の侍たちが、世間話に興じているのか。

「理由は簡単よ。軽々に宇喜多家とあっては、毛利家を敵に回しかねんからな」

「では、このまま、あの備前の若君は待ちぼうけか」

「仕方あるまい。信長公の時代も人質は多く送られたが、謁見もかなわずに飼い殺しにされた者は多い」

「なるほど、八郎君《ぎみ》を筑前様の手元にはおくが、毛利の顔をたてて謁見はさせぬ、ということか」

「そうとも、黒田様や蜂須賀様の見立てでは、国分で係争の土地をすべて毛利にくれてやり、その上で宇喜多家は七郎兵衛様にまかせるということらしい」

宇喜多七郎兵衛は直家の弟で、今は八郎の名代として宇喜多家を采配している。毛利に係争の地をすべて与え、噴出する不満は死した直家や八郎に押しつける。その上で、縮小した領地を宇喜多七郎兵衛に任せる。

決して、荒唐無稽ではない。宇喜多家に領地を手放させる分には、秀吉の懐は痛まない。結果、中国百万石の毛利を味方にできるなら安いものだ。

なにより――

「七郎兵衛様の嫡男の左京様は、相当な武勇の持ち主らしいではないか」

「高松城攻めでも、活躍して筑前様の目にとまったと聞くぞ」

「高松攻めの折、毛利の間諜を何人も始末したともっぱらの評判だ。味方となれば、きっと頼もしかろう」

宇喜多左京亮――八郎の十歳上の従兄だ。山姥という剛槍を操る武者として知られている。八郎が生まれるまでは、一時、左京が宇喜多の家を継ぐのではといわれていた。そういうこともあり、八郎はことあるごとに左京と比較されつづけた。

「そうか、なら八郎君にご挨拶しようと思っていたが……」

「やめとけ、毛利に睨まれでもしたら、お主の出世も吹きとぶぞ」

男たちの声が小さくなっていく。

厠からでて、控えの間にもどろうとした。

足を止めたのは、怒号が聞こえたからだ。

「馬鹿な、そんなことがあるか」

八郎は慌てて部屋へと戻る。襖を開けると、花房又七郎が顔を真っ赤にして、ひとりの小姓につめよっていた。

「八郎様おひとりで、筑前様と対面しろというのか。まだ元服さえしていないのだぞ。このわしも八郎様と同席する。今まで、羽柴家との折衝をになってきたのだ。当然であろう」

「なりませぬ。八郎様おひとりでくるようにとの、殿のご指示です」

小姓は平然とした顔で、言いかえす。花房又七郎を恐れる風情もないのは、羽柴家の威光ゆえか。それとも、毛利家が接近する今、宇喜多家など眼中にないのか。

なにより、八郎ひとりで謁見させる秀吉の意図がわからない。

「又七郎、もうよい」と、八郎は声を挟んだ。

「しかし、八郎様」

「仕方あるまい。筑前様がそうおっしゃるなら、従うほかに道はない」

「わかりました。ですが、くれぐれも粗相のないように。宇喜多家の当主らしく接するのですぞ。決して弱気を見せてはいけませんぞ」

花房又七郎の目差しがすがりつく。

「わかっている。精一杯、やってみる」

先導する小姓に、八郎はついていった。幾度も廊下を曲がり、開いた襖の先を見て、声をあげそうになった。ひとつの曲輪ほどの広間が広がっている。だけではない。襖や屛風など、ありとあらゆるものが金箔や漆で彩られていた。上座に目をやると、無人だ。天鵞絨《びろうど》張りの脇息と、金箔押しの瓢簞《ひょうたん》の馬印がおかれている。

「こちらでお待ちください。すぐに殿は参ります」

八郎を閉じこめるように、襖が閉められた。しばし、呆然としていた。右に目をやると襖、左には陽光を透かす障子がつづく。

「これが、羽柴筑前様のお力か」

羽柴秀吉とは、過去に石山城（後の岡山城）であっていた。武士というより、野人のごとき趣きの小男だ。百姓のように浅黒い肌、顔をおおうこい産毛。体軀には不釣りあいな金銀でいろどられた鎧に身をつつんでいた。折衝はすべて名代である叔父の仕事なので、秀吉とはろくに口をきいたことがない。むこうも強敵毛利を相手に、童にかまっている暇はないようだった。

あの秀吉に、とりいることができるだろうか。

何度も呼吸をして、心を落ちつかせた。

「場は変わっても、できることはひとつか」

襟や袴に手をやって着衣を整えてから、八郎は膝のうえに拳をおいた。

そして秀吉が来るのを、待つ。

障子からは、夕陽が差しこみはじめた。

金箔貼りの屏風や襖が、妖しい色に輝く。

足音が聞こえた。どんどんと大きくなる。

八郎は素早く平伏した。足音が謁見の間までくるのは、ずっと先だが、それでもかまわない。襖が敷居の上を滑った。

妙だな、と思う。畳をふむ音が軽すぎるのだ。

突然、頭のうえでどすんと音がした。

恐る恐る前方を見る。目の前には、大きな将棋盤がおかれていた。クチナシの実をかたどった四本の脚のうえに、美しい本榧《ほんかや》の木目が光彩を放っている。

八郎は目をまばたかせた。

「よう、まいった。わしが、はしばちくぜんじゃ」

手を腰にやって小さな胸を誇らしげにそらす。十歳になったかならぬかという童女だった。柔らかそうな頬に、そばかすが星のように散っている。

「はちろう、といったかの。えんろより、ごくろう」

口元をいじっているのは髭をつまむ真似だろうか。石山城で見た秀吉も、そんな仕草をしていた。

この姫はだれだろうか。秀吉の謁見の間に自由にはいれるぐらいだから、重臣の一族にちがいない。

戸惑う八郎をよそに童女は駒をならべはじめる。入口の小姓と侍女に目をやったが、無言だ。ということは、将棋の相手をしてもいいということだろう。

やがて、駒をならべ終わった。

「では、わしがこまをおとそう」

童女は、この歳で駒落ちするほどの実力なのだろうか。

「え」と、八郎は思わず声にだす。

童女が、飛車の頭のうえにある歩をつまんだのだ。普通、駒落ちといえば、飛車か角行ではないか。歩を落とすなど、聞いたこともない。

「では、せんては、こまおちのよから」

姫の手が飛車をとった。そのまま八郎の陣の歩をとり〝竜王〟になる。

しばし呆然と将棋盤を見つめていた。こんな将棋は初めてだ。駒を落とした方が圧倒的に有利になる。

自分が感心していることに気づく。一見すると卑怯だが、駒落ちの約束事はすべて守っている。

「どうじゃ、なづけて、ちくぜんしょうぎじゃ」

してやったりと、のぞきこむ顔に邪気はない。

「さあ、八郎様、思う存分に指してみてください」

秀吉の真似にあきたのか、齢相応の言葉づかいにもどっていた。

「思う存分か」

自分の両肩が強張っていることに気づいた。首をおると、音もする。

待つだけだったことを思えば、自由に駒を動かせることが、とてつもない贅沢に感じる。

「では、お言葉どおり、手加減はしませんぞ」

左側にある金をとった。駒音が、心地よく謁見の間に満ちる。

いつのまにか、八郎は局面に集中していた。

ようやく不利を挽回して、八郎の駒が童女の陣へと攻めようかというときだ。

「どうじゃぁ、豪姫《ごうひめ》」と、後ろから声がした。

「あぁ、義父《ちち》上、とてもおもしろうございます」

むかいの童女が、八郎の背後へと声を送った。

「ほお、そうか、豪姫がおもしろいというのか。それは珍しい。いや、こんなに愉快なことはない」

どこかで聞いたことがある声だ。そう思った瞬間に、八郎は気づいた。

背後に、ひとりの小男がたっている。これ以上陽に焼けようがないほど黒い肌、太い産毛がおおった顔。瓢箪の柄のはいった金襴の胴服をきる様子は、威厳よりも滑稽さが勝っていた。

「久しぶりじゃのう。八郎殿」

小男は黄ばんだ歯を見せて笑った。

「石山城では何度か顔を会わせたが、あまり親しく話すことはなかったのぉ」

うすい髭を手でもてあそびつつ、天下人に一番近い男は目を細める。

羽柴〝筑前守〟秀吉が、少年の八郎をじっと見下ろしていた。

二

盤の上の駒は片付けられ、肴や菓子がのった小皿が敷きつめられていた。秀吉のもつ盃に、侍女が酒をそそいでいる。その対面には、八郎。両者のあいだには、豪姫がちょこんとすわり、皿の上の菓子をひとつつまんだ。なかば透明の小石のようなものは、砂糖で作った金平糖という南蛮菓子だろう。

「長いこと待たせてすまんかったのぉ、八郎殿」

十年来の朋輩に語るような秀吉の声だった。

「軽々しく八郎殿とあうと、毛利の面目を潰すことになるでな。そうなれば、柴田と毛利が手を組みかねん。それも望むところだが、家老どもがいい顔をせぬのでな」

笑いつつまた盃を侍女へ差しだしたが、半分も満たさないうちに銚子は空になった。

「おい、豪よ、台所へいって酒をもらってきてくれ」

「はい」と小気味よく返事をして、豪姫は駆ける。

足音が遠くへ去ってから、「ひとつお聞きしてよいでしょうか」と八郎は秀吉に問いかけた。

「どうして、私めに会ってくださったのでしょうか」

毛利の顔を潰してまで、八郎と謁見する理由がわからなかった。秀吉にとってなにか利があるのだろうか。

「理由は簡単よ。所領や家柄よりも、わしは大切だと思っていることがある。それが、人柄と器量じゃ。八郎殿はそれらを十二分に持っていると判断したゆえ、こうして会っておる」

八郎の人となりを、秀吉はいつ見定めたのだろうか。備前であったときか、それとも将棋の様子からそう判断したのか。

「見定めたのは、わしではない、豪姫よ」

ちらりと、秀吉は豪姫が消えた襖を見た。まだ、足音はもどってこない。

「実はな、将棋を指しているあいだ、豪姫に八郎殿を目利きさせたのじゃ。邪気のない童の目は、大人以上に信がおける。なかでも豪姫の聡《さと》さは、格別じゃ。不思議と、よく当たる」

空の盃をとり、湿った縁をなめる。

「槍一筋の又左の娘とは、とても思えん」

又左とは豪姫の父親の前田〝又左衛門〟利家のことだ。今は、北陸の柴田勝家に与力としてしたがっている。

「気づかなかったかもしれんが、豪姫に合図を送らせたのじゃ。八郎殿は信がおけるかどうかをな」

秀吉は、肴ののった将棋盤の脚を指さした。クチナシの実がかたどられている。

「信がおけると判断できたなら、右のクチナシをさわれと豪姫に言いふくめておいた。信じるに足らぬなら、左。豪姫は右のクチナシをさわったゆえ、こうして対面できたという訳じゃ」

豪姫がそんな仕草をしていたことに、まったく気づかなかった。

「僥倖《ぎょうこう》じゃったな、豪姫に気にいられて。でなければ、門前払いもあったかもしれんぞ」

門前払いと聞いて、心臓が大きく跳ねた。

「ははは、安心されよ。今はこうして、対面しておる。さきほど、花房殿に謁見のことを伝えたら、えらく安堵しておったそうじゃ」

八郎の口から吐息が漏れた。こびりついていた緊張がほぐれる。なのに、指先はいまだ震えているのはどうしてだろうか。

その様子を、秀吉はじっと凝視していた。

「そうじゃ、八郎殿よ、豪姫の婿になるか」

突然のことに、返答の言葉がでない。

「そうすれば、八郎殿もわしの子ということになる。きっと宇喜多家も安泰じゃろうて」

　きっと冗談だろう。八郎は口もとに力をこめ、つくり笑いを浮かべようとした。

「おいおい、わしは本気だぞ。豪姫の婿になれといったのには、ちゃんと理由もあるわい」

　秀吉は、床に積みあげた駒からひとつをつまみあげる。

「わしはな、豪姫に人を見させるとき、その器量を将棋の駒に喩えさせるのじゃ」

〝歩〟と書かれた駒の表面を、八郎の目の前にもってくる。そういえば、肴を将棋盤の上にならべる前、豪姫が秀吉に耳打ちしていた。

「それによると、八郎殿の器量は歩らしい」

　最下級の駒――つまり足軽の器ということではないか。

　さすがの八郎も、頭に血が昇るかと思った。

　だが今は、憤りを現してはいけない。

　追従の笑みを、必死にうかべる。

「なんじゃ、そのかたい笑いは。悔しければ、怒ればよかろう。可愛気のない」

　秀吉の言葉に、あわてて頭を下げて八郎は顔を隠した。

「話は最後まで聞かねばなりませぬぞ。豪姫が言うには、八郎殿はただの歩ではないらしい。敵陣にふみこむ一歩手前の歩といいおった。つまり、あと少しで、こうなるくるりと駒を動かすと〝と〟という文字があらわれる。敵陣にはいった歩は〝と金〟に昇格する。

「八郎殿の器量は、金将の一歩手前だそうだ。豪姫め、うまいことをいいおるわ」

くすぐったそうに秀吉は笑う。

「買いかぶりでございます。私ごときが金将などと」

「奥ゆかしい物言いよのぉ」

芝居でも見るかのように、秀吉は八郎の狼狽《ろうばい》を楽しんでいる。

「それよりも、豪姫は私の一体どこをかってくださったのでしょうか」

「豪姫がいうには、八郎殿はやさしいお方らしい」

「やさしい、ですか」と、高い声で問いかえしてしまった。

「ああ、謁見の場で、幼い童女の相手など普通は真面目にせん。適当にあしらうところを、八郎殿は真剣に豪姫と対局した。あとは、将棋の指し方じゃろうな。将棋や囲碁ほど、その者の気性がでるものはない」

「ですが、今の世はもっとはげしい心の持ち主が尊ばれるのでは」

頭によぎったのは、従兄の宇喜多左京の姿だ。左京が名を馳せたのが、三年前の美作の後藤家攻めだ。このとき、後藤家には八郎の異母姉の於葉が嫁いでいた。左京にとっては従姉だが、容赦することなく後藤家の三星城を陥落させたという。あまりに苛烈な攻めに、於葉が行方知らずとなってしまったほどだ。そして、左京の行いを人々は称賛した。身内に情けをかけて足をすくわれる愚を犯さなかったからだ。

「だが、やさしさというのは、ときに英傑が備えているものでもある。亡くなられた信長公が、そうじゃった」

秀吉は語る。まだ二十代のころの信長は、戦死した部下のために涙を流すことがあったという。

「無論、ただやさしいだけでは、乱世ではつけこまれる。歩で終わるか、金将に育つかは、八郎殿次第じゃ」

英雄の信長とならべられて、八郎は恐縮することしかできない。

「八郎殿が羨ましいぞ。わしには甥はたくさんいるが、豪姫によると、そいつらの器量は金や銀には程遠いのじゃ。養子に迎えようとしている孫七郎などはなあ……」

きっと三好孫七郎のことだろう。秀吉の姉の子が、名門三好家の養子になっている。

「前をむいていない桂馬だそうじゃ」

横をむいた駒を想像し、思わず八郎は吹きだしそうになった。

三

夜着に着替えた八郎に心地よい疲れが押し寄せる。豪姫を介した謁見は上々だった。秀吉から親しく声をかけられたのだ。成功といっていいだろう。

疲れが微睡となって、小さな体を包みこもうとしていた。

天井を見上げ、「父上、なんとかしくじらずにすみました」と呟いた。

掌を開き、握っていたものを顔の前にかざす。一枚の貝あわせだ。内側に、川辺で歌を詠む貴人の絵が描かれていた。対岸には、数人の村人も彩色されている。父直家の持っていたものだ。

尻はすという病いで血膿にまみれた宇喜多直家の姿を思い出す。あの日、父は、庭に面した部屋でひとり景色を愛でていた。

濃く漂う香が、八郎の鼻先を横切った。

「八郎か」と、父は庭を見たまま呼んだ。

「お体の具合はいかがでしょうか」

「ほお、わしの身を案じてくれるのか」

香の隙間から、かすかに血膿の匂いがした。

尻はすの奇病は、父の体を確実に蝕んでいるのだ。脇息《きょうそく》に深くもたれる様子は、支えを失うと崩れかねない危うさを伴っていた。

「それより、何用で参ったのか」

「はい、父上に、お願いがあります」

「なんだ、申してみよ」

用意していた言葉が、喉でつかえる。

父は無言だった。庭を見て、八郎をじっと待っている。

「私を……寺にやってください」

「出家するということか。宇喜多の家をつがぬと申すか」

「はい、私は宇喜多家の当主として、ふさわしくありません」

家臣たちが、八郎よりも宇喜多左京の方が家督にふさわしいと噂しているのは知っている。強き当主でなければ、毛利との戦いには勝ち残れない。

『八郎様は優しすぎる』

一体、何度、この言葉をいわれただろうか。その裏には、苛烈な強さを持つ左京への期待が嫌でも透けて見えた。

「なぜ、八郎では駄目なのだ」

「私では、戦《いくさ》に勝てませせぬ」

「勝てぬとどうなる」

追い討ちのような問いに、八郎は喉を詰まらせた。しばし、考える。

「民が苦しみます」

ただでさえ、ここ備前の国には流民が多い。理由はわからぬが、土地を失った多くの民が備前に集っているという。

「民が苦しむか。親族や家臣たちの行末よりも、まず先にそちらを考えるのか」

笑いを含んだ父の声に、八郎はうなだれることしかできない。

「私よりも……左……京ど……」

八郎の言葉が湿りだす。見える景色がにじみ、ゆがんでいた。つよく鼻をする。なぜ涙が溢れるのだろうか。

「輿《こし》の用意をしろ」

父が発した命令は、八郎を飛びこす。背後にひかえる小姓に声をかけたようだ。

「今日は気分がいい。八郎をおもしろいところへ、連れていってやろう」

父がゆっくりと立ち上がった。濃い香とかすかな腐臭がからみあい、部屋のなかでまぐわうかのようだ。着衣からのぞく手足には厚くさらしが巻かれ、のぞく肌は血の赤と膿の黄で濁っている。

父とともに城を出て、八郎たちが目指したのは浜だった。

風にのり、土の香りが運ばれてくる。

馬上の八郎は、父がのる輿の後ろに従いつつ不思議に思う。このさきには海がある。砂浜と岩が転がる岸だったはずだ。しかし、風にはべたつく潮の気配がうすい。

勾配の急な丘を登る。

頂きについた八郎は、何度も目をまばたいた。

眼前に広がるのは、波が打ちつける岸ではない。赤茶色の平地が広がっている。また風がふいて、土の香りがした。砂埃も舞う。

眼下では人々が働いていた。土が盛られた籠をふたりがかりで担ぎ、海へと運んでいる。

「干拓だ。百人以上はいようか。流民たちをつかい、海を埋めている。そして、できた土地を与え、住まわせる」

海から土地を新しく造る――八郎の頭によぎったのは国生みの神話だった。そんな大それたことが、本当に可能なのか。

「そんなところにおっては、なにもわかるまい。河内よ」

直家の声に応えて、小柄な武士がひとり進みでた。家老の浮田《うきた》河内守《かわちのかみ》だ。腰には一本の刀と、脇差のかわりだろうか短筒と呼ばれる筒の短い火縄銃をさしている。銃身には、小鳥の紋章が刻まれていた。首が短く胴体が丸いのは、田鴫《たしぎ》という湿地に住む鳥だ。

浮田河内守はもともと、遠藤又次郎と名乗っていた。牢人中に宇喜多直家に鉄砲の技をかわれ、刺客として敵陣に潜入し、見事に大名三村家親を射殺する。功績により浮田姓をあたえられ、今は家老に抜擢《ばってき》されていた。

「干拓の地を八郎に案内してやれ。わしはここで待っている」

浮田河内守は一礼して、馬の口をとり八郎を先導した。途中で足場が悪くなり、鞍から降りる。新しい大地を、自分の足でふみしめた。

「これが干拓の土か」

さわろうとして、腕を止める。手が汚れると叱られると思ったのだ。

「なにも遠慮することはありませぬ。存分にさわられませ」

八郎が土に手をやると、すぐに手首まで埋まった。

「ここはまだ土をかためていませんので、このように柔らかいのです」

見ると、大きな木槌を数人がかりで打ち下ろし、地面をかためている。

「ここにはなにができるのだ」

「畑ですな。あちらは水源が近くにあるので、田を造ることになっております。本当は、ここにも田を作りたいのですが、あの大岩が邪魔で水をひけませぬ。海と接する場所には木を植え、潮風をさえぎらせます」

土色の殺風景な大地だが、説明を聞くうちに、八郎の視界に色が塗られる。畑の緑、稲穂の黄金、水路の青だ。高く茂る木々がゆれる音、水路のせせらぎも聞こえてくる。

胸が、自然と高鳴っていた。

「強き者、弱き者にかかわらず、健やかに過ごせる。罪を犯した者もここにくれば、今一度やり直せる。そんな楽土をつくることこそが殿の悲願でございます」

「楽土」と、つぶやいた。

「本当にそんなものがつくれるのか」

この乱世では、綺麗事ではないのか。

「無縁や公界《くがい》はご存知ですか」

八郎は首を横に振った。

「故郷を逐《お》われた人々が集う土地のことです」

浮田河内守はいう。かつて、日ノ本のあちこちに無縁や公界と呼ばれる場所があった。不当な裁きや戦乱によって土地を逐われた人々が逃げ込む。その地では、いかなる権力者も手を出すことはできない。無論、いいことばかりではない。半ば牢獄のようなものでもあり、財を持たない者が無縁や公界に逃げ込んで餓死した例も多い。また罪人たちが集い、悪徒たちの巣窟になることも少なくない。伊勢尾張の国境にある長島も公界のひとつだったが、罪人たちが力を持ち、織田家の土地を横領するまでになった。信長が長島を焼き討ちにしたのは、無論、大坂本願寺との戦の延長ではあるが、悪徒の巣窟となった公界を壊滅させるという意味もあった。

「私も、実際に目にするまでは信じられませんでした。仕物（暗殺）で名をはせる殿が、まさか民のために干拓をするなどと」

そういう浮田河内守自身が、鉄砲の技で大名を仕物した刺客ではあるのだが。

「殿は、公界や無縁をこの干拓の地の上に創りあげようとしているのです」

そういえば父の直家も幼き頃に城を逐われた。あるいはその際に公界や無縁に身を寄せて、命を長らえることがあったのかもしれない。そして、なぜ流民たちが備前を目指すのかがわかったような気がした。

「おーい」と、呑気な声がした。見ると、馬のように顔の長い中年の武士が、手をふって近づいてきている。

「千原九右衛門《ちはらきゅうえもん》でございます。干拓の奉行をしております」

〝土の声を聞くことができる〟といわれる男で、築堤の手腕は他国にも鳴りひびいている。後に、高松城の水攻めを担い、見事に成功に導いたほどだ。

「河内様、見回りをほったらかして、なにを怠けておられる。そのあいだに、毛利に攻められたらどうするおつもりじゃ」

浮田河内守の役目は、干拓地の警護のようだ。ここ児島郡は備中（岡山県西部）との国境にあり、幾度も毛利と合戦が繰りひろげられている。

「怠けているのではない。八郎様をご案内しているのじゃ」

「口ではなんとでもいえますぞ」

千原九右衛門も浮田河内守も、元は牢人だったと聞く。朋輩同士のような言葉づかいは、境遇が似ている気安さだろうか。

「八郎様、どうでございますか、この土地は」

土がこびりついた手で大地をしめして、千原九右衛門は誇らしげにいう。

容易に言葉が発せられない。この感動は、どんな語句や歌にもかえられないのではないか。いずれ、ここに田畑ができる。そして、故郷を逐われた流民たちが、村をつくる。

「いつ完成するのだ」

はやく、その姿を見たいと思った。

なぜか、浮田河内守と千原九右衛門の顔が曇る。

「どうして黙っている。いつ、干拓の土地が完成し、ここに田畑ができるのだ。教えてくれ」

八郎の問いは、干拓の地に虚しく吸いこまれる。

「仕方ないのだ」

いつのまにか背後に来ていた父だった。

「家臣たちは土地を開拓する暇があれば、砦や城を築き、軍船をそろえろという。まあ、無理からぬことだがな。毛利との戦いは、正念場だ。全力をもって当たらねば、勝てぬ」

表情は平静をたもっていたが、にぎりしめる拳が痛々しかった。巻きつけたさらしが揺れている。

「では、この土地はどうなるのです」

「あるいは、また海にもどるやもしれぬ。民も逃散するだろう」

「そんな」

「わしはもう長くない。なんとか生きているうちに形にしたかったが……」

ここ数年で、直家の病状は急速に悪化していた。あるいは、直家は自身の余命を見誤っていたのかもしれない。

「いやです」

自分でも驚くほど、八郎は大きな声をだしていた。

「この土地がなくなるのは、嫌です」

直家はあごをひき、黙考する。

「ならば、八郎よ、民のために命を捧げることができるか」

心臓が大きく跳ねた。命をかける——今まで考えたこともなかった。

「わ、わかりませぬ。ですが、私はこの土地を守りたくあります」

なんとかそう返事をした。直家は目をつむる。手を袂《たもと》にやり、なかをまさぐる。

「この土地を守りたい、か。そういってくれる者がいるとはな。しかも、それがわが血をひく嫡男とは、なんという因果か」

袂からだした手を、八郎に差しだした。

「あるお方が、わしに言った。乱世をただす英雄となれ、と。わしは乱世を終わらせ民を安んじさせる楽土をつくりたかった。そのための謀《はかりごと》だった。だれも信じぬだろうがな」

自嘲するように、直家は笑う。

「だが、もっとちがう手段があったやもしれん。別の道を選ぶべきだったかもしれん。死期が近づいてよぎるのは、後悔ばかりよ」

苦痛がぶり返したのだろうか、父の手はふるえていた。

「楽土の夢はあきらめようと思っていた。わしは宇喜多の家を永らえさせるだけで、精一杯だ。が、お主がもし志を引きついでくれるなら、手はずは整えておく。八郎が元服するまで、なにがあっても干拓の事業が頓挫せぬようにしよう」

父が視線を外した。その先をたどると、浮田河内守と千原九右衛門がひざまずいていた。

「河内、九右衛門よ、さきほどの話は聞いていたな。お主らに頼めるか」

「流浪するわれらに生きる場所を与えてくれたご恩は忘れておりません。否という答えがありましょうか」

ふたりは深々と頭を下げる。

「ということだ。どうする。今ある土地はわずかだが、八郎が元服するまではふたりに守らせる。家臣たちにも、起請文を書かせよう。まあ、元服した後は、お前次第だがな」

八郎は顔を後ろへむけた。夕陽が差しこんでいる。一日の仕事が終わったのか、干拓地の一隅に建てられた小屋へと流民たちが帰っていく。子供や女が手をふって、泥だらけの男たちを出迎える。

「やります」と、八郎は答えていた。

「父上の干拓の事業を、私が引きつぎます」

八郎がというより、衝動が口走らせるかのようだった。

直家は、白い歯を見せて笑った。

「いいだろう。手をだせ」

手で碗をつくると、ずっと突きだしていた直家の掌が開く。

落ちてきたのは、一枚の貝殻だった。指でつまんで裏返す。内側に、川辺で歌を詠む貴人の絵が描かれていた。対岸には、数人の村人も彩色されている。

「形見と思ってくれてよい。肌身離さずもっていてくれ」

絵の塗料は、なかば剝げていた。なぜ一枚だけしかないのだろうか。貝あわせは、左右一対の貝殻にそれぞれ絵を描いて、組みあわせて遊ぶ。ひとつではなりたたない。

そういえば異母姉の於葉に貝あわせで遊んでもらった記憶が、八郎には朧《おぼろ》げながらある。

「貝あわせとともに、わしは八郎の楽土を見守ろう。心して歩め。あるいは、わしが辿った以上に難き道かもしれぬがな」

そして、また笑った。

「だが、今は休め。八郎、よくやった」

妙だ。

父はこんなことを言わなかった。

「難き道」という言葉は覚えている。しかし、その後に「よくやった」などと労われてはいない。過去に一度としてだ。

八郎は干拓の土地ではなく、羽柴家中に宛てがわれた部屋にいた。いつのまにか、寝具の上に寝そべっている。

「夢か」とつぶやくと、一気にまぶたが重くなり、視界が急速に狭まっていく。

「父上……」

呼びかけた声は、八郎の耳に溶けていく。

四

漆と金箔をふんだんに使った山崎城の謁見の間に、羽柴家の家臣たちが大勢ならんでいた。

末席にいるのは、八郎と花房又七郎だ。胸をはる花房又七郎の姿は誇らしげだ。無理もない。秀吉に気にいられた八郎は、客分待遇で山崎城に長期滞在を許されたのだ。宇喜多家が裏切らぬための人質の意味もあるが、評定に同席させてもらうなど、幼いながらも一国の領主の扱いをうけている。ちらちらと八郎を見る家臣たちの目には、それまでとはちがったおもねるような色が含まれていた。

やがて、謁見の間の襖が開く。

黒い僧衣をきた中年の男が現れた。剃りあげた頭は青々としており、太く艶やかな唇が戒律と無縁の暮らしを物語る。

誇らしげだった花房又七郎の表情が、たちまち険しくなった。

僧侶はゆっくりと、まるで城の主人のような鷹揚《おうよう》さで歩く。

安国寺恵瓊――毛利の使僧として名を馳せる男だ。

「恵瓊よ、つい先日あったばかりであろうに。また上洛してくるとは、毛利は相当人づかいが荒いと見えるな」

脇息に身をあずけた秀吉が、大儀そうに声をかけた。

「先日は、山崎合戦の戦勝祝いの使者として参上させていただきました。こたびの用件はまた別です」

「ほお、清洲の会談の上首尾でも言祝《ことほ》いでくれるのか」

聞きあきたといわんばかりに、秀吉が欠伸《あくび》を嚙み殺す。

「さて、清洲の会談の結果は言祝いでよろしいのでしょうか。聞けば、柴田様とずいぶんと剣呑な仲になられたと耳にしておりますが」

秀吉が鼻で笑った。柴田勝家などなにほどのことがある、と言わんばかりだ。だが、秀吉の家臣たちの顔には緊張が走っている。柴田勝家が楽観できる相手ではないと家臣たちは思っているのだろう。

「こたび、参りましたのは、羽柴家とのさらなる友好のためです」

「ほお、この局面で、か」

「はい、柴田様とのっぴきならぬ今だからこそ、毛利を高く売る好機とみました」

憎らしくない言葉に、秀吉が笑う。歯を見せて心底嬉しそうだ。油断ないやりとりだが、互いを知りつくしたゆえの気安さがあった。

「つまり、毛利家は羽柴家の西の盾《たて》になるということか」

「西の盾ではございません。矛《ほこ》です。毛利家は、羽柴家の天下平定のための先駆けとなりましょう」

列座する家臣たちがどよめいた。

「本当であれば、これほどたのもしいことはないぞ」

「毛利殿が先鋒ならば、四国の長宗我部、九州の島津もなにほどのことがあろう」

秀吉が脇息を叩いて、家臣たちを黙らせた。

一方の八郎は、花房又七郎と目を見あわせる。顔色が悪い。いや、きっと八郎も同じだ。もし、毛利が羽柴家にとりこまれれば、宇喜多家は極めて不利になる。

「毛利の心は、よくわかった。で、見返りになにを望む。毛利を高く売りつけて、なにを購《あがな》いたいのじゃ」

秀吉の口元は笑っていたが、目差しは油断なかった。

「ご安心ください。筑前様からなにかをいただこうとは思っておりませぬ」

秀吉は無言で先を促した。

恵瓊は首を傾けて、八郎たちを睨む。

「備中半国、美作国、そして備前国児島郡」

隣に座す花房又七郎が息をのむのがわかった。

「これらの土地は本来、毛利家のもの。が、今は表裏卑怯な盗賊どもがいすわっております」

「つまり」と、秀吉が先を促す。

「宇喜多家が卑怯にも掠《かす》めとった国分の係争地を、寸土もかけることなく毛利にすべて返還する。これが、毛利家が羽柴家の西の矛となるための、唯一にして絶対の条件でございます」

五

文机にむかい、八郎は詩作にふけっていた。

紙に思いついた句を書きつけていくが、なかなか進まない。やっと静かな時間がもてたというのに、だ。

山崎城に宛てがわれた部屋には、八郎ひとりしかいない。つい先日までは、羽柴家の家臣たちが八郎の機嫌をとりに、頻繁にやってきたのが嘘のようだ。

恵瓊の提案は、周到だった。毛利家から人質ふたりを秀吉のもとに送るという。ひとりは、吉川《きっかわ》元春の子だという。毛利家には親秀吉と反秀吉の派閥があり、吉川元春は反秀吉の首魁である。その子を送るということは、毛利家の完全従属にほかならない。

この提案に秀吉も大いに満足した。そして八郎を訪れる人の波がぱたりと止んだのだ。

ただ、ひとりをのぞいて。

「八郎様」と声がして、襖が開いた。頬にそばかすを散らす、豪姫がはいってくる。

「豪と一緒に、庭へいきましょう。義兄上《あに》たちが、能を舞うそうです」

義兄上とは、秀吉の甥たちのことだ。三好孫七郎らを、秀吉がわが子のように養育しているのは知っていた。

「わかりました。さきにいってください。筆を片付けてからいきます」

豪姫の背中を見送り、紙や硯をもとのところに戻してから、廊下へでた。

白面の青年がひとり待っていた。うやうやしく、頭を下げる。

「石田佐吉と申します。八郎様を、庭までご案内するようにいいつかっております」

計数の天才として知られる若者だ。秀吉の信任も厚く、いずれ懐刀《ふところがたな》になるであろうと評判だ。

石田佐吉に導かれるままに、八郎は廊下を進んだ。

「もし、八郎様」

歩きつつ、石田佐吉が呼びかける。

「ご忠告ですが、豪姫と親しくされるのは、ひかえた方がよろしいでしょう」

まるで帳面の数字を読みあげるかのような声だった。

「それは、なぜですか」

「豪姫の父親の前田様は柴田様の与力です。このままいけば、前田様は羽柴家の敵となります。敵の子に親しくしすぎると、毛利めにつけこまれますぞ」

あまりに直截な口上に、八郎は何も言いかえせない。

「もちろん、露骨に掌をかえすのもいけませぬ。情勢によっては、前田様が羽柴家の軍門にくだるやもしれませぬからな。旗幟《きし》がはっきりするまで、豪姫とはほどよい親しさで対応されるのがよろしいでしょう」

感情のこもらぬ声で淡々と説く。

「ほどよい親しさというのは、今の私に接するみな様のように、ということですか」

一瞬だけ、石田佐吉の足運びがよどんだ。

だが、すぐに平静にもどる。

「それがしは、たしかに忠告いたしましたぞ。豪姫とはほどよく親しくされるのです。

きっと、花房殿や領国の家臣たちもそれを望んでおりましょう」

歩調同様よどみのない口ぶりでいってから、「さあ」と腕をあげる。

先を見ると、枝ぶりのいい松が何本も植わった庭が広がっていた。が、すぐに石田佐吉の表情が曇る。豪姫たちがいるはずの庭には能衣装が散らばり、土だらけになっていたからだ。

その横で、尻を落とす少年たちがいる。秀吉の甥たちだ。頬は赤く腫れ、口端から血を流している。

「だ、大丈夫ですか。今、薬をもってきます」

八郎があわててきびすを返そうすると、「よいわ」と言葉が飛んできた。

「豪が今、とりにいっている。その必要はない」

一団のなかで、一番年長と思《おぼ》しき少年だった。長いもみあげが顔の輪郭を強調しており、狐のように細い目をしている。年のころは、数えで十五ほどだろうか。三好孫七郎といって、秀吉の姉の子だ。

「一体、だれがこんな無体を」

「叔父上よ」と、三好孫七郎が赤い唾とともに吐きすてた。

「筑前様がなぜ、このようなことを」

「知らんわ。えらく機嫌が悪かった。能に興じるわれらを見るや、急に怒りだして、この様《ざま》だ。遊びにうつつをぬかすひまがあれば、槍の稽古や鷹狩に精をだせだとよ」

三好孫七郎が吐き捨てる。

「しかし、筑前様がそのような無体をするとは信じられませぬ」

「ふん、百姓の地金があらわれたのさ。木下という名字のころも、よく殴られたものよ」

それにしても、家臣たちが大勢行ききする御殿で打擲《ちょうちゃく》するのは尋常ではない。

「けど、兄者」といったのは、十四歳の小吉だ。三好孫七郎の実弟で、将来は秀吉の弟の羽柴秀長の養子になると噂されている。

「どうして、叔父上はあんなに怒ってたんじゃ。滅多にないことぞ」

「知るか。大方、女遊びが寧々の叔母様にばれたんじゃねえのか」

寧々とは秀吉の出世を支えた妻だが、気性が大らかなことで有名で、嫉妬に狂うとは思えない。

「のう、佐吉、お主なら理由を知っていよう」

八郎の後ろにひかえていた石田佐吉に、三好孫七郎が声をかける。

「実は先日、織田三介（信雄《のぶかつ》）様のご使者が参られました。そこで、少々、厄介なことを命じられたようです」

石田佐吉は語る。信長の次男の織田信雄は、清洲での会談の前後に、美濃や尾張でしきりに落武者狩をしたという。織田信雄は、弟の織田信孝と家督を争っており、名のある落武者を捕まえて、後継者争いを有利にもちこもうとしたのだ。しかし、上手くいかなかった。それに腹をたてて、詰問の使者を秀吉のもとへ送る。いわく、美濃や尾張に落武者がいないのは、秀吉の領国の山城にひそんでいるからだ、と。秀吉が明智の落武者を野放しにしている、と難癖をつけたのだ。さらに、今すぐに落武者狩を実行しろ、とまで命令してきた。

「無茶苦茶だな。いいがかりにもほどがある」

三好孫七郎が顔をしかめた。

「ですが、山城の国に落武者がのこっているのは事実でございます。いくつか、こちらにも報せがきております」

石田佐吉は、表情を変えずに教えてくれる。

山崎の合戦がおこったのは、つい二月前だ。大方、どこかの山に落武者はずっと身をひそめているのだろう。

「しかし、三介様の難癖がひどいとしても、その程度のことで叔父上が怒るでしょうか」

三好孫七郎の弟の小吉が首をかしげた。

「仕方ありませぬ、筑前様にとっては初めてのことですし」

みな、意味がわからずに石田佐吉を見た。

「理にあわぬ命令をうけるのが〝初めて〟ということです。たしかに信長公生前に無茶な命令を数多くうけておりましたが、すべて理には適っておりました。が、こたびはちがいます。かといって、無下にあつかえば、三介様がへそを曲げてしまいます」

秀吉と敵対する柴田勝家は、織田信孝を擁している。秀吉も織田一族をたてる必要があった。それが、織田信雄だ。

「なるほどな、三介殿はうつけで有名。落武者狩をことわれば、本当に敵方に走りかねんからな」

三好孫七郎が納得したようにいう。

「孫七郎様たちへの怒りは、まだましな方でございましょう。それがしが謁見したときは、名物の茶器を投げつけておられました」

情勢が逼迫《ひっぱく》する今、なんの利益にもならぬ落武者狩を大々的に行わなければならない。それも敵ではなく、味方のはずの織田信雄からの命令なのだ。

「まあ、一時のことでございましょう。とはいえ、間が悪うございましたな。ご忠告ですが、遊戯に興じられるならば、鷹狩になさいませ。鷹狩は信長公も愛した遊芸なれば、おいそれと筑前様も文句はいわぬでしょう」

六

刺叉や突棒など捕物道具を手にした雑兵たちが、八郎の前にずらりと整列していた。

「では八郎様、これより落武者狩にいって参ります」

花房又七郎は、臑《すね》籠手《こて》をつけた小具足姿だ。広い肩幅が、実にたのもしい。

一方の八郎は、弓籠手《ゆごて》や行縢《むかばき》をつけた狩装束である。

「うん、大儀だが、よろしくたのむ」

「おまかせを。見事に名のある武者の首をとって、筑前様の目に止まってみせます」

花房又七郎は胸をつよく叩いた。だが、集まった雑兵を見るに、数こそは多いが寄せ集めの感はぬぐえない。

羽柴秀吉は、家臣たちに落武者狩を命じた。それに、宇喜多家の花房又七郎も志願した。毛利との国分をかかえる今、すこしでも秀吉のために働いて心証をよくしておかねばならない。

「八郎様も、粗相のないようにたのみますぞ」

八郎は落武者狩には参加しない。かわりに、三好孫七郎らがもよおす鷹狩に同行する。

「古来、戦上手は鷹狩も上手といいます。よき武者ほど、よい獲物を狩るもの。孫七郎様らに、しかと備前の領主の鷹狩の腕を披露するのです」

秀吉一族との紐帯《ちゆうたい》を深めるのも、宇喜多家当主としての大切な仕事だ。

「では、いって参ります」

ちぐはぐな軍装に身をつつんだ雑兵をひきいて、花房又七郎は門の外へと消えていった。


八郎の目の前には青い空が広がり、大きな鷹が羽ばたいていた。翼を広げると、小柄な大人ほどはあろうか。

「ゆけっ、そこだ」

羽柴家の小姓たちが、口に手を当てて声援を送る。

さきほど鷹を放った三好孫七郎も、行方を凝視していた。

突きさするようにして、鷹が雉《きじ》にぶつかった。どっと歓声が湧きあがる。

「孫七郎殿、お見事です」

八郎の賛辞に、三好孫七郎は歯をみせて笑った。

「当然だ。わが鷹を見くびるなよ」

次は八郎の番だ。狩場を凝視し、指示をだす。大勢の勢子たちが地面を竹で叩き、獲物を追い立てはじめる。喉を鳴らす鷹を腕につかまらせたまま、八郎は待つ。一羽、二羽と雉が飛びたつが、どれも小さい。なかなか、決心がつかない。

「うん」と、つぶやいた。草むらがゆれている。勢子たちの間隙を縫うようにゆっくりと動いているから、風ではないはずだ。

獣が隠れているのか。だとしたら、とっくの昔に姿を現していないとおかしい。

「勘十郎」

小姓たちのあいだから、刀をさしていない少年が前へとでた。備前から連れてきた鳥見役である。人の倍以上目が利くので側においていた。

「あそこの藪が気になる。なにか見えるか」

八郎の横でひざまずいた勘十郎が目を細める。

「どうやら、人が隠れているようでございますな。手槍のようなものも持っています」

「では、落武者か」

「恐らく」と、勘十郎が自信に満ちた語調で答える。

「八郎様、手柄をたてる好機ではないですか」

いったのは、花房又七郎からつけられた部下のひとりだ。

「勢子で追いたて、鷹を飛ばし、落武者を捕らえるのです。幸いほかの方は気づいておられませんぞ」

三好孫七郎は離れた場所で、弟の小吉と話しこんでいる。

勘十郎と八郎は目を見あわせた。

「無理に落武者を捕らえぬでもよいのではないか」

可哀想であろう、という言葉は飲みこんだが、たちまち男の目尻がつりあがる。

「なにをいっているのですか。八郎様の使命は、筑前様に愛されることですぞ。落武者を捕まえることが、羽柴家への忠誠の証となるのです」

心配そうに見つめる勘十郎の目差しが痛い。

「では、捕らえた落武者はどうなるのだ」

「また、そのようなことを。しっかりなされませ。左京様ならば、迷ったりはいたしませぬぞ」

その言葉で、覚悟を決めざるをえない。

八郎は、勢子へ指示を飛ばした。

「ほお、それが備前流の勢子追いか。不思議な采配をするな」

孫七郎が興味深そうな目で狩場を見ている。落武者がひそむ草むらを勢子たちがかこんだその時、黒い影が躍りでた。

「なんだ、あれは」

孫七郎の驚く声が合図だった。

鷹が、八郎の腕から放たれる。

勢子のあいだをすりぬける人影に襲いかかった。

「まさか、落武者か」

「はい、草むらに隠れているのを、この者が見つけました」

勘十郎が身を縮めて恐縮する。

そのあいだも、鷹に襲われた人影は大地を転がっていた。

「おい、なにをしておる」

孫七郎が慌てて叫んだ。

「早く捕まえろ。八郎の鷹が傷つくではないか」

孫七郎の家来たちが、一斉に動きだした。八郎も従者や小姓たちを連れて、駆ける。

「抵抗するな」

「縄をもってこい」

すでに落武者は、十重二十重にかこまれていた。肉を打擲する鈍い音がさかんにする。

「畜生っ、放せえ」と、怒声も聞こえてきた。思わず目を背ける。勢子たちがさらに力をこめて棒を打ちつける。骨がきしみ、肉が裂ける音が、八郎の耳に流れこむ。

「やりましたな、大手柄ですぞ」

花房又七郎の部下がわがことのように快哉をあげるが、八郎は喜ぶことができない。

金泥を厚く塗った扇子をちぎれんばかりにふって喜んでいるのは、羽柴秀吉だった。

「天晴れじゃ、お見事なり、八郎殿」

鷹狩から帰った八郎にむかって、飛びはねるように近づいてくる。

「まさか、齢十一にして、落武者を捕らえるとは。さすがは直家公のご嫡男じゃ。この働きを三介様が聞けば、きっと喜ばれようぞ」

「いかがでございますか、筑前様。これが、宇喜多八郎様の手腕でございます」

誇らしげに、花房又七郎がいう。

「宇喜多家は果報な家じゃ。このような良き器量の若君に恵まれるとはな」

「なにをおっしゃいます。すこしでも筑前様のお役にたてたなら、これにすぐるものはありません」

いったのは、八郎だった。秀吉が目を丸くする。

「これは驚いた。大人にひけをとらぬ見事な口上。感服しましたぞ」

ここぞとばかりに、花房又七郎が両膝をついて秀吉ににじりよった。

「筑前様、お願いでございます。宇喜多家は、だれよりも羽柴家に忠勇な家であることを誓います。で、ありますれば、なにとぞ国分の件、よきようにお取りはからいくだされ」

花房又七郎が深々と頭を下げた。

「花房殿、このような場で、ぶしつけであろう」

「そうじゃ、ひかえられよ」

近習たちがなじる。

「いえ、筑前様、この八郎めからもお願い申しあげます」

八郎もすかさず膝をついた。花房又七郎を抱きおこそうとした近習たちもたじろぐ。

「係争の地を失っては、宇喜多家は家臣を養うことができません。なにとぞ、ご配慮のほどを」

平身低頭して、秀吉に懇願する。

どのくらいそうしていただろうか。

「残念ながら、それは請合いかねますな」

秀吉の声が、ずしりと重く感じられた。

「おふたり、顔をあげなされ」

いわれたとおりにすると、矮軀の秀吉が見下ろしている。

「国分は、一朝一夕で決めるべきことではない。今は確たることはいえませぬ。ただ
――」

「ただ」と復唱したのは、花房又七郎だ。

「わしは才ある者が好きじゃ。八郎殿よ、よく精進を積むことじゃ。そして、歩から見事に金将へとなってみなされ」

言葉は温かいのに、見下ろす秀吉の目差しは穴ぼこのようで、まるで八郎を吸いこむかのようだった。

この瞳を、どこかで八郎は見たことがある。

「さすれば、宇喜多家を悪いようにいたさぬ。決してな」

そういって秀吉は、八郎たちに背をむけた。

七

山崎城の本丸にある御殿には、煌々《こうこう》と灯りがともっていた。笑い声や酒の香りに満ちている。

「みんなにも見せたかったぞ、八郎の勇姿を。まさか、鷹で落武者を捕らえるとはな」

わがことのように誇らしげな三好孫七郎の声が、廊下にも響きわたる。

部屋をでようとした八郎が振りかえると、孫七郎や小姓たちが車座になっていた。八郎の活躍を肴に、宴を開いているのだ。

みなと同じようにはしゃぐことはできなかった。落武者は明日、処刑されるという。首を街道にさらし、八郎の手柄を大々的に喧伝するのだ。

落武者の叫びが、八郎の耳にこびりついている。きっと、あの男にも家族はいる。どんな思いで、帰りを待っているのだろうか。

考えれば考えるほど八郎の心は冷たくなり、喧騒のなかにいるのがいたたまれなくなってくる。

厠にいくふりをして、八郎は部屋を出る。

何度か廊下を曲がった。

かつて、孫七郎らが能に興じた庭があった。

縁側の外に足を投げだして、豪姫がぽつねんと座っている。

「どうしたのですか。あちらの部屋で、孫七郎様たちが宴を開いていますよ。ご案内しましょうか」

ゆっくりと隣に腰を下ろした。豪姫はうつむいたままだ。

「気分でも悪いのですか」

豪姫は首を横にふった。

「八郎様が捕まえた落武者を、さきほど見ました」

さびしげな声が胸を打つ。

「八郎様、どうして落武者を捕まえたのですか」

「それは……」

　理由は簡単だ。宇喜多家を守るためだ。しかし、言葉が出ない。落武者が村を荒らしたわけではない。賊になったわけでもない。たまたま仕えた主が、信長に逆らいこれを討ってしまっただけだ。

　豪姫の手に木彫りの人形が握られていた。

「なんです、それは」

「落武者が持っていたものだそうです」

　落武者の歳から考えるに、家族のために購ったものだろう。

「豪と、あの落武者はよう似ています。豪も、父や母とあいたくても、あえませぬ」

　己のおかれた立場を、豪姫もわかっている。近い将来、羽柴秀吉と前田利家が敵同士になると知っているのだ。そのうえで、いつも明るく振舞っていた。

「八郎様」と、豪姫が顔をむけてきた。

「あの、落武者を助けることはできませんか」

「それは……」

　救うには直訴するしかないが、秀吉は山崎の城をすでに発ち、安土へとむかっていた。今から追いつくのは難しい。また、追いついたとしても、許しはでないだろう。

織田信雄を盟主として引き止めるためには、手土産が必要だからだ。唇をかむ。父ならばどうするだろうか、と考えた。無意識のうちに、手が懐をまさぐる。指先にふれた固いものは、貝あわせだ。

八

満天の星の下、勘十郎をしたがえて、八郎は大きな獄舎の前にたっていた。

「落武者にあいたいのでございますか」

番兵ふたりは眉間にしわをよせ、互いに目を見あわせる。

「さすがに、それは……」

ひとりは頭をかき、いまひとりは助けを求めるように周囲を見回した。とはいっても夜番なので、ふたり以外はだれもいない。背後には細い廊下が口を開けており、泣き声ともうめき声ともつかぬものが、漏れ聞こえてくる。

「たのむ。すこしだけでいいのだ」

渋い表情で、番兵は腕を組んだ。

「釣り人が、釣果を検分するようなものです」

助け舟をだしたのは、勘十郎だった。

「初手柄にございますれば、気持ちを汲んでやってくだされ」

苦笑をこぼし、番兵のひとりが八郎たちに背をむけ、獄舎のせまい廊下を進む。

一番奥の牢の錠に手をやり、番兵が鍵を開けた。

外よりもずっと暗い。埃臭い空気も充満している。

目を細めると、両手足を縛られた男が転がっているのが見えた。八郎はゆっくりと男に歩みより、膝をおった。かすかに射しこむ月明かりが、痣《あざ》で変色した顔を浮かびあがらせる。だが、腫れた瞼のしたの眼光は鋭い。八郎をつよく睨みつける。

「大丈夫か。傷は痛むか」

返答のかわりに赤い唾を吐く。

「聞けば、こちらの尋問にも無言をとおしたそうでございます」

耳元で、勘十郎が教えてくれた。八郎は懐に手をやり、豪姫から渡された木の人形を取りだしてみせる。

男の顔がたちまちゆがんだ。

瞳が潤み、一筋二筋と水滴が頰をつたう。縄で縛られた男の体がはげしくふるえだした。

「すまねえ、わしは……もう帰れねえ……」

「そんなに家族にあいたいのか」

なかば答えを期待せずに問いかけた。

「当たり前だろう」と、落武者が唇をこじ開ける。

「死ぬことなど、恐くねえ。ただ、村にのこした妻や子が……」

声がかすれ、最後は聞きとれなかった。

躊躇《ちゅうちょ》していたのは、一瞬だけだ。八郎は男の襟を開け、人形を懐にねじこむ。

嗚咽が、ぴたりと止んだ。後ろへと回り、八郎は縛られた両手のところでしゃがむ。

「な、なにをされるつもりです」

「もうすこし右へよってくれるか。番兵から見えてしまう」

勘十郎は、八郎の意図を悟ってくれた。

「ばれれば、恐ろしいことになりますぞ」

いいつつも、体を動かし死角をつくる。

番兵ふたりはすこし離れたところで、世間話に夢中のようだ。

刀に付属する小柄（小刀）をぬいた。三つの大きな葉をかたどった紋があった。宇喜多家の副紋である剣片喰《けんかたばみ》だ。八郎は縛られた落武者の手へ小柄を押しつけた。

指がびくりと動く。

しばし躊躇したのち、男の手が小柄をにぎりこんだ。

「私にできるのはここまでだ。あとはお主の運次第だ」

八郎は立ちあがり、勘十郎を促し、番兵ふたりのあいだをすりぬけた。獄舎からでて満天の星の下へいくと、夜風が気持ちいい。詰めていた息が、一気に喉から吐き出された。

秘策あり

一

海が見える児島郡の平地に、数羽の鷹が空を舞っていた。その下では、百人ほどの勢子が働いている。整然と動く様子は、まるで軍勢のようだ。

「やはり鷹狩は、備前の空の下で行うのが一番でございますな」

手庇《てびさし》で狩場を見つめる勘十郎だ。最初に獲物を狩った八郎は、床几にすわり小姓たちが狩りを楽しむ様子を見守っていた。

八郎は、備前へともどってきていた。

羽柴秀吉と柴田勝家が開戦したことで、毛利家が不穏な動きを見せたのだ。秀吉の背後を襲わんとするかのような報せが、次々と舞いこむ。また、当主不在の宇喜多家に、調略の手をのばさんとする形跡もあった。秀吉の対応は素早かった。国境を接する宇喜多家の結束をかためるため、八郎に帰国を命じたのだ。

幸い、毛利家が兵をおこすことはなかった。五ヶ月にわたった戦いも、柴田勝家が敗れ終わる。

備前にいる八郎は、秀吉の戦勝祝いの名目で鷹狩を催していた。

　軽快だった勢子たちの動きが、急に止まった。土煙と馬蹄のひびきが、急速に近づいてくる。十数騎の侍たちだ。先頭を走るのは、広い肩幅をもつ武士——花房又七郎である。怒りで、目がつりあがっているではないか。

「又七郎、一緒に、鷹狩でもするか」

普段と変わらぬ声をかけると、花房又七郎が大きく息を吸いこんだ。

「鷹狩ですと。正気の沙汰ではありませぬぞ」

勘十郎らが飛びあがるほどの怒声だった。

「ここが毛利との係争の地、児島郡とわかっていて、鷹狩に興じたのですか」

花房又七郎は、唾を飛ばし説明する。鷹狩は、ときに戦の訓練にもなる。また、大勢の勢子は地形を調べる間諜の役目もなす。鷹狩は、その地が自領だと主張する、あるいは次に攻める、そういった意味を伴う。鷹狩を行ったことで、この地が宇喜多家の領地であると声高に宣言したことになる。

「これを口実に毛利に攻めこまれても、なんらおかしくないのですぞ」

又七郎らの剣幕に、小姓や勘十郎の顔があおざめた。

「筑前様の前で、こたびのようなしくじりがあっては一大事。そのことをしっかり肝に銘じなされ」

秀吉は、八郎にふたたび上洛を求めていた。山崎城にかわる新しい城を大坂に普請中なので、ぜひ見物にくるようにとのことだ。花房又七郎ら家老たちは、毛利の抑えのため残すようにと言いそえられていた。

「八郎様、大変なことをしてしまいましたな」

去りゆく花房又七郎らの背中を見つめつつ、勘十郎がいう。

「気にするな。わかっていて、やったことだ」

勘十郎は目をむいて驚く。

備前に帰ってから、八郎はずっと考えていた。柴田勝家が滅んだ今、毛利家は羽柴家との協調を目指すはずだ。もし、両家が強力な同盟を結べば、宇喜多家の価値は減ずる。係争地をすべて毛利に差しだせぐらいのことはいいかねない。

いかにして、宇喜多家を秀吉にとってなくてはならない存在にするか。八郎が考えた策が、毛利家を挑発することだ。係争地で秀吉の戦勝祝いとして鷹狩をする。当然、毛利の間者の目にもとまる。毛利家中は、間違いなく秀吉への敵意をつよめ、秀吉も毛利を警戒する。なれば、宇喜多家の価値が減ずることはない。相談しなかったのは、反対されるからだ。毛利の脅威にさらされつづけた家臣たちは、ひたすら衝突を恐れている。

「ですが、いずれ毛利は羽柴様の軍門に降るのでは。そのとき、いかに宇喜多家を守るのです」

「そのためにも、宇喜多家と羽柴家は、もっと確かなもので結ばれなければならない」

有り体にいえば、豪姫と祝言をあげることだ。

賤ヶ岳の合戦で前田利家は柴田勝家を裏切り、秀吉逆転のきっかけをつくった。これにより、前田利家は秀吉の重臣として仕えることになった。一時、微妙だった豪姫の地位も盤石になっている。秀吉の養女の豪姫を娶《めと》れば、その後の出世を確約されたも同然だ。が、八郎はその考えを口にしない。いってしまえば、豪姫を政略の駒としか見ていないように聞こえる。

「さあ、鷹狩は終わりだ。それよりも次の用事に移るぞ」

八郎が一行を率いて、道を進む。

あともう少しというところで、足が止まった。肌がかすかに粟立っている。突然だった。鼓膜を切り裂くような悲鳴が聞こえてきた。茂みにいた鳥たちが一斉に飛び立つ。八郎を囲む従者たちが腰を落とし、刀に手をやる。

「助けてくれ」

助命の声を、また悲鳴が塗り潰した。いや、悲鳴ではないのか。

急に静かになる。土を踏む音がした。風が吹いて、血の匂いも届く。

「誰かいるのか」

こちらに声が飛んできて、八郎を守る従者たちの緊張が一気に増した。木立の向こうで、人影らしきものが見えている。

十数人ほどの武者の一団だった。八郎の従者たちがどよめく。みな、腰に瓜のようなものを巻きつけている。あれは、首だ。

「そちらこそ、何者か。こちらは備前が領主宇喜多家の――」

誰何《すいか》する勘十郎を、八郎が制する。宇喜多家に仕えて日が浅い勘十郎は知らなかったが、味方だ。

武者たちの中からひとりの男が歩みでる。歳は二十をすこし越した程度。背が高く、手足は長い。うすい髭が口元やあご、頬をおおっているが、若い顔のつくりと不釣りあいだ。風がふいて砂埃が顔をなぶるが、表情に微塵の変化もない。胸にあるクルスだけが、はかなげに揺れている。

宇喜多左京――八郎の従兄である。

「左京殿、何用で参られた。腰の首級は何事ぞ」

八郎が声をかけるが、宇喜多左京からは返事はない。どころか、表情さえも変わらない。緊張が八郎の体を支配する。八郎は左京と親しく口をきいた記憶がない。左京は若くして毛利家に人質として送られていた。三年前に毛利家と宇喜多家が手切れになって戻ってくるまで、面識がなかった。

左京の長い腕が動いた。着衣を整えるように、腰の脇差に手をそえる。それだけで、場の空気が凍えた。宇喜多左京が手でもてあそぶのは〝頭割〟と名づけられた脇差だ。配膳途中の侍女の首を一刀のもとに刎《は》ねたゆえの命名である。

恐るべきは成敗したことではない。左京が断頭と絶命の太刀を同時になしたことだ。絶命はともかく、動く人を断頭するのは至難の技だ。が、それを左京は軽々とやってみせた。

左京が口を開いたのは、剣の間合いになってからだった。

「毛利の間者と思しき一団がおりましたので」

目を腰にぶら下げた首にやりつついう。

「思しき一団とはどういうことか。十分な吟味をした上での成敗か」

「悠長に調べている暇はありません。ここは係争の地ゆえ」

言葉は穏やかだが、八郎に不服従の気が嫌でも伝わってくる。侍女を成敗したことからわかるように、左京はささいなしくじりでも手討ちに及ぶことで知られていた。

「左京殿、宇喜多家の当主として命じる。吟味なく処断することは今後――」

「この者らは、八郎様が係争の地で鷹狩をすることを知っておりました」

頭を殴られたような衝撃があった。

「毛利を甘く見ぬことです」

「ことに及んだ経緯はわかった。だが、次からは家老たちと相談してほしい」

左京の表情はやはり変わらない。無言で一礼して、八郎の横を通りすぎていく。

大きな息を吐いたのは、勘十郎だ。

「あ、あれが噂の左京様ですか。全身から容易ならぬ気を発しておりましたな」

八郎は足元を見る。赤いものがいくつも落ちていた。血滴だ。砂に吸い込まれ、黒へと色を変えようとしている。

「それより急ごう。九右衛門が待っている」

左京の残した不穏な気から逃れるようにして、八郎は歩みを再開した。

「そこにおわすは八郎様か」

しばらくもしないうちに、丘の上から声がかかった。馬のように長い顔をした武士が近づいてくる。干拓奉行の千原九右衛門だ。

「すまないな。又七郎らがもっと早くきて鷹狩を終わらせてくれたら、待たせることもなかったのだが」

いつになく皮肉が濃い口調になったのは、先ほどの左京との邂逅《かいこう》のせいだ。

「上方にいって、そんな軽口を覚えてくるとは。困った若君ですな」

千原九右衛門が相好を崩したので、やっと気が楽になった。

「しかし、係争の地で鷹狩とは大胆な策を思いつきましたな」

「ただ座していては、毛利にいいようにやられるだけだからな」

「変わられましたな」

「なにがだ」

「肝が太くなられたように感じます。以前の八郎様より、ずっと頼もしくなられた。上方でよい出会いがあったようですな」

八郎は黙したままで答えない。自分の器量が、死んだ父には遠くおよばないことはよく自覚している。

「さあ、こちらへどうぞ」

誘われて、八郎らは丘を上がっていく。

「おおっ」

頂について、勘十郎は嘆声を上げた。

八郎も、思わず目を細める。

風が、さらに濃い土の香を運んできた。

「う、海がなくなっております」

眼下には平地が広がっていた。はるか先に、輝く海がある。

海沿いに植えられた木はまだ若いが、懸命に細い枝を茂らせていた。血管のように張りめぐらされた水路があり、うすくだが緑の芝が田畑以外の大地をおおっていた。そのなかで、農夫たちが鍬を振りあげ大地を耕している。

直家から託された、干拓地だ。

海だったこの地しか知らない勘十郎が、口を開けて驚いている。

「九右衛門もよくやってくれた。一年足らずで、ここまで干拓地を広げてくれるとは」

「流民たちのおかげでもあります。懸命に働いてくれておりますれば」

千原九右衛門は、爪の奥まで土がこびりついた指で頰をなでた。

「九右衛門、もし、国分でここ児島郡が毛利の領地になればどうなる」

千原九右衛門は、長い顔をゆっくりと撫でた。

「ご存知のように、逃散した流民に新しい土地を耕させています。毛利のものになれば、きっと毛利は自領の民をいれるでしょうな」

毛利家も、自領に流民や牢人を多数かかえている。

「つまり」と、八郎は先を促した。

「また、彼らは流民に逆戻りですな」

八郎は勘十郎を見た。

「わかるか」と問いかけると、勘十郎はあわててうなずく。

「国分は、宇喜多家の面目だけではないのだ。今、ここにいる民のためにも、絶対に毛利のいいなりになってはならんのだ」

二

ひとつふたつと落ちてきた水滴は、たちまち鈍色《にびいろ》の帳《とばり》になって八郎の視界をおおった。大坂の地に、春の雨が煙る。その先では、巨大な城が建たんとしていた。

これまで見たこともないほど立派な石垣や堀が張りめぐらされ、その中心に太い柱や梁が屹立《きつりつ》している。天守閣を普請しているのだ。五層のうちの二層まではすでに屋根ができ、漆喰《しっくい》で塗られる前の下地が露出していた。

勘十郎がかざす傘の下で、八郎はその様子を見ていた。後ろには、従者や小姓たちも傘をさしてついてきている。

「随分と作事が進みましたね。一体、どれほどの城になるでしょうか」

勘十郎が感心するようにいう。

八郎たちが備前からもどったときは、まだ石垣と堀しかできていなかった。赤子が成長するように、天守閣が完成へと近づいている。

城だけではない。城下町や港も肥えるかのように、日々巨大になっている。

雨にもかかわらず、商人たちの荷駄が列をなして、大坂の町へはいろうとしていた。港も同様で、帆をはためかせる船がひしめいている。

「聞けば、兵糧や武具が飛ぶように売れているそうですな」

賤ヶ岳で勝利した秀吉は、かつて担ぎあげていた織田信雄と敵対するようになっていた。とはいえ、織田信雄は単独ではもう秀吉にはかなわない。頼ったのは東海の雄、徳川家康だ。戦が近いことを嗅ぎとった商人たちが、商機とばかりに続々と集まり、さらに大坂の町は大きくなる。

「不思議ですな。戦があるというのに、逆に町が栄え大きくなるというのは」

「それが、筑前様の政《まつりごと》の才であろうな。余人には真似できぬ」

秀吉は戦につよいだけではない。人々を繁栄に導く内治の才をだれよりももっている。この才の百分の一でも八郎にあれば、備前の干拓地はもっと大きく豊かになるだろうに。

「さあ、もどりましょうか。今日は豪姫や前田様との歌会でしょう」

今、前田利家は大坂にいる。明日には領国の加賀に発つので、送別の歌会が開かれるのだ。

ぬかるんだ地面に痕をつけるようにして歩く。行く先に、奇妙な人影があった。雨だというのに、蓑はおろか笠もつけていない。平服でずぶぬれになっている。恐ろしく背の高い武士だ。

「前田殿ではないか」

思わず、八郎は声をだした。

前田〝又左衛門〟利家——豪の実父であり、加賀能登（石川県）二十数万石の領主である。

「なにをしておられるのです」

八郎が声をかけると、利家は驚いたように身をのけぞらせた。灰髪がべったりとぬれている。細面で、若いころは美男ともてはやされたであろう目鼻のつくりをしていた。目の下には、武骨な矢傷がひとつ大きくはいっている。

「は、八郎殿か、これはとんだところを見られたな」

「雨にぬれてはお体にさわります。おい、傘はあるか」

小姓のひとりが、傘を差しだした。

「よしてくれ、わしは雨に打たれて当然の男だ」

抗いつつも、傘の下に体を納めてくれた。この場を離れるわけにはいかない理由があるのか。利家が正対する屋敷に目をやった。

「ここは……もしかして、茶々様のお屋敷ですか」

利家があごを沈めるようにうなずいた。

茶々は、信長の妹お市の方の娘である。お市の方は寡婦になった後に、娘の茶々たちを連れて柴田勝家と再婚した。だが、賤ヶ岳で勝家が敗れたことで、自害する。茶々たちは救いだされ、今は両親の仇というべき秀吉の庇護下にあった。

「わしは明日には加賀に発つ。だが、その前にどうしても一言、茶々様にお詫び申しあげたいと思ってな」

だが、屋敷の門はかたく閉ざされたままだ。賤ヶ岳の合戦で、前田利家は柴田勝家を裏切った。茶々にとっては、利家は秀吉と同じく両親の仇なのだ。

「しかし、なぜおひとりで。せめて、供のものを連れては」

「部下たちにはかかわりなきことだ。放っておいてくれ」

かつて槍の又左と呼ばれた豪傑の意地だろうか。卑怯な裏切りの責めは、自身が負うといいたげだった。

「しかし、前田様ほどの方が門の前におられては、外聞も悪うございます。悪い噂がたてば、どうなります。茶々様のためになるとは思いませぬ」

利家の目の下の傷が、ゆがんだ。

「さあ、いきましょう。私からも、前田様のお気持ちが伝わるように、微力ながらお手伝いします。それに、歌会もはじまります。豪姫が待っていますよ」

「すまぬ」と口にして、利家は地面から足を引きはがした。着衣の乱れを正し一礼してから、屋敷に背をむける。傘をさしかけていた従者が、あわててついていった。

三

大坂城の曲輪を埋めるかのように、多くの荷駄がひしめいていた。

空には巨大な入道雲が顔をだしている。汗だくになった足軽たちが、兵糧や弾薬を積みこみ、奉行たちが忙しげに帳面に書きこんでいた。その一隅では、八郎の一行が一台の荷車と十頭ばかりの馬を従えている。同じように荷の中身を従者の勘十郎が検分しているが、兵糧や弾薬ではない。小袖や茶器などの贈答の品ばかりだ。

「八郎様、道中はくれぐれもお気をつけて」

振りかえると、豪姫がたっていた。

「合戦の最中だということを忘れないで」

今、羽柴秀吉は小牧・長久手の地で、徳川家康と対陣している。

とうとう、秀吉と織田信雄が開戦したのだ。きっかけは、信雄が親秀吉派の家老三人を処刑したことである。自分への敵対行為とみなした秀吉は、軍勢をひきいて作事途中の大坂城を発った。これに、東海の徳川、四国の長宗我部、関東の北条が反発し、信雄方につく。とくに、家康の戦意は目を見はるものがあった。三万もの兵をひきい、小牧・長久手の地に在陣し、秀吉本隊を相手に堂々の野戦を挑む構えを見せたのだ。

圧倒的な兵力をもちながらも、秀吉は苦戦していた。味方同士の連携が思うようにとれず、士気も芳しくない。

秀吉の弱点が露呈したのだ。

子飼いの部下がすくなく、織田の同僚大名の顔色を窺いつつの采配のため、後手に回ることが多い。一方の家康は、先祖代々三河の地に根を下ろしている。家康の命に侍や足軽たちは忠勇をもって応え、秀吉を悩ませていた。

秀吉の苦戦を心配したのが、北陸を守る前田利家だ。見舞いと称して、尾張の戦場に援軍としてむかうことを許してほしいという書状が、つい先日届いた。だが、戦況は膠着していた。差しせまっての援軍の必要はない。その旨を書いた書状をとどける使者に名乗りでたのが、八郎だった。

本当なら戦場に従軍すると申し出たいところだが、まだ若い八郎には無理だ。このぐらいしか、秀吉の目に止まることが思いつかないのが歯がゆい。

「心配ないよ。私たちがいくのは、美濃や尾張じゃない。加賀の前田様のところだからね」

「ですが、孫七郎兄様のこともあります。八郎様もくれぐれも用心を怠らないでください」

二ヶ月前には三好孫七郎が家康の後背を襲わんとしたが、逆に待ち伏せされ織田の宿将である森、池田の両名が戦死してしまった。あわや孫七郎も討ち死にするところで、豪姫を大いに心配させた。

豪姫の後ろから、黒衣の人影が近づくのが見えた。袖の長い僧服をきた男は、安国寺恵瓊だ。賤ヶ岳の戦いでは毛利家は不穏な動きを見せたが、以降は強硬な姿勢を捨てた。以前の約束を果たすため、恵瓊は毛利の血をひくふたりの人質とともに在坂していた。

「ああ、そういえば、部屋に忘れものをしたようだ。前田様への贈り物の目録なのだが」

「まあ、大変です。すぐに豪がもって参ります」

豪姫は駆け足で館へともどっていく。目録は八郎の懐にあるが、豪にはこの場にいてほしくなかった。

案の定、肉の厚い僧侶が、八郎の前に立ちふさがる。

「恵瓊殿、なにかご用ですか」

「なに、豪姫との麗しい仲よ、と思いましてな。それはそうと、毛利からふたりの御曹司を筑前様のもとに送ったのはご存知でしょう。さすが、毛利の血をひく若君といいましょうか。このおふたりを、筑前様はいたく気にいられたようで」

もって回った言い方に、八郎の胸がざわついた。

だが、その言葉は事実である。人質のひとりには秀吉の一字を与え〝秀包《ひでかね》〟と改名させて、小牧・長久手の戦いに従軍させたほどだ。

「恵瓊殿、時が惜しい。世間話ならば、加賀から帰ってからにしていただきたい」

「毛利の御曹司のどちらかに、秘蔵の養女を娶らせたい。筑前様は、そうおっしゃいました」

きびすを返そうとした八郎の体がかたまった。

「実は、拙僧、すこし心配しておるのです。秘蔵のご養女が、想像どおりのお方だとすると、宇喜多家や八郎様はどうなってしまうのかと」

恵瓊は青々とした頭をなでる。口調とは裏腹に、目は喜色で輝いていた。

「筑前様の仰せでは、来年には中国の国分を正式に裁可するとか」

分厚い唇を、舌でなめた。

「楽しみでございますな。そのとき、毛利と宇喜多とのあいだに、どんな境界がひかれるのかが」

長袖《ながそで》を翻して、恵瓊は厚い背をむけた。

四

加賀の金沢城は小牧・長久手の合戦場から遠く離れているせいか、殺気立った空気はうすかった。馬を降りて、八郎たちは門をくぐる。

あちこちに、傷だらけの兵がいる。小牧・長久手の合戦地から帰還してきたのだろう。さらしを体に巻きつける姿が痛々しい。だが、顔には満面の笑みが広がっていた。

「見ろ、先の合戦で手柄をあげてもらったのだぞ」

傷だらけの兵のひとりが、誇らしげに書状を掲げている。

「文字が読めぬお前らでも、安堵状の字はわかるだろう。村にある田んぼをひとつ加増と書いてある」

「おいおい、それは本物かよ」

「いっておくが、花押か朱印がなければ、意味はないぞ。ただの紙きれだ」

周りの兵たちが冷やかしている。

「馬鹿をいえ。見ろ、ここに前田様の朱印があろう」

大きく〝利家〟という文字がかたどられた判を見せる。大名からの所領安堵状や命令状が効力を発揮するのは、花押や朱印を入れてからである。それがなければ、百万石の安堵状だとしても一石の価値もない。

そして、大名によって様々な朱印がある。織田信長は〝天下布武〟の四字印を多用した。長岡（細川）忠興などは南蛮文字で〝tadauoqui〟と刻印している。ちなみに秀吉の印は特に変わっていて、短い糸が無造作に散らばっているようにしか見えない。豪姫や三好孫七郎らの身内がいうには、明国の生糸商からゆずり受けたものので、秀吉もなんと読むかわかっていないらしい。

「本当かよ。わしらが字が読めねえからって、たばかってんじゃねえぞ」

いわれた方もいった方も、口を天にむけて高笑いをしている。

「なかなかに勇ましいですなあ。私もいつか、皆に認めてもらえるような手柄をあげたいものです」

武士に憧れでもあるのか、勘十郎は羨ましそうだ。八郎は、ちがう感慨とともに眺めていた。小さくとも、自分の自由になる土地と民が与えられたことが羨ましい。

「さあ、愚図愚図している暇はないぞ」

まだ兵たちに目をやる勘十郎をうながして、八郎は城の本丸へとむかった。

槍の又左と異名をとった若きころを彷彿とさせるかのように、金沢城の謁見の間には大小様々な槍がならべられていた。その中央に、灰髪の前田利家が座している。

「これは随分と小さななりのご使者様よな」

利家の言葉に、臨席していた数人の家老たちが笑い声をあげた。横におかれた文机には、書状がいっぱいに広げられている。すべて所領の安堵状のようだ。

「まだ、戦場にたつことは許されぬゆえ、こうしてご使者の役を頂戴しました」

秀吉からの書状を差しだしつつ、八郎は言上する。

「ふむ、聞けば、毛利の御曹司は小牧の戦に従軍したとか。八郎殿にとっては、気が気ではないというところか」

図星をつかれて、八郎はうつむくことしかできない。

「国分の件については、わしの耳にも色々とはいっておる。むごいことをいうようだが、あきらめも肝心ぞ。下手に抗えば、筑前様のご機嫌を損ねる。そうなれば、すべての領地を失いかねん。耐えて、挽回の機会を待つのもひとつの手だ」

八郎の顔に苦悩がでていたのか、利家は労わるような表情をむけてきた。

「係争の地を失えば、家臣を手放さねばならんのは辛かろう。だが、八郎殿さえよければ、何人かは前田家で引きとってもよいぞ。そのぐらいの余裕は前田家にもあろう」

利家が目をやると、家老たちは渋い顔をつくっている。

「ありがたきお言葉ですが、係争の土地は家臣たちの所領の問題ばかりではありませぬ。児島郡では干拓を行い、民を入植させています。父直家公からつづく事業です。

この地を手放すは、民に死ねというに等しいことです。彼らのためにも、毛利にこの地をくれてやるわけにはいかぬのです」

「知っている。豪姫からの文に、八郎殿より干拓地の絵図を見せてもらったと嬉しそうに書いてあったわ」

目を細める顔は、よき父親のものだ。

「その上で、小西親子からかつての堺のあり方などを聞いているようだな」

堺の商人で秀吉の腹心の小西隆佐《りゅうさ》・行長親子とは、父直家の代からの付き合いだ。

「公界としての堺の姿を学ぶつもりならやめておかれよ」

一転して、利家の声は厳しくなる。堺はかつて公界であった。主を持たぬ中立の土地であり、戦乱をさけて多くの人が集った。中立ゆえに、敵同士が堺で出会っても決して戦うことはなかったという。が、それは過去の話だ。織田信長の要求に屈し矢銭を負担し、今は羽柴政権に完全に組み込まれてしまっている。

「無縁や公界は、主を持たぬ土地や場だ。楽土たりえぬ。逆に為政者からの攻撃の的になるからな」

「筑前様に歯向かうつもりはありませぬ。ただ、土地を失った人々の止り木になれればと」

思わず強い口調でいってしまった。利家が苦笑したことで、気まずい空気が緩和される。

「なるほど、なりは小さいが、中身はいっぱしの領主ということか」

笑みをうかべつつ、利家は腕を組んだ。

「お主ら、すこし席を外せ。八郎殿とふたりで話がある」

家老たちが出ていくのを待ってから、利家が口を開く。

「わしが八郎殿の歳のころは、いかに槍を速く突くか、ただそれだけを考えていたな」

利家は、後ろにならべた槍の数々に目をやった。

「元服してからもそうよ。家臣たちにいかに所領を安堵するかなど、頭の片隅にもなかった。ましてや、民のことなどな。いかに敵との間合いを制し、首をとるか。その結果として信長公に『又左、ようやった』といわれるだけで、幸せだった。信長公の妹君のお市様に喜ばれるだけでよかった」

そんな風に生きられる立場には、八郎はない。

「なにも考えずに生きたつけだろうな。賤ヶ岳では、卑怯にも戦場を離脱することを余儀なくされた。あまつさえお市様を……」

利家は言葉を途切れさせた。

「もう、槍の又左にはもどれん。生き恥をさらしてのうのうと生きているのは、お市様の忘れ形見の茶々様たちのことを思ってのことだ」

槍から目を離したが、八郎ではなくそのずっと手前の床に視線をやった。

「茶々様には、せめてごく普通の女人としての暮らしを送ってほしい。それだけが望みよ」

武人らしくないため息を吐きだす。

「八郎殿、毛利を出しぬく秘策を教えてやろうか」

利家は、目を落としたままだ。八郎の上半身が前のめりになる。

「そ、それは、係争の地を手放さぬ策ということですか」

利家は、ゆっくりとうなずいた。

「ただし、この策は両刃の剣。ゆえに実行するもよし、せぬもよしだ」

まるで戦場にいるかのように、利家の顔相は険しいものに変わっていた。

「その上でたのみがある。茶々様を助けてやってくれぬか。茶々様やきっといつか生まれるであろう子が、健やかに育つように見守り――」

一旦、利家は言葉を切り、覚悟を決めたかのようにつづける。

「そして、万が一、ことがおこれば、茶々様やその子を守るため、戦ってほしい」

利家が八郎へむける目差しは、童にたいするものではなかった。八郎の背が自然にのびる。

利家が語る秘策を一言も漏らすことなく、八郎は聞きいった。

なるほど、たしかに両刃の剣だ。

下手をすれば、八郎自身を傷つけかねない。

「あとは、八郎殿の心ひとつだ。それほど時はのこされておらぬだろうが、よく考えて決断されよ。それによって、わが娘の豪の嫁ぎ先も変わるだろうしな」

哀しげな笑みが、利家の顔に広がる。

極限まで声を落として、利家はつづけた。

「もうひとつ忠告しておこう。羽柴筑前様には、決して心を許してはならん」

冗談を言っていないのは、顔色と語調から理解できた。

「あのお方は恐ろしき人じゃ。信長公など比べものにならぬぐらいにな。油断すれば、宇喜多家など跡形もなく滅ぼされる。それを覚悟したうえで、さきほどの策とむきあうのじゃ」

五

文机の上には、十数枚の書状があった。ついさきほど、羽柴秀吉と面会し、もらったものだ。

腕を組んで、八郎は書状を見つめる。墨の匂いがまだかすかに残っていた。

これでもう後戻りはできない。

徳川との戦は長引いていた。一時、北陸の佐々《さっさ》成政が家康方についた。これで、形勢が大きく変化するかと思われた。だが、前田利家の素早い行動で、侵攻した佐々勢を撃退することに成功する。

結果、戦況は今も一進一退だ。

一方で、秀吉は多忙である。大坂や近江国の坂本、京や伊勢、ときに両軍が対陣する美濃の戦場へと駆けまわっている。噂では、家康が担ぎだした織田信雄との講和を模索しているという。

「八郎様、ご来客でございますが……」

部屋の外から、勘十郎が呼びかけた。

「どうした。だれがきたのだ」

「石田佐吉様と……」

語尾を濁す。

「石田殿だけではないのか」

「……はい。安国寺恵瓊様と毛利家の若君も」

言いおわる前に襖が開き、勘十郎を押しのけるようにして三人の男たちがはいってきた。八郎の目の前に壁をつくるようにすわる。中央には、黒衣をきた安国寺恵瓊が鎮座していた。左には秀包という名を与えられた毛利の若君。ちなみに、もうひとりの若君・吉川経言《きっかわつねのぶ》（後の広家）は領国へ帰国している。

右にいる石田佐吉が、口を開く。

「実は、こたび参上しましたのは、八郎様の行った鷹狩の件でございます」

賤ヶ岳の合戦後、毛利を挑発するために行った児島郡での鷹狩のことだ。

「あの一件のおかげで、わが毛利の家中には怒り心頭の者が多うございましてな。その者らをなだめるのに、ほとほと手を焼いております」

わざとらしく困惑顔をつくる恵瓊の言葉を、石田佐吉が引きとる。

「そこで、係争の地で毛利にも鷹狩を行わせて、対等の立場にたつのはどうかと」

八郎は思わず石田佐吉を睨みつけた。

「八郎様の鷹狩で、毛利は面目を失った。これを許せぬという、毛利の家臣は多い。このままでは、国分は一向に進みませぬ。国分が進まねば、四国九州の平定にも支障をきたします」

「つまり、面目のために、係争の地で毛利に鷹狩を行わせるのですか」

「それが、政というものでございます」

石田佐吉は、恵瓊を手綱として毛利家を御する腹づもりなのだ。そうやって、羽柴家中の派閥争いを制する。その政争の具として、八郎がまんまと目をつけられた。

「無論、鷹狩を許可するだけ。あとの国分は悪いようにはしませぬ」

児島郡、美作、備中の係争地は、今は宇喜多家が支配している。そこで鷹狩が行われれば、宇喜多家が失う面目は毛利の比ではない。

「悪いようにせぬとは、石田殿にとって悪いようにせぬ、ということだろう」

思わず口をついた皮肉だが、石田佐吉の表情には微塵の変化もおきない。

鷹狩だけで終わるはずがない。係争の地の何割かを宇喜多家に手放させ、毛利にさらに大きい恩を売るはずだ。

「このことは、筑前様はご存知なのですか」

「八郎様の了承を得た後、ご報告するつもりです」

八郎は目を閉じた。頭にうかぶのは、児島郡の干拓地の光景だ。

流民たちが泥だらけになりながら、必死に鍬《くわ》を振りおろしている。

「児島郡、美作、そして備中半国は、わが宇喜多家の領地だ。正式な国分の裁可がでるまで、自重していただきたい」

毛利の若君が、失笑を漏らす。

「なんと厚かましい。そもそも、係争の地で最初に鷹狩を催したのは、そちら。その非も認めず、わが毛利の案を蹴るとは、非礼も甚だしくありませぬか」

秀吉に気にいられるだけあり、その舌鋒は鋭い。

「鷹狩の件をお認めになれば、わが毛利家も今後は宇喜多家のことは悪くは扱いませぬぞ」

　恵瓊の言い草は、宇喜多家が毛利の属国となると決まったかのようだった。たしかに、係争の地をすべて手放せば、毛利家の与力となってもおかしくはない。

　手をのばして、八郎は文机の上の書状をとった。静かに床におく。

「なんですかな、これは」と、恵瓊が睨《ね》めつける。

「所領の安堵状だ。備中、美作、そして児島郡の家臣たちにわたす」

　一瞬にして、場が静まりかえった。恵瓊の目尻が徐々に吊りあがっていく。係争の地の所領安堵状をつきつけたのだ。宣戦布告に等しい。

「係争の地の所領安堵状をわれらの――筑前様の許可なく給付するなど、正気の沙汰ではありませぬぞ」

　金切り声で叫ぶ石田佐吉を、太い腕で制したのは恵瓊だった。

「どうやら、八郎様は、勇気と蛮勇をはきちがえておられるようだ。ならば、拙僧から助言いたしましょう。今すぐに、その書状を破りすてなさい。されば、こたびの非礼は忘れましょう」

　僧とは思えぬほどの殺気に、石田佐吉でさえたじろいでいた。

　八郎は、素直に書状の一枚を手にとる。

恵瓊が半眼になったのは、八郎があまりに従順だったからだろう。三人が身をのりだしたのをたしかめてから、口を開く。

「いや、考えが変わった。恵瓊殿、そなたに安堵状を託そう」

書状を、毛利の使僧の前においた。

「破るも、破らぬも貴僧の肚次第だ。それに、宇喜多家は従う」

「破れるものなら、破ってみろ、ということでございますか」

「恵瓊殿は、案外に頭の回転が悪い。尋ねねば、そんなこともわからぬのか」

八郎の挑発にのったのは、毛利の若君だった。

「おのれ、毛利を愚弄するか。宇喜多の所領安堵状など、役にたたぬことを知れ」

八郎の目の前にある所領安堵状を乱暴に取りあげ、ふたつに破ろうとする。

「お、お待ちなさい」

悲鳴のような声で制止したのは、石田佐吉だった。白い顔から、さらに血の気がひいている。

恵瓊の目も大きく見開かれる。

所領安堵状には、ふたつの朱印が押されていた。

ひとつは、八郎のもの。もうひとつは……。

短い糸くずが散らばったような象形は、文字のようにも見えるし、ただの模様のようにも見える。恵瓊のぶ厚い唇がふるえだす。

明国の生糸商からゆずりうけたという、羽柴秀吉の朱印だと悟ったのだ。

「ち、筑前様の朱印があったから、どうだというのだ。判子ひとつに、毛利が屈すると思うか」

毛利の若君が、書状をもつ手に力をこめる。

「やめぬか、無礼者」

石田佐吉が一喝した。

「筑前様の朱印があるということは、係争の地は宇喜多家のものと認めたということだ」

書状をつかむ手がふるえだした。狼狽した表情で、恵瓊を見る。

「恵瓊殿、今度は私からも助言しようか」

八郎もゆっくりと目をあげた。

「備中美作、そして備前児島郡、これらの地で鷹狩を催すとのことだが、やめておかれよ」

もし鷹狩を決行すれば、その地の所領安堵を認めた羽柴秀吉を敵に回すことになる。

「筑前様の怒りをかい、かかなくてもよい恥をかくことになるぞ」

黒い僧衣が波打つほどに、恵瓊のふるえが大きくなる。

やがて、力つきたように、安国寺恵瓊は両手を床についた。

六

八郎は従者の勘十郎を連れ、庭に面した廊下を歩いていた。庭には旅芸人の一団がたむろしている。秀吉の気鬱を慰めるために呼ばれたのだろう。

「恵瓊め、ざまあみろ。これで宇喜多の土地は安泰。めでたいですなあ」

勘十郎の歓声が届くたびに、八郎の足が重くなる。

「どうされたのです。あの毛利を出しぬいたのですぞ。喜ばしいことではございませぬか」

八郎は歩みを止める。猿に芸を仕込もうとしている、旅芸人の姿が目にはいった。

「所領安堵状に筑前様の判があることの意味、勘十郎にはわからぬか」

勘十郎は、首をかしげる。

「宇喜多家は、備前や美作、備中の地を統べることをあきらめたということだ」

勘十郎の眉間にしわがよる。八郎は庭に顔をやって、従者から目を逸らした。

餌をねだる猿が、勝手に宙返りをして、猿回しを困らせていた。

「わかりませぬ。筑前様の判があると、なぜ八郎様が備前を統べることができないのですか」

　武家の出自ではない勘十郎に、八郎は教えてやる。所領安堵が、大名にとって最も大切な仕事であること。八郎は所領安堵状に秀吉の判を所望した。これを見た、家臣たちの顔を思いうかべる。独力で所領を安堵できなかった八郎を、家臣たちは恃《たの》むに足らずと思うはずだ。

　羽柴〝筑前守〟秀吉こそ自分たちの盟主、と考える。

「ありえぬことだが、筑前様と私が矛盾《ほこたて》となれば、昨日までなら家臣たちは私を助けてくれた」

　すくなくとも、露骨に裏切る真似はしない。だが今日からはちがう。なかば以上、家臣たちは羽柴秀吉の家来となった。所領安堵状に押された判には、そんな意味がある。

「で、ですが、毛利の機嫌を損ねてまで、宇喜多家の所領を安堵する利が、筑前様にはあるのですか」

　それこそが、羽柴秀吉の弱点だった。土地と民にふかく結びつく三河武士の精強さに、羽柴軍は苦戦している。先祖伝来の土地と部下をもつ家臣団の忠誠を、秀吉は渇望していた。ここにつけこむのが、利家の策だった。秀吉が、宇喜多家の部下の所領を安堵する。備中美作、児島郡の武士一族に、秀吉への忠誠を誓わせ、直臣としたに等しい。

「宇喜多家は、これからどうなるのでございますか。これでは、八郎様は筑前様の傀《かい》儡《らい》ではないですか」

八郎はなにも答えない。餌をねだるために逆立ちする猿を、じっと見ている。

宇喜多家の家臣を、直接傘下にいれることまでは秀吉はしないはずだ。束ねた竹をほどいても弱くなるだけだ。備前美作備中の家臣団の旗頭として、八郎の価値は高くなったともいえる。

その証拠に、所領安堵状に判をもらうとき、秀吉はこう言ったのだ。

——豪姫の婿として、これ以上ない覚悟じゃ。

庭にいる猿回しから、目を引きはがした。

懐から取りだしたのは、父直家から託された貝あわせだ。歌を詠む貴人の絵が描かれている。

民を安んじる楽土を建設する——そう八郎は父に誓った。貝あわせとともに見守ると、父はいってくれた。

本当にこれでよかったのだろうか。

貝あわせのなかの貴人に問いかけるが、答えはない。

八郎、初陣

一

桜で彩られた街道に、紺地の旗指物が連なっていた。白い文字で〝兒〟と染めぬかれている。備前から進発した宇喜多家の軍勢の総数は二万。和泉国南部から紀州にかけて跋扈《ばっこ》する根来《ねごろじ》寺の勢力を追討するためだ。秀吉が編成した討伐軍の総兵力が六万であることを考えると、堂々たる主力である。

味方が集結する大坂城を粛々と目指していた。

先頭の騎馬武者は、八郎である。七色の威糸《おどしいと》で彩られた鎧を着込んでいる。数えで十四歳、つい先日元服もして宇喜多〝八郎〟秀家と名乗っていた。まだ月代《さかやき》はないが、前髪はもう下ろしていない。

大坂城の手前の宿場町で軍勢を待機させ、家老や近習だけを従えてむかう。集まった諸将を労うために、秀吉は大坂城の郊外で花見の宴を催しているという。八郎も到着次第、駆けつけるようにいわれていた。

見えてきた大坂城は、もう完成間近だった。かつて見たどんな城や寺よりも大きく美しい。人夫たちが金箔を押した瓦を屋根の上にならべ、最後の仕上げに取りかかっている。

大坂城を借景とする位置に、紅白の幕がはられた丘があった。酒の香や音曲が風にのってやってくる。

八郎は馬から降りて、羽柴家の奉行衆に手綱を託す。大坂城に見下ろされるようにして、宴席が設えられていた。

「立派になったものだな」

城を見上げ、八郎は嘆息をこぼす。

「立派というのは、城のことでございますか。それとも、八郎様のことでございますか」

背後からの女人の声に、思わず心臓が高鳴った。

ゆっくりと振りむく。

紅白の幕を背にして、ひとりの女性がたっていた。体の輪郭は、大人になりつつある。頬にはまだそばかすがあるが、それが童のころの愛くるしさをのこしていた。

「お久しぶりでございます、八郎様」

「豪姫も大きくなられたな」

ふたりならんで、紅白の幕をくぐり進んだ。満開の桜が、あちこちに花弁を散らしている。

「おおぅ、八郎、やっと到着したか」

大仰な声が届いた。上座を見ると、金色の陣羽織をきた小男が親しげに手をふっている。羽柴〝筑前守〟秀吉だ。その横には、妻の寧々や側室、甥や養子たちがならんでいた。

「早う、こっちへこい。みな、この若武者こそ備前の領主にして、かの宇喜多〝和泉守〟直家公の嫡男じゃ。そして、隣におるのはわが養女にして、将来、八郎と夫婦になる豪姫じゃ」

八郎と豪姫は、秀吉の前で膝をつく。

「もったいないお言葉です。幼少の八郎を、ここまで育ててくださったのは筑前様。紀州攻めでは、ご恩の万分の一でもおかえしできるよう、全力をつくします」

桜の花びらが一片二片と舞い、八郎の見る風景を彩った。

「うむ、よき覚悟じゃ。みな、よく聞け。実はな、この八郎、こたびが初陣じゃが、すでに初手柄をあげておる。なんと、あの大逆の明智の落武者を捕まえたのじゃ。しかも聞いて驚くなよ、齢十一のときよ」

陣羽織をきた諸将たちがどよめいた。

「だが、残念なことに捕らえた武者には逃げられてしまったがの。首をさらし、八郎の勇名を誇示しようと思っておったのに。今だにそれが無念でならん」

「筑前様のそのお心だけで十分です」

「だが、思えば、妙なことなのよ。獄舎に閉じこめた武者は刃物をもっていなかった。すべて取りあげたゆえな。にもかかわらず、縄には刃物で切った跡があったそうじゃ」

八郎の背がひやりと冷たくなる。

「あるいは、だれかが落武者を逃したやもしれん、とわしは今でも疑っておる」

秀吉は間をとるように周囲に目を配った。

「それは考えられませぬ。筑前様に逆らう者などおりましょうか」

「もし、いたとすれば、我々が成敗してやりましょう」

諸将の言葉を、秀吉は美味なる料理を味わうかのように聞いている。

「八郎の初陣を前にして、つまらぬ話をしてしもうた。まあ、そういうこともあり、みなの衆には、この筑前のかわりに八郎にぜひ目をかけてやってほしい」

「ははぁ」と、諸将が一斉に膝をついた。

「そうじゃ、八郎とふたりきりで話をしたい。みな、席を外せ。豪姫もじゃ。なに、心配するな、男同士、女の前でいえぬこともある」

紅白の幕のなかに、八郎は秀吉とふたり取りのこされた。

「筑前様、お話とは」

「お主に見せたいものがあってな」

秀吉は懐のなかをまさぐる。

「八郎よ、もし落武者を逃した咎人《とがにん》が目の前にいればいかがする。わが意に背く男をどう処する」

背がひやりと冷たくなる。

「筑前様をたばかるは不届き千万の行い。厳罰を科すのが妥当かと」

上擦らないように慎重に言葉をつむぐ。そのあいだも、秀吉は懐をまさぐりつづける。

「やはり、そう思うか。わしも八郎がいうように、不届き者をさらし首にできなかったのが今も心残りなのじゃ」

懐からさらしに巻かれたものを取りだし、秀吉はゆっくりと包みをといた。

「八郎、これに見覚えがあるか」

大地がゆれたかと思った。あまりのことに、息ができない。

秀吉の手にあるのは、剣片喰の紋のはいった小柄だ。

「これは落武者が逃げるときに落としたものじゃ。そして、わしはこの小柄の持ち主を知っている。八郎、お主、鷹狩から帰った後、脇差の小柄を漆塗りのものに変えていたな」

八郎の両手が目でもわかるほどふるえだす。

「やってくれたのぉ、八郎」

なぜか、秀吉の声は楽しげだった。

「わしはいつでもお主を処すことができたのじゃ。好きなときに、その首を刎ねることができた。お主が恵瓊にあらがうために、朱印を欲したときも助ける必要などなかった」

目尻を下げ、黄ばんだ歯をみせ、秀吉は笑いかける。

「だが、あえて見逃した。どうしてか、わかるか」

ぽたぽたと脂汗が地に落ちる。

「お主の成長を——わが駒の成長を見たかったからよ。はたして、歩で終わるか、それとも金将になるかをな。殺すのは、いつでもできるゆえな」

秀吉は手のうえで小柄をもてあそぶ。

「八郎よ、貴様はわが駒として存分に働くのじゃ。この羽柴筑前の天下取りのあらゆる戦いに加われ。ことわることは無論、逃げだすことも許さん」

秀吉の背後にある大坂城が、八郎の逃げ道をふさぐかのようにそびえていた。

「万一、期待を裏切れば一族皆殺しだ。母や姉妹だけでなく、将来夫婦になる女もな」

秀吉の口角が極限までつり上がる。空っぽの瞳が、八郎を飲みこむかのようだ。

「この小柄を、ふたたび八郎の前に見せつけるようなことだけはさせてくれるなよ。わしのかわいい養女のためにもな」

秀吉は懐のなかに小柄をゆっくりとしまった。

「おおい、話は終わったぞ。宴を再開する。みな、もどれ」

秀吉の声に、侍女たちの歓声が重なる。

八郎はゆっくりと上半身をもちあげた。

鉛に変じたかのように全身が重い。

ふと、下を見る。目の前の地面には、秀吉によって踏みつぶされた桜の花弁があちこちに散っていた。

二章　豊家落陽

せっしょう関白

一

ぶ厚い雲が、異国の空をおおっていた。

雨は降ってないが、つよい風が吹きつけている。

日本軍の旗指物だけでなく、太い木々さえもしならせていた。

朝鮮の原野には、石造りの仏塔がちらほらと目についた。山肌にもところどころ大きな石が顔をだしている。城の造りも日本のものとは随分とちがっていた。堀ではなく、高い城壁が街全体をかこっている。

そんな朝鮮の城——晋州城《チンジュソン》をさらに厚く取りかこんでいるのが、宇喜多〝八郎〟秀家ひきいる日本軍だ。

数えで二十二歳の青年に成長した秀家は、宇喜多家一万の兵をひきいて、渡海している。明を征服するため朝鮮半島に上陸したのが、昨年の四月のこと。総勢約十六万の日本軍は、朝鮮国の都・漢城《ハンソン》（現ソウル）をひと月たらずで攻略し、一時は明の国境へせまった。

が、ここから敵の反撃がはじまった。漢城《ハンソン》にせまる連合軍に、日本軍は防戦と後退を繰りかえす。明朝鮮の大軍を碧蹄館《ピョクチェグァン》で迎えうち、奇跡的に押しかえしたが、つづく幸州山城《ヘンジュサンソン》の戦いでは無理攻めがたたり、秀家や石田三成らが負傷するほどの痛手をうけた。一時は、秀家戦死の誤報が日本に届けられたほどである。日本軍は漢城《ハンソン》を撤退し、とうとう講和に応じざるをえなくなった。

だが、日本に帰れるわけではない。朝鮮半島南部には晋州《チンジュ》城という要害があり、長岡（細川）忠興らが攻めたが失敗している。この城をおとし講和交渉を有利にもっていくのが、秀吉の腹づもりだ。そして、攻め手の指揮官に宇喜多秀家が選ばれた。

秀家の目の前には、城壁よりも高い櫓が列柱のようにならんでいた。秀家の指示で造らせたもので、晋州《チンジュ》城をぐるりとかこっている。

そこから、雨のように矢弾を城内に降りそそいでいる。下から押しよせるのは、宇喜多家や加藤家、黒田家らの日本軍だ。

本陣で采配をとる宇喜多秀家の体が、何度もゆれる。日本軍の火縄銃や朝鮮軍の火砲が轟くたびに、顔をしかめた。幸州山城《ヘンジュサンソン》の戦いで負った左肩の傷は、まだ完全に癒えていない。

愚かだと思う。攻めおとしても、戦況は変わらない。明や朝鮮の敵対心を煽るだけだ。

だが、愚策とわかっていても、従うしか道はない。攻めを緩めることはできない。

やがて城壁に一本の旗指物がひるがえる。あれは、黒田家のものだろう。一番乗りをはたしたのだ。次々と、日本軍の旗指物が城壁にあがりだす。

戦笠《せんりゅう》をかぶった朝鮮の兵たちが、とうとう背中を見せはじめた。鋲《びょう》を打ちつけた革鎧をきる将軍も、藤鞭を放りなげる。城壁を飛びおりて、あるいは城門を開けて逃げていく。

「よし、一息に押し潰せ」

秀家が命令を下すと、勇ましい太鼓の音が戦場に鳴りひびいた。待機していた日本の軍勢が次々と動きだす。

いつもなら一糸乱れぬはずが、連戦の疲れで各将の動きはちぐはぐだった。ある軍勢は突出し、ある軍勢は鈍重に城へ攻めいる。

「殿、あちらを見てください。味方の兵がほとんどおりません」

元鳥見役の勘十郎だ。今は士分に取りたてて、黒田勘十郎と名乗らせている。

目をやると、日本軍の陣営に手薄な一角があった。攻撃を命じたことで、間隙ができたのだ。城壁から飛びおりた朝鮮の兵たちが、そちらに殺到している。

「どうしますか。このままでは、太閤殿下の命を遂行できませぬが」

「いや、このままでいい。むかってくる敵とだけ戦え」

「よいのですか」と勘十郎が念をおしたのは、秀吉から敵の全滅を厳命されていたからだ。

「かまわん。包囲に一穴を開けておくのは、兵法の常道だ」

逃げ道を失った死兵ほど怖いものはない。過酷な朝鮮半島の戦場で、日本軍は疲弊しきっている。こんな無謀な戦いで、大切な兵を失うわけにはいかない。

それでなくとも、宇喜多家には過酷な軍役夫役が課されつづけている。秀家初陣の天正十三年の紀州雑賀攻めを皮切りに、同年の一万五千の兵をひきいた四国征伐、天正十五年の一万五千の九州征伐、天正十七年には聚楽第、大坂城、大仏造営の普請に一万以上の人夫を動員、天正十八年には小田原攻めで水軍ふくめて約二万を関東へ派遣した。

また、秀吉の鶴の一声で、岡山城（かつての石山城）の東にある旭川を西側につけかえる大工事も課せられた。

今回の朝鮮出兵は一万の兵を動員し、さらに一年以上の長陣だ。

そして、軍役夫役で幾度となく功績をたてたにもかかわらず、一切の加増がない。

秀吉にしてみれば、落武者を逃した罪を一部清算した程度に思っているのだろう。

「無論、敵を逃したのだから、お叱りはあるかもしれんがな」

朝鮮での宇喜多軍の働きは目覚ましい。罪に問われても、叱責程度で済むはずだ。いかにして、一兵でも多く故郷に帰すか。秀家が心を砕くのは、そればかりだ。

「いっておくが、敵に情けをかけたのではないぞ。味方の犠牲が惜しいだけだ」

「ではなぜ、孤児を助けたのですか」

勘十郎の言葉に、漢城《ハンソン》での風景がよぎる。

あちこちで煙がたちこめ、道には銭や家財道具、踏みにじられた米や麦が散乱していた。朝鮮軍が籠城することなく城を捨てたことで、日本軍入城前に略奪がはじまったのだ。宮殿である景福宮《キヨンボックン》はことごとく燃え、役所や官倉、宝物庫、商家などが焼き討ちにあった。

竈《かまど》のなかに閉じこめられたかのように、朝鮮の都は煤の匂いが満ちていた。

親をうしない泥と煤だらけになった童が、道や広場のあちこちにいた。漢城《ハンソン》駐屯が決まった秀家は孤児たちを保護したが、ひとり奇妙な子がいたのだ。みなが銭や食糧を大切そうにもつなか、書物を抱いてうずくまっていた。見ると、論語だった。泥にはまみれていたが、利発そうな瞳の色をしており、名をきくと金如鉄《キムヨチヨル》と答え、流麗な文字も地に書きつけた。

「大人のように論語を読めたからだ。漢詩の才もなかなかだった。育てれば、宇喜多家の柱石になるやもと思っただけだ」

助けた金如鉄《キムヨチヨル》は、日本へ送った。上方には、秀家の妻となった豪姫がおり、彼女に世話を託す。その後、豪姫の生母の松の目に止まり、今は加賀で暮らしている。

風がふいて、火の粉や煙が大量にやってきた。城内で、殺戮がはじまったようだ。朝鮮の兵も秀吉の命令を知っているのか、悲鳴よりも喚声の方が大きい。きっと、日本軍も大きな被害をうける。やはり、戦わせるよりも、包囲の一角を開けて逃亡させる方が賢い。

水が高所から低所へ流れるように、朝鮮軍が包囲の間隙へと殺到していた。

「あれを見てください」

一団の軍勢が駆けていた。舟帆の形をした旗指物には、ふたつの笠が描かれている。〝二階笠〟という紋だ。軍勢の先頭にいる武者は大胆にも兜はつけず鍔の広い南蛮帽子をかぶっていた。厚い鉄でできた西洋鎧で身体をおおい、胸には黄金のクルスをぶら下げている。

宇喜多〝左京亮〟詮家《あきいえ》だ。

少年のころとちがい、口元の髭はこくなり唇を隠している。碧蹄館《ピヨクチエグアン》の戦いでは、父の宇喜多七郎兵衛とともに先駆けて、逆転のきっかけをつくった。

秀家は舌打ちする。宇喜多左京の軍勢がむかっているのは、城ではない。朝鮮の兵が逃げようとする間隙に、蓋をするかのように駆けていたからだ。

「くそ、われらもいくぞ。左京殿を助けるのだ。旗本よ、つづけ」

秀家は急いで下知を飛ばした。片腕だけで鞍をつかみ、馬に飛びのる。

だが、たちまち軍勢の足が緩む。

目指す先から、聞くも恐ろしい悲鳴が湧きあがったからだ。

敵からではない。

包囲の一穴に立ちふさがる、宇喜多左京からだ。

髭を割り、白い歯を見せて咆哮《ほうこう》している。

秀家の全身に粟が生じる。なんとおぞましい声なのだ。

味方である秀家の旗本の何人かが、耳を両手でふさぐ。

まるで死体が叫ぶかのようだ。

左京の悲鳴が、さらにけたたましくなる。手にもつ異形の得物を旋回させたのだ。

先頭を走っていた朝鮮兵の首が、投石のように跳ねとぶ。

退路をこじ開けんとしていた、朝鮮軍の死兵たちの足さえも鈍る。

左京の手にあるのは、大身槍《おおみやり》だ。大身槍とは、刃渡りが一尺（約三十センチ）以上ある槍の総称だが、〝山姥〟という恐ろしげな異名をもつ左京の得物の刃渡りは三尺（約九十センチ）、柄は三尺三寸（約一メートル）とほとんど長さが変わらない。巨人がもつ短剣という趣だ。

異形の槍がしなり、はげしく旋回する。

風を切る音が、左京の放つ悲鳴と和す。

次々と朝鮮の兵が、地にふしていく。死兵と化したはずの敵が、一歩二歩と後ずさった。

秀家の視界がゆがむ。

逃げ道を失った朝鮮兵の殺気が、秀家らにむけられたからだ。

「油断するな。こちらにも敵がくるぞ」

恐怖に顔を引きつらせた敵兵が、斬りかかってくる。槍衾《やりぶすま》があっても、躊躇することなく前進する。串刺しにされることを望んでいるかのような勢いだった。ならんでいた穂先が乱れ、綻びからたちまち敵兵が雪崩れこむ。

血煙があがり、秀家の本隊もたちまち狂乱につつまれた。

二

備前国児島郡の海はさらに退行し、平らな陸地が広がっていた。色づこうとしている稲穂が、若い大地をおおっている。朝鮮の地で負った刀傷の走る掌を、穂に近づけた。指でなでると、仔犬にふれたように心地いい。

「思った以上に、よい実がついているな」

「まったくでございます」と、従者の勘十郎が嬉しそうにいう。

「干拓の地の米が上手く育つか不安でしたが、心配なさそうですな。朝鮮で苦労して戦った甲斐があったというものです」

勘十郎の言葉に、朝鮮で負った傷の痛みも和らぐ。

晋州城《チンジュソン》を攻め落としたことで、秀吉はふかく満足した。秀家を「大明南蛮にも比類なきこと」と絶賛した後、帰国が許されたのだ。

「このまま干拓が順調にいけば、十万石の実増も可能ですぞ」

馬のような長い顔の千原九右衛門が教えてくれる。

「十万石ですと、大名家ひとつに匹敵する石高ではないですか」

信じられぬというように、勘十郎は首を何度も横にふった。

「九右衛門、それはいつまでになる」

秀家は努めて冷静にたずねる。

「はっ、十年もいただければ間違いなく」

「それでは遅いかもしれん」

千原九右衛門と勘十郎が目を見あわせる。

「明国との講和が上手くいかなければ、太閤殿下はまた朝鮮へと兵を繰りだす」

「ふたたび戦がはじまるのですか。それはいつ」

「わからん。下手をすれば、半年後かもしれんし、三年後、あるいは十年後かもしれん」

そのとき、また一万人の軍役を課されれば、宇喜多家は立ちゆかない。

「九右衛門、無理は承知の上だ。干拓を急いでくれ。長船や中村にも助けるように伝える」

口にはだされなかったが、干拓を急ぐ理由はもうひとつある。宇喜多家は毛利との係争地をかかえたために、家臣の所領安堵状に秀吉の判を必要とした。結果、宇喜多家中にありながら、家老らは秀吉から独立を許されたも同然の準大名の地位にいる。それゆえに宇喜多領は、家老の封地ごとに税率や法がばらばらで、統一されていない。それだけならいい。秀吉に与えられた特権をいいことに、家老たちは与力の所領を勝手に安堵したり、ときにほかの部下のものと差しかえたりしている。本来なら与力は宇喜多家の直臣のはずだが、陪臣のような扱いになっている。そして、増長する家老同士でいさかいが絶えない。国境や水利、移民をめぐって、ときに一触即発の状況もおこっていた。

ちいさな戦国乱世を、宇喜多家はかかえているようなものだ。

さらに重大な火種がある。宇喜多家ではなく、豊臣政権だ。昨年、秀吉に子が生まれた。これまでは、三好孫七郎こと豊臣秀次が、秀吉の後継者だった。だが、秀吉に子が生まれたことで、近い将来に後継者争いがおこる。豊臣家がふたつに割れれば、間違いなく宇喜多家も巻きこまれる。今のままでは家中は分裂し、内乱にまで発展しかねない。

秀家は宇喜多領内の中央集権を推しすすめねばならない。所領の安堵から宛行《あてがい》への移行が必要だ。宛行とは、所領の管理を家臣たちから引きはがすことである。宇喜多の全領土に、一定の法と一律の税をいき渡らせる。準大名化した家老を家臣団として組みこみなおす。一気になせることではない。まず、やらねばならぬのは検地だ。家臣のすべての所領を把握する。その上で、家老たちがもつ特権を取りあげる。

重い息が、唇をこじ開けた。若年の秀家に立ちはだかる壁は、あまりに高く分厚い。なにより宛行が成る前に、豊臣家の後継者争いが勃発するかもしれない。

いずれにせよ、干拓事業を推しすすめ蔵入地（直轄領）を増やすことは、秀家にとって欠くべからざる政策だ。力なき領主がなにをいっても、家臣は動かない。

風が稲穂をなでた。ひとつ、色づきのいい穂が目につく。

「そうだ、九右衛門、これを一本もらっていいか」

「ようございますが、一体、なんのために」

「明日から上方だ。豪に、稲穂を見せてやりたい」

千原九右衛門と勘十郎の顔がほころぶ。

「そういえば、豪様は聚楽第で関白殿下の気鬱をお慰めしておられるそうですな」

大坂で秀吉のご機嫌をうかがい、その後、秀家は関白である豊臣秀次に謁見するため京都へと赴く。そこには豪姫がいる。秀家と祝言をあげ三年前に嫡男も生まれていた。豪姫は人質としてずっと上方にいるので、備前の地をふんだことがない。折角なら、新しい干拓地の話を披露したい。すくなくとも、朝鮮の土産話よりも喜ばせることができるはずだ。

三

天下人の謁見の間は、武者人形や船玩具、双六など、様々な玩具で埋めつくされていた。とても日ノ本の政庁とは思えない雰囲気だ。

「どうじゃ、お拾い様よ。楽しいか」

天下人豊臣秀吉が、顔いっぱいに笑みを湛えている。鼻先にふれんばかりにあるのは、昨年生まれたばかりの子のお拾い様（後の豊臣秀頼）である。

「おお、それにしても、そなたの肌のなんと柔らかいことか」

秀家の帰朝の報告など、まったく聞く素振りもない。

「ほら、お拾い様や、あれにおるのが、宇喜多八郎じゃ。朝鮮からそなたにあうために、帰ってきたのじゃ」

胸に抱きあげて、秀家と対面させる。

「どうじゃ、八郎、可愛かろう」

目尻を下げる秀吉の姿は、一見すればただの好々爺《こうこうや》にすぎない。

「はい、目元などは殿下にそっくりですな」

明らかな世辞だったが、秀吉はくすぐられたように笑いだす。

「そうであろう。お拾い様よ、八郎はな、そなたのために朝鮮を攻めておったのじゃ。朝鮮がどこにあるかわかるかのう」

小姓がすかさず、地球儀をもってくる。

「さあ、お拾い様や、そなたはどの国が欲しい。日ノ本は無論のこと、この世のすべてはそなたのものぞ。望む場所を与えよう」

お拾い様が、ちいさな手で球面を叩いている。

「おお、そうか、そうか。お拾い様は朝鮮や明では不服というか。天竺が欲しいというか。いいだろう、朝鮮を降伏させ、明へ攻めいり、さらに天竺も支配してみせよう」

秀吉が、お拾い様に頬ずりした。

「のう、八郎、お拾い様のために天竺攻めの先鋒になってくれるか」

「この八郎と備前の兵、太閤殿下の忠勇な僕でございます。命じられれば、天竺はおろか、その先の南蛮までも攻めいりましょう」

深々と頭を下げて、ゆがむ顔を隠した。

脳裏をよぎるのは、剣片喰の紋のはいった小柄だ。

「見事じゃ。それでこそ、わが養女の婿。なんとたのもしいことか」

秀吉の快哉に驚いたのか、お拾い様がたちまち泣きだす。あわてる侍女たちが、天下人とその子をかこんだ。

馬鹿馬鹿しい、とつぶやいた。

さっさと謁見の間を辞去したい。

だが、秀吉が暴君だからこそ、機嫌のいい今、打てる手を打っておかねばならない。

侍女の壁ごしに聞こえるお拾い様の泣き声がちいさくなり、やがて消えた。

「太閤殿下に、本日はお願いの儀があります。しばし、お時間をいただけますでしょうか」

四

ずっとむこうでは、夕焼けの空にむかって鷹を飛ばす一団が見えた。その様子を見守る秀家らは、早めに狩を終わらせて宴を楽しんでいる。

山城国の狩場で焚き火をかこんでいるのは、懐かしい顔たちだ。

備前からもってきた稲穂を手にした豪姫が、秀家の隣で微笑んでいる。その横にならぶのは、十五歳の豊臣秀保と十二歳の豊臣秀俊（後の小早川秀秋）だ。みな、秀吉の甥たちで、豪姫とともに養育されていた。秀家も、彼らの遊び相手になってやったこともある。秀家や豪にとっては、弟のようなものだ。小吉と呼ばれていた豊臣秀勝はいない。朝鮮に渡海したが、病死してしまった。

「それにしても八郎義兄様はすごいなあ」

黒目がちな瞳で、一番幼い豊臣秀俊がいう。白い肌が焚き火をうけ火照っていた。

「晋州城《チンジュソン》では先頭にたって、勇敢に戦ったと聞きましたよ」

朝鮮の過酷さを知らぬ秀俊が、純粋な目をむけてくる。

「他人事のようにいってはいけませんよ。あなたも太閤殿下のご養子として、勇ましく戦わないと」

豪姫が乱暴に秀俊を叩くと、場に笑いが満ちた。

「義姉様、そうしたいのは山々だが、私は弓や鉄砲がどうも苦手で」

「まあ、それでも太閤殿下のご養子ですか」と、豪姫は大げさに呆れる。

「剣や槍はいいのですが、どこから飛んでくるかわからぬ矢弾は、怖くて仕方がないのです」

秀俊が、目尻を下げて弁解する。

「ならば、矢弾よけの組紐のおまじないを教えてあげます。兜の目に見えるところにこのように結うのです」

「や、やめてください」

秀俊の髪の房に、豪姫が紐をくくりつけた。秀俊の肌が白いこともあり、姉妹同士が髪を結っているかのようだ。

「花弁のように形をかたどり、兜に結うのです。そうすれば、矢弾に当たることはありませんよ」

秀俊の顔の横に、五つの輪が出来あがった。

秀家は腹をかかえ、豪姫は口に手をやり笑う。

「ふん」と、だれかが鼻で嘲笑った。

「そんな組紐ひとつで、逃れられる難ならばよいがな」

棘のある言葉に、全員が振りかえる。十五歳の豊臣秀保だった。

「どういうことですか」

秀俊にきかれて、秀保は辺りに素早く目をやった。焚き火をかこむのは、秀家、豪姫、秀保、秀俊の四人しかいない。

「近ごろの太閤殿下、おかしいとは思わぬか」

思わず、秀家は豪姫と視線を交わらせてしまった。

「それは杞憂ですよ。あの義父上は前からおかしい」

不穏な発言を、秀俊は冗談で塗り潰そうとしたが無理だった。みながおし黙る。側近の弟で腹心の豊臣秀長が死んでから、秀吉は変わった。朝鮮出兵だけでなく、千利休切腹などの愚行に次々と手を染めている。理性の箍《たが》が外れたかのようだ。

「叔父上は、かつての英明さを失った。もう、天下取りに邁進していたころとはちがう。狂われてしまったのだ」

「よせ、口を慎め」

「ほお、では八郎義兄上は、わしのいったことが間違っていると」

秀家と秀保は睨みあう。

「どうなのだ。間違っていると思うなら、反論すればいい」

朝鮮でうけた肩の傷が、鈍く痛んだ。

「ほら、見ろ。なにもいえまい」

秀保の顔にうかんだ皮肉気な笑みは、すぐに消えた。

「叔父上の狂気に一番ふり回されているのは、ほかならぬ八郎義兄上だろう」

逆に、心配そうな瞳をむけてくる。

秀家は、貝のように口を閉ざすことしかできない。

静寂に耐えられなくなったのは、一番若い秀俊だった。

「考えすぎですよ。天下人の殿下といえど、人です。知恵が曇るときもありましょう。ですが、昨年めでたく嫡男が誕生された。もとの聡明な殿下にもどるはずです」

努めて明るくいう秀俊を、秀保が嘲笑《あざわら》った。

「脳天気なものだな。男児が産まれた今、最も危ういのは殿下の養子であるお主だぞ」

「え」と、秀俊は目を見開く。

たしかにそうだ。生まれた子に関白職をつがせるのに邪魔なのは、養子の秀次と秀俊である。

「殿下の養子という地位は捨てろ。一刻も早くだ。他家の養子になれるよう画策しろ。なあ、八郎の義兄上もそう思うだろう」

秀家は答えなかった。心配気に見つめる豪姫の目差しが痛い。

「ふん、無言とは恐れいった。案外、一番賢いのは八郎の義兄上かもな」

石を拾い、秀保は火のなかに投げいれる。薪が崩れ、火の粉が舞いあがった。

「なんだ、なんだ」

陽気すぎる声が、秀家らの背後からやってきた。

「辛気臭い顔をしおって。お主ら、まるで通夜帰りではないか」

大股で歩き、快活に破顔する若者がいた。整えたもみあげは、耳の下までのびている。狐のような目と幅のひろい顔が、人好きのする表情をつくっていた。

秀吉の跡をつぎ関白になった、豊臣秀次だ。

「関白殿下、お久しゅうございます」

秀家は立ちあがり、頭を下げた。

「よせよせ、昔のように、孫七郎で十分じゃ。もっとも、聚楽第では、さっきのように関白殿下でたのむぞ」

みなの隙間をこじあけて、秀次が腰を下ろす。

「どうしたのだ、暗い顔をして。八郎が朝鮮から無事もどってきたのだ。楽しくやろうぞ」

焚き火が、汗で湿った秀次の顔を照らす。ため息をついたのは、秀保だった。

「兄者、気鬱の病でふせっていると聞いたが、随分と元気そうじゃの」

秀保と秀次は、実の兄弟である。

「あんなものは一時のものよ。お主らの方が、よっぽど病人のようだぞ」

腰に下げた金箔押しの瓢箪を手にもち、秀次は喉の奥に酒を流しこんだ。

「気鬱にもなるさ。太閤殿下の最近の行いを見ているとな」

「ならば、その気鬱に効く薬を教えてやろうか」

八郎や豪姫だけでなく、全員が秀次を凝視した。

「そ、そんな薬があるのですか。今すぐ教えてください」

秀俊はすがりつかんばかりにきく。

「それはな、太閤殿下を信じることじゃ」

さらに、声を大きくして秀次はつづける。

「信じて、信じて、信じきることよ。それ以外に薬などはない。この薬のおかげで、わしはこのように気鬱の病から脱した」

火が爆《は》ぜる音が、一際大きく聞こえる。

「お主らに足りんことは、太閤殿下を信じる心よ。たしかに、朝鮮出兵ではしくじった。が、殿下は日輪の子。今まさに中天に昇らんとしている。一時、雲にさえぎられることもある」

「兄者、気はたしかか」と、秀保が険しい顔を近づけた。

「たしかに太閤殿下は英傑じゃ。しかし、老いた。命が惜しければ、身を慎むのだ。否、それでも足りぬ。関白の地位を生まれた御子に……」

「その考えが、気鬱を呼ぶのだ」

秀次の酒臭い息が、秀保の声をさえぎった。

「わしを見てみろ。長久手の戦いで、しくじった」

織田の宿老ふたりを戦死させる大失態を演じた。

「だが、わしはこうして関白として位人臣を極めておる。百姓の小倅がだ。どうしてだと思う」

かこむ八郎らを、ゆっくりと見回す。

「それは、義父である太閤殿下を、ひたすら信じたからだ」

遠くで後片づけをする近習たちも振りむくほどの大声だった。

「太閤殿下に御子が生まれたことで、妄言をふきこむ輩も多いが、わしは動じぬ」

豊臣秀次の頬は赤く染まっている。長湯でのぼせたかのように、目が爛々と輝いていた。

「わしは義父上を信じる。長久手の失態でも、わしを見捨てなかった義父上を信じる。その証として、関白という重責を今まで以上にまっとうしてみせる」

五

岡山城の廊下を、宇喜多秀家は歩いていた。

きらびやかな能衣装や厳かな能面をもった近習たちがつづく。

「殿、いかがいたします。次の太閤殿下主催の能舞台、衣装を新調いたしますか。それとも、以前のものを使いますか」

豊臣家との社交も秀家の重要な仕事だ。秀吉は能にこっており、本能寺の変から明智光秀討伐までの一連の騒動を能舞台として再現し、役者として演じるほどだ。秀家も幾度もつきあわされている。だけでなく、秀吉が雇う能役者一座の給金まで負担させられていた。

「次の舞台は、小早川家の養子縁組の祝いのためだったな」

秀保の忠告をうけいれたのか、豊臣秀俊は小早川家に養子としてはいることが決まっていた。

「あいつが好きな猩々緋と重ならぬよう、赤や朱は避けて選んでおいてくれ」

近習たちが一礼して去っていく。次にやってきたのは、鷹狩をとり仕切る役人たちだ。鷹狩も秀吉が好むもので、鷹の餌の犬の拠出を大名たちに頻繁に求めている。

指示をだしつつ、秀家は廊下を進む。

「鷹狩の件はもういい。それより、長船や中村たちに会わねばならぬ。後にしてくれ」

宇喜多家の行末を左右する政策を、秀家は備前にのこる家臣たちに託していた。

開いた襖のさきにある顔を見て、秀家の両脚が重たくなった。

長船紀伊守や中村次郎兵衛ら、腹心の家老や吏僚たちが渋い顔で円座している。

「検地の件だが、家老たちの同意は得られたか」

秀家は、家臣たちに宇喜多家領内の検地の段取りを命じていた。検地で最も難しいのは、家臣たちの了解を得ることだ。かつて、関東の雄北条家が検地をしたとき、大規模な反乱がおきた。折衝を間違えれば、宇喜多家が崩壊しかねない。

「申し訳ありませぬ」

にじりでたのは、一座のなかで最も大きな所領をもつ長船紀伊守だ。なで肩の風貌は、武士というより商人のようだ。父の長船又三郎は大刀を操る武者だったが、こちらは秀吉も認める計数の才で宇喜多家を支えている。

「それがしの力不足でございます。同意をえられた家臣は、これだけでございます」

姓名が書かれた書状を、恐る恐る差しだす。記されている名は、ごくわずかだった。

大名とは、家臣たちの所領を安堵するものだ。そして、土地をどう統べるかは、家臣の裁量にまかされている。一千石の土地を安堵したからといって、荒廃させ五百石にさせるも、あるいは開墾して二千石にするも自由だ。二千石の力があるのに、一千石分の夫役しか負担していないこともある。だが、検地をすると、誤魔化しがきかない。所領を安堵された武士にとって、検地は内政干渉にほかならない。

「そちらのご首尾は」

秀家も、上方で遊んでいたわけではない。

「安心せい。太閤殿下より、検地の命令状はいただいた」

懐から書状を取りだすと、皆の顔がたちまち綻ぶ。

「太閤殿下のご朱印が押された検地命令状があれば、さすがの家老たちも反対はできませんな」

吏僚の中村が胸をなで下ろす。

秀家の胸中は複雑だった。利家の助言で所領安堵状に秀吉の朱印をもらった十三歳のころと、まったく同じ方策をとろうとしている。自分の不甲斐なさに、腹から苦い汁がにじむかのようだった。

「次の評定で、家老たちと検地の段取りを決めるが……」

わが意を得たりとばかりに、腹心たちがうなずく。

「太閤殿下の命令状はふせておこうと思う。最後の手段としてとっておきたい」

「え」と、全員が一斉に声をあげた。

「それは、いかなるお考えで」

長船と中村が、手をついてにじりよる。

「検地は、入口にすぎない。宛行を成しとげるための、最初の一手にすぎん」

秀吉の力によって検地とつづく宛行を成しとげたとしても、今後の政局をのりきる結束が宇喜多家に生まれるだろうか。豊臣家の後継者争いがおこれば、また家臣たちは土地にもどり、互いに争いだすかもしれない。

「知りたいのだ。私が、本当に宇喜多家の当主たる器量があるか、否かをな」

秀吉の命令状を、秀家は胸の奥深くにしまった。

六

岡山城の評定の間が、たちまち重い空気につつまれた。

「検地でございますか」

家臣たちは、不満の色を隠そうともしない。

「そうだ。奥州白河で、石田殿にしたがい検地を行った。同じことを、わが領内で行う」

宇喜多秀家の言葉に、家臣のひとりが遠慮がちにきく。

「それは、殿の蔵入地や、干拓地の検地を行うということでございますか」

「蔵入地や干拓地は無論のこと、わが宇喜多家の家臣すべての土地で検地を行う」

家臣たちが、はげしくどよめいた。

「おそれながら」と前にでたのは、花房又七郎であった。

「ご検地の件、熟慮が必要かと。大事な土地に、布を裁断するように測りをいれるのはいかがなものかと」

予想した反対ではあったが、秀家の体に落胆がのしかかる。花房又七郎は怪僧安国寺恵瓊の矢面にたち、幼少の秀家を懸命に守った忠臣だ。彼でさえも、検地には反対なのだ。

「又七郎殿のいうこと、もっともでございます。土地には、先祖伝来のやり方や法がありー申す」

花房又七郎とならんだのは、傷だらけの顔をもつ老武士・岡平内《へいない》だった。直家以来の股肱の臣で、三家老のひとりだ。つづいて、巨軀の男もならぶ。

「さよう、杓子定規に土地にひとつの法を宛てがう検地は、諍いのもと」

同じく三家老の戸川肥後守だ。直家を支えた戸川（旧姓富川）平介の後をついでいる。秀家の前にならんだ男たちの顔に、悪びれた様子はない。所領の独立を守る〝一所懸命〟こそが、武士の本懐だからだ。

秀家は粘りづよく交渉し、検地の意義を説いた。宇喜多家の領民を守り、さらなる発展のためには、領国のことを隅々まで知っておかねばならないと、必死に語る。だが数の上では、秀家らが圧倒的に不利だった。長船や吏僚の中村が正論を述べるが、殺気まじりの怒声にやりこめられる。

「どうしても、反対なのか。宇喜多家当主の私からの下知だぞ」

秀家と家老たちは無言で対峙する。

下克上の気風を色濃く遺した武士たちは、目をかすかに血走らせてさえいた。

「残念だな」と絞りだした言葉は、秀家が自身にむけたものだった。

「これだけの家老が反対では、検地はあきらめざるをえないだろう」

家臣たちの表情に勝ち誇った色が広がる。

「太閤殿下も哀しまれるであろう」

この一言で、みなの態度が変わった。

「い、今、なんとおっしゃいました」

戸川肥後守が、恐る恐る聞く。

「備前美作、そして備中の検地は殿下のご意志だ」

勘十郎を促し、書状を広げさせる。秀吉の朱印のある検地命令状だ。

さきほどとはちがう種類の静寂がやってくる。家老たちは顔をゆがめ、命令状にある豊臣秀吉の朱印を見つめている。

「どうして、太閤殿下が」と、戸惑いの声も聞こえた。

秀吉が土地に根ざした武士団の忠誠を欲したのは、もう過去の話だ。秀吉の思惑は、今はちがう。武士たちを、将棋の駒のように動かす。明朝鮮に出征する大名を西国に集め、朝鮮を征服すれば、その地に大名を配し、明へ攻めこむ。そのため、朝鮮征討中に征服地の検地を断行させたほどだ。土地への執着は、秀吉の海外侵略の足かせにしかならない。

「無論、反対したお主らの名も伝えねばならぬがな」

全員が一斉に目をふせた。そうなれば、準大名という今の地位を手放すことになる。

「た、太閤殿下のご下命ならば……」

小声でいったのは、巨軀の戸川肥後守だった。ほかの家老たちも、渋々と同意を示す。最後に、秀家はある男を見た。ひとりだけ、検地の賛否を表明しなかった家老がいる。髭に隠れた口元のせいか表情が読みづらい。寡黙をとおりこして、人形のような印象さえある。首にかけられた黄金のクルスが、男の宗派を物語っていた。

宇喜多〝左京亮〟詮家は朝鮮碧蹄館《ピョクチェグアン》や晋州城《チンジュソン》での活躍もあり、その剛勇は今や全国に轟いている。

「左京殿、よろしいか」

秀家が声をかけるが、宇喜多左京は否とも応とも答えない。膝を使って、前へとにじる。

ある間合になって、体を止めた。腰にある悪名高い脇差〝頭割〟をゆっくりなでる。

全身が粟立つ。

この間合は、宇喜多左京の間合だ。

脇差の頭割をぬいて、床を一蹴りすると秀家の首を刎ねることができる。

己の太刀の届く間合にならねば、この男は決して口を開かないことを思いだした。

宇喜多左京の口髭のなかから、声が聞こえてきた。

「主《しゅ》の言葉にこうあります」

主とは秀家のことではなく、イエス・キリストであることは明白だった。

「君主に忠僕たることこそ、信徒の務めである、と。この教えに、左京は忠実であります」

つまり、検地には反対しないということか。嫌な汗が、秀家の背中をぬらしていた。

「わかった。皆、検地には反対せぬということだな。それでは、こたびの評定は打ちきる」

家臣たちがあわただしげに退出するなか、宇喜多左京だけは不動だった。

剣の間合に秀家をとらえたまま、右手をクルスに左手は慈しむように脇差をなでている。

評定が終わり、書院で宇喜多秀家は休んでいた。合戦が終わったかのように、疲労している。

家老らの反対と己の器量不足、宇喜多左京からむけられた殺意。あまりにも前途は多難だ。

が、それでもやらねばならない。時が、最大の敵となる。いち早く、検地を終わらせて、宛行の決に秀吉の判をもらう。さらに新田開発の増収で、家臣たちに扶持米を加増する。飴と鞭を使い分ければ、混乱は最小限ですむ。

だが秀吉は二度目の朝鮮征伐を考えている。もし検地途中で、また渡海を命ぜられれば……。考えれば考えるほど、秀家の心は焦れてくる。

「殿、奥方様より急ぎの文が届きました」

襖のむこうの小姓の声に、秀家は思考を止めた。

急ぎ、とはどういうことであろうか。

「はいってきてくれ。今、ここで読む」

襖が開き、書状がわたされた。

目に飛びこんできた文字を見て、秀家の体がふるえだす。手のなかの書が落ちた。

――大和中納言様、御逝去

十七歳の豊臣秀保が急死した、という報せだった。湯治におもむいた大和国の十津川で、突然容態が急変し、息を引きとったという。

鷹狩の日に、豪姫たちと焚き火をかこんだことを思いだす。

言葉には険があったが、秀保はだれよりも実兄の秀次や秀家のことを心配していた。

七

聚楽第の謁見の間からは、庭が見える。

枝ぶりの見事な松や天に屹立する杉が植わり、その足元を芍薬や杜若、紫陽花が彩っていた。金箔押しの瓦がのった塀は、異国の宮殿のようだ。

「八郎、よくぞ参った」

鳥たちが飛びたつほどの大声がひびいた。烏帽子をかぶった男が、目尻を垂らして近づいてくる。関白豊臣秀次が、形のいいもみあげをなでつつ歩みよる。

「関白殿下もご機嫌麗しいようで」

「堅苦しい挨拶はよい。それより、一緒に庭に下りようぞ」

返事も聞かずに、秀次は庭へと足をつける。

「ああ、お主らはそこにおれ。八郎とふたりきりで話がしたいゆえな」

近習たちを謁見の間にのこし、声が聞こえぬほど館から離れてから、秀家は口を開く。

「殿下、町の噂は耳にはいっておられますか」

秀保急死をうけて、急ぎ上洛した秀家を震撼させたことがある。京大坂の地では、秀次の悪評が嵐のように吹きあれていたのだ。

試し斬りで、家臣やときには町人さえも殺すこと。弓や鉄砲で、戯れに人を狩ること。あるいは、胎児の姿を見たいと、妊婦の腹を裂いたこと。

人々曰く〝せっしょう関白〟と。

摂政関白と殺生のかけ言葉に、悪意が凝縮されている。

なによりの問題は、これらの悪評すらも霞むような恐ろしい流言があることだ。


——関白秀次、謀叛の心あり。


「ははは」と、秀次は笑いをまき散らした。

「馬鹿馬鹿しい噂よ。義父上も、聞けば苦笑いするだろうな」

「殿下、いや、孫七郎殿、笑いごとではないぞ」

頭をよぎるのは、秀次の実弟豊臣秀保の死だ。

豪姫が聞いたところでは、死の何日か前に容体が急変したという。その死に様に、みなが首をかしげた。もし秀次を粛清するとき、秀吉が邪魔だと考えるのはだれか。

秀次の実弟の豊臣秀保だ。畿内に大領をもつ秀保が秀次と結びつけば、容易ならざる勢力となる。秀次を粛清するための布石として、秀保は暗殺されたのだ。

「もし、太閤殿下が噂を信じれば、どうなるとお思いか。命が惜しければ、関白の職を辞すのです」

必死に説得を試みるが、秀次は面倒臭そうに手をふるばかりだ。

「杞憂じゃ。馬鹿馬鹿しい。わしは太閤殿下を信じておる」

「孫七郎殿、なぜわかってくれぬのです。太閤殿下は恐ろしい人です」

口にしてから、しまったと思った。

孫七郎がじろりと睨む。

「八郎、今、なんといった。まさか、太閤殿下を誹謗したのか」

秀家もたじろぐほどの怒気を発していた。

秀次が、一歩二歩と大胆に距離をつめる。

「太閤殿下を誹謗する輩を、わしが許すと思っているのか」

思わず顔をしかめた。秀次の叫び声には、鼻がよじれるような口臭が伴っている。形のいいもみあげには、いく筋も白いものが混じっていた。言葉とは裏腹に、秀次の本能は危機を察しているのだ。

秀次の手が、ゆっくりと腰の刀にのびる。

「さては、貴様が悪い噂を流した張本人か。わしと太閤殿下の仲を引きさこうとする黒幕か」

秀次の目から、正気の光が消えようとしていた。手は、刀の柄をにぎっている。かたかたと、鯉口がゆれた。

異変を察した近習たちが、こちらへ駆けつけるのが見えた。

「孫七郎殿、いや関白殿下、私が豊臣家に対して、不忠や不誠実だったことが一度でもありましょうか」

秀家の必死の弁明は、秀次の眉をぴくりと動かした。

柄にやっていた手が、ゆっくりと離れる。

「そうだ。そうだったな」

足裏を地にすりつつ、秀次は下がっていく。かすかにだが、瞳に正気の色がもどる。

「八郎が、裏切るわけがない。そうじゃ、幼いころから知る八郎が、わしと太閤殿下を裏切るなどありえぬ」

念仏を唱えるかのような口調で、自身に言い聞かせている。

「殿下、どうされました」

血相を変えた近習が秀家と秀次をかこんだ。

「安心せい、なんでもない」

顔色は悪いままだったが、秀次のふるえは収まっていた。秀家に警戒の目をむける近習に「気にするな」といいおいて、秀次はふらつく足で御殿へともどっていく。

八

疲れた体をひきずって、宇喜多秀家は伏見にある宇喜多屋敷へともどってきた。

侍女たちが出迎えるなか、書院へと進む。襖を開けると、豪姫が待っていた。手に一本の稲穂がにぎられている。干拓地のもので、毎年初穂がなると秀家が土産としてもってきていた。

「お帰りなさいませ、いかがでしたか。孫七郎義兄様は……」

「すまぬ、豪、駄目だった」

豪姫の手にある稲穂が、落ちそうになった。

「殿下は……孫七郎殿は聞く耳をもたない。関白をお辞めになるとは、口が裂けてもいわぬだろう」

「では、孫七郎義兄様を見捨てるのですか」

眉間をかたくして、秀家を見つめる。

「太閤殿下の気性は知っておろう。私だって、こんな決断はしたくない。豪もつらいだろうが、わかってくれ」

下手をすれば、宇喜多家にも累がおよびかねない。

「では、せめて、私にも説得の機会をお与えください。幼いときから、私は孫七郎義兄様と共に過ごしております。本当の兄妹だと思っております。なにより、これ以上、身内を失いたくありません」

身内とは、夭折した豊臣秀勝や豊臣秀保らのことか。

「私は女です。だからといって、太閤殿下のいいなりは悔しゅうございます」

ふたり力をあわせれば、あるいは秀次を説得できるかもしれない。

希望のようなものが、かすかに秀家の内面に灯る。

「わかった。関白殿下のもとへいき、ともに説得しよう。ただし、一度だけだぞ」

日がさしたように豪姫の顔が明るくなった。

が、すぐに陰る。説得の難しさに、思いいたったのだろう。

「方策はあるのか。正面から理詰めで弁じても、殿下のお気持ちは変わらぬ」

豪姫の表情がさらにかたくなる。重さに耐えかねるように、目が手元に落ちた。

指につままれた稲穂を、じっと見ている。


宇治川の大きな流れが、伏見の地にたゆたっていた。川面にうかぶのは、いくつもの三十石船だ。ある舟は流れを遡上し、ある舟は流れにのり、すれちがう。いくつかは川湊のある伏見の町へと吸いこまれていった。

秀家と豪姫は、いき交う舟の様子を眺めつつ待っていた。遠くの街道から一台の牛車がやってくる。何十人もの近習を引きつれていた。

ふたりの前で、車輪をきしませて止まる。御簾が弾みでゆれた。

「ようこそお越しくださいました」

八郎と豪姫は声をそろえ、深々と頭を下げる。御簾があがりあらわれたのは、関白豊臣秀次だった。もみあげの白髪は、以前よりずっと増えていた。

「幼きころから可愛がっていた豪の招きだ。参らぬわけにはいくまい」

だが、秀家を一瞥する目は暗い。聚楽第での一件を、まだ引きずっている。

「それより、こたびはなにを催すのじゃ。おもしろい趣向の宴と聞いたぞ」

豪姫には笑みをむける秀次だったが、目の下にはこい隈ができていた。

「こたびの趣向には、いささか自信があります。さあ、どうぞ、こちらへ」

豪姫は、たしかな足取りで進む。

雑木林をぬけたとき、「おおお」と秀次は歓声をあげた。

茅葺きの屋敷が一軒建っている。新しくはあるが、決して大きくはない。なにより質素だ。関白をもてなす場として、適切だとは到底思えない。にもかかわらず、秀次は一歩二歩と茅葺きの屋敷へと近づく。感に堪えぬという風情で、首を横にふっていた。

「豪、これは長浜にいたころのわが寓居を真似たものだな。そうだろう」

質素な屋敷の壁を、大切そうになでる。

「はい、そのとおりです。孫七郎義兄様らと一緒に遊んだのを懐かしく思い、急ごしらえですが普請させました。さすがに、家財道具はありあわせのものですが」

「そうなのか。だが、間取りはあのころと同じではないか」

屋敷のなかへと顔をつっこみ、秀次は喜声をあげている。

「見ろ、八郎、これはわしが長浜におったときの寓居じゃ」

以前、八郎にむけた敵意が嘘のように快活な声だった。

豊臣秀吉が、琵琶湖の畔《ほとり》にある長浜城主だったころのことだ。秀次はまだ秀吉の養子ではなかった。秀次の父に出世欲はなく、長浜の城下に田畑のある屋敷をもらい満足していたという。

「覚えていますか。秋になると、寧々の義母様と一緒に、私は田畑の収穫を手伝いました」

「忘れるものか。豪はちいさいのに、本当によく働いてくれた」

秀次が目を細める。

「よくいいますこと。私に仕事を押しつけて、孫七郎義兄様は怠けていたではないですか」

「ははは、そうだったかもしれんな。収穫が終われば、みなで宴を開いた。仕事の後の飯は、本当に美味かった」

秀次は、目を糸のように細めた。屋敷の前には、三分の一ほど耕された畑がある。

「なるほど、豪の趣向とは昔を懐かしむということか」

「はい。家だけではありません。他にも色々と趣向を用意しております」

いいつつ、豪姫は打掛を脱いで侍女にあずけた。

小袖姿のまま屋敷の裏へと歩いて、でてきたときには両手に鍬がにぎられていた。

「これはおもしろい。関白に農事をさせるつもりか」

「さきほど殿下は、働いた後の飯は美味いとおっしゃられました。関白として美食を極めた方の言葉ならば、この世のものとは思えぬほどの味なのでしょう。それを、豪は馳走さしあげたくあります」

「これは一本とられたな」

いいつつ、秀次は乱暴に直垂《ひたたれ》を脱ぎ捨てた。あわてる近習に投げつけ、袖をまくる。

「一日かぎりの余興じゃ。八郎、なにを呆けているのだ。お前も鍬をもて」

秀次が鍬を放りなげたので、うけとらざるをえない。豪姫は笑いつつも、紐をとりたすき掛けでたもとをたくし上げた。随分と慣れた手つきだった。そういえば、秀吉の妻の寧々と豪の母の松は、若きころは庭に田畑をつくり暮らしの足しにしていたと聞いたことがある。どうやら、豪姫はふたりから農事の手ほどきをうけたことがあるようだ。

全身が痛い。

顔をしかめつつ、秀家は屋敷のなかに敷かれた畳の上に尻を落とす。なのに、この充足した気持ちはなんだろうか。体のなかから太陽が昇り、手足の隅々まで温めるかのようだ。

疲れているのに、ずっとこの心地を味わっていたい。

「どうだ、八郎、剣術の稽古や合戦とは、また体の疲れ具合がちがうだろう」

顔を土で汚した秀次が笑う。にわか普請の屋敷の縁側にすわって、手巾で汗を豪快にぬぐう。関白よりも、今の姿の方がずっと板についている。

秀次と秀家の目の前には、なかばほど耕された畑があった。

陽はもう半分以上沈んでおり、空だけでなく大地も赤く染めている。

「まさか、これほどまでに農事が大変とは思いませんでした」

まめができた手を秀次に見せた。

「百姓らしい手になったな。が、まだ甘い。わしは、もっと手の皮が厚かったぞ」

誇るように手を見せた。

「もっとも今は、薄くなってしまったがな」

なぜか残念そうにいう。

「どうです、孫七郎義兄様、楽しかったでしょう」

頭に布を巻いた豪姫が、盆の上に湯のみをのせてやってきた。

「ああ、久々に心の底から楽しんだ」

「そうでございましょう。最近の孫七郎義兄様は、私から見ても楽しそうではありませんでした」

明るく装った豪姫の言葉だったが、秀次の顔に影がさす。

「無理して笑っているお姿を見るのは、辛くありました。苦しいお顔をして関白の職をまっとうするのは、孫七郎義兄様らしくありませぬ」

豪姫の伝えたいことがわかったのか、秀次は完全に黙りこんだ。

「もっと、孫七郎義兄様らしく生きて欲しいのです。小吉や辰千代も、それを望んでいると思います」

小吉や辰千代とは、夭折した豊臣秀勝と秀保の幼名だ。

豪姫が、秀次に手をのばしたときだった。

「豪は、なにもわかっておらん」

豪姫の腕が止まった。

「わしには逃げる場所などないのじゃ。そんなこともわからぬのか」

哀しげな声で秀次がつづける。

「たとえ高野山に逃げたとて、太閤殿下は許さぬはずじゃ。殺生関白とまで呼ばせたわしを許すはずがない」

秀家の胸が締めつけられる。高野山もかつては公界や無縁だった。土地を追われた人々が集う場所だ。どんな罪を持つ人間でも匿い、どんな世俗の権力も手が出せない聖域だった。が、織田信長が力を持つに及び、さらに秀吉の世になって、それは完全に過去の話になった。

「わしには……逃げる場所などないのだ」

秀次の口からこぼれ落ちた言葉には諦念の色が濃くあった。

「だからこそ、わしは義父上の一番の忠臣でいなければならぬ。そのために関白の職をまっとうする。それしか、わしには……」

太陽は完全に没し、天には星がまばたきはじめていた。

星がひとつ、線を引いて地へと落ちていく。

三人はその様子をただ黙って見ていた。

天下人の野望

一

聚楽第の金箔瓦の御殿が崩されていく。柱がきしみ、梁がおれ、瓦が粉砕される音が、とめどなく宇喜多秀家の耳に注ぎこまれる。まるで、豊臣秀次の悲鳴を聞いているかのようだ。

とり壊しの奉行に任じられていなければ、秀家は耳をふさいでいたかもしれない。秀家と豪が、伏見に長浜時代の寓居を再現し秀次をもてなしたのは、五月ほど前のことだ。三月前に秀次は秀吉によって高野山へ追放され、その地で切腹した。

秀吉の行動は素早く、かつ隙がなかった。秀次の幼い子供や妻妾ら四十人を京の三条河原で処刑した。秀次の家臣に、切腹や追放、蟄居、所領没収などの刑を次々と下す。同時に前田利家、宇喜多秀家らを呼集し、誓紙でお拾い様への忠誠を誓わせ、大老職につけ、政治的混乱は最小限にとどめた。

秀吉の手腕を再認識させる粛清劇のおかげで、懸念された亀裂は宇喜多家中にはいることがなかった。皮肉な結果といわざるをえない。朝鮮への再出征も心配事のひとつだが、明と朝鮮の使節が大坂にくることが決まっており、戦は回避される見込みだ。

破却される様子を見守る一団がいることに気づいた。何人かの男に見覚えがあった。能の役者たちのようだ。

施政者として秀次は優秀とは言い難かったが、能などの芸術を育む才には長けていた。当代一流の文化人を集め、能の詞章の注釈書を編纂させたことは、口の悪い京の公家たちからも評価が高い。そのせいか、秀次のことを密かに偲ぶ能の役者や芸能の徒が少なくないという。秀次の妻妾や子女が処刑された三条河原にほど近い場所で、出雲の阿国なる女がややこ踊りという芸能をはじめたと耳にした。あるいは秀次への弔意ゆえかもしれない。

深く一礼して去る能役者たちの姿を見つつ、秀家はそんなことを考えた。

やがて、日が傾きはじめる。残照のなかで、人夫たちが後片づけをはじめていた。気の早い者は、仮小屋に引きあげている。秀家は、南へと顔をむける。松の大樹は、宇喜多家の屋敷のものだ。京や大坂の屋敷にも、同じように松を植えている。

荷車を引いた一団が、こちらにやってきていた。異様なのは、先導する人影だ。真んなかが細く盛りあがった市女笠《いちめがさ》が見えた。広いつばから垂れる虫除けの白絹が、夕風になびいている。長い小袖は普請場を歩くのには適していないが、苦にするでもなく瓦礫をまたぎ、八郎のもとへと近づいてくる。白絹のすきまから、そばかすの名残がのぞいていた。

「豪よ、どうしてきたのだ。もうすぐ陽は落ちるのに」

市女笠をとり、豪姫は髪に空気を与えるように首を動かした。

「今宵、豪は孫七郎義兄様を弔いたいと思ったのです」

秀家は素早く周囲を窺った。罪人として死んだ秀次の名は、軽々しく口にしてはいけない。

「とはいえ、念仏をあげるのが憚られることぐらいは、私でもわかります」

豪姫の目尻が哀しげに下がる。

「ならばせめて、思い出の地で賑やかに宴をしようと……孫七郎義兄様はお酒が好きでしたゆえ」

後ろにつづく荷車にのるのは酒樽だった。鷹狩の後に、みなで宴を開いたことを思いだした。

「あくまで、名目は聚楽第破却の人夫をねぎらうためです」

「なるほど、ならばお咎めもあるまい。よし、勘十郎、人夫たちを呼んでくれ。今宵は無礼講だ。酒を回してやれ」

樽が荷車から下ろされ、土のついた槌で蓋が割られる。

人夫たちが歓声をあげた。

たちまち、酒の香が聚楽第跡に満ちる。たしかに、抹香で悼むよりも、秀次も喜びそうだ。

豪姫が酒を地面へとそそぐ。黒い大地にしみこんでいく。そんなことを三度繰りかえした。秀次だけの弔いではない。その数ヶ月前に変死した豊臣秀保、朝鮮で客死した豊臣秀勝、彼ら三人への弔いなのだ。

片膝をついて、地面に酒が染みる様子を見つめる。心中で、念仏を唱える。三人の顔が次々とうかぶ。もうすこし己に力があれば、三人のうちのひとりぐらいは助けることができたのではないか。そんな思いが、胸を締めつける。

酒が土に吸いこまれたのを見届けてから、秀家は立ちあがった。

あちこちで人夫たちが車座になって、宴を思い思いに楽しんでいる。

博打でもしているのだろうか。「丁」や「半」という言葉が聞こえてきた。

「さあ、どうした、どうした。こんな若造にやられっぱなしで悔しくないのか」

見れば、ひとりの若者が威勢のいい声をあげている。年齢は、十八歳ほどだろうか。茶筅の形に無造作に髪を結っている。顔は細面だが、頬などに骨っぽさがある。右の目尻に、刀傷のような傷がうすくはいっていた。

「畜生め、やられた」

「すこしは手加減しやがれ」

大人たちが、悔しそうに銭を叩きつけた。若者は、得意げにそれをうけとる。

「ふん、因果応報よ。博打も知らぬ童から、あさましく銭を奪っただろう」

銭をかき集めつつ、若者は首を横へむける。

「おい、仇はとってやったぞ」

見れば、まだ年端もいかぬ童がいる。不安そうに茶筅髷の若者たちのやりとりを窺っていた。

「もう、騙されるなよ。母ちゃんの薬代だろう」

勝った銭を、惜しげもなく押しつけた。童はちいさな頭を何度もさげる。

「なかなか、奇特な若者ですね」と、豪姫が目を細める。

声が届いたのか、銭袋を大事そうにかかえる童がこちらをむいた。人夫たちもそれにつづく。

「ああ、中納言（秀家）様、それに奥方様」

みなが顔色を変え、一斉に両膝をつきひれふす。だが若者だけは、片膝だけをついた。これは武士の礼である。自分の礼がほかとはちがうことに気づいたようで、あわてて同じようにはいつくばるが、体に馴染んだ所作ではない。間違いなく武家の出だ。

「中納言様、申し訳ありませぬ。つい出来心で、賭けを」

人夫頭と思しき男が、恐る恐るいう。

「別に大金でなければ、賭けは禁じておらん。好きにやったらいい。だが、元服もしていない童相手の博打は、今日かぎりひかえよ」

「ははぁ、承知いたしました」

人夫たちが額をすりつけた。

茶筅髷の若者に、秀家は目をやる。

「顔をあげよ。名はなんという。さきほどのやりとり見ていたぞ」

茶筅髷がゆっくりともちあがる。若さゆえのふてぶてしさと気品が、顔に同居していた。

「長五郎と申します」と、物怖じせずに答える。やはり、それなりの血筋の武家の出だ。

「どこの出自だ。姓はなんという」

「それはご勘弁ください」

言葉とは裏腹に、どこか人を食ったしゃべり方である。

無理強いすることはあるまいと、長五郎の行いを賞したのちに秀家は立ちさろうとした。

「中納言様、お待ちください」

声をかけたのは、茶筅髷の若者長五郎だった。

「お願いがひとつあります。拙者と勝負をしていただけませぬか」

場が大きくどよめいた。

「馬鹿、なにをたわけたことを」

年長の人夫が窘《たしな》めるが、長五郎にひるむ様子はない。

「中納言様ご推察のように、拙者は武家の生まれです。さる家の次男坊で、とある武家の養子になりました」

人夫たちが、たちまち後ずさる。

「なにゆえ、人足の真似事をしていたかというと、銭が必要だからです」

「養子先や生家に、銭はないのか」

「無論、うなるほどあります。が、それは拙者の才覚で得た銭ではありませぬ」

長五郎は秀家に語る。仇を討ちたい男がいる、と。相手は家中の同朋ゆえ、殺せば養家や生家に迷惑がかかる。それは覚悟の上だが、相手を斬る得物だけは己で稼いだ銭で誂えたい、と。

「それゆえに、備前中納言様の普請場に厄介になりました。ですが――」

言葉をつよく発して、長五郎はみなの注意を一気に引きつけた。

「それでは目的の刀を手にいれるのに、時を要します。仇討ちの相手を待たせるのも、いかがなものかと。そこで、泣く泣く博打などという悪事に手を染めた次第。ところが、この童が悪い大人に騙されて、こちらが一文の得にもならぬ勝負を挑まされる始末」

「ひでえよ、たのみもしねえのに、長五郎さんが仇を討ってやるって言いだしたんじゃねえか」

童の必死の弁解に、周囲から笑い声が沸きおこった。

「と、この童が申すように、弱者がいると見過ごせないのが我が性分。唸るほどの博才はあれど、義侠心ゆえ一向に銭が貯まらぬのです。そんなときに、目の前におわしましたのが中納言様です」

人を食った口上に、秀家も苦笑を漏らす。

「中納言様に勝負を挑み勝てば、刀の金もすぐに手にいれることができましょう」

「おもしろいではないですか」といったのは、豪姫だった。

「勝負をおうけなさいませ。豪は、この長五郎と申す者が気にいりました。殿がやらぬのなら、この豪が勝負をうけてたちます」

大名の奥方らしくない豪気ないいように、人夫たちが快哉を叫んだ。

やれやれ、と秀家は内心で嘆息をこぼす。

「わかった、私がやろう。豪に勝負をさせては外聞が悪いからな。長五郎、いかほど必要だ」

「金十両」

「ふっかけたな。では、お主が負けたらどうする」

「拙者、備前中納言様の家来になります」

「ほお、捨て扶持でもいいのか」

「はい。拙者の才覚をもってすれば、万石の扶持でも安いくらいですが、勝負に負けたとなれば、中納言様の言い値で奉公いたしましょう」

自信と諧謔に満ちた口調に、豪が吹きだした。

「よし、いいだろう。賭けよう。勝負はなんだ」

「賽の目で、丁と半はいかがか」

秀家が応じると、掌に納まる壺と賽子《さいころ》がひとつでてきた。

長五郎は壺のなかに素早く賽子を放りなげる。

「勘定は苦手なもので、賽子はひとつでご勘弁を」

勢いよく壺を地面へと伏せた。賽子が壺にあたる乾いた音がひびき、やがて静かになる。

「さあ、備前中納言様、丁か半か」

「ならば、丁だ」

ゆっくりと壺があがる。みなが身をのりだした。どよめきが立ちのぼる。目は、一。半である。

「残念ながら、宇喜多家への仕官はなりませんでしたな」

悪童のような笑みを、長五郎はうかべた。

「仕方あるまい。金は用意しよう。それより長五郎とやら、いつまでここにいるのだ」

「こちらの普請場は、今日までというお約束。ご覧のように、あらかた仕事も終わりました」

この男ともうあえぬのは、なぜか惜しい気がする。豪姫も同様のようで、ため息を漏らす。

「そういうことならば仕方ないな。おい、盃をみっつもってきてくれ」

酒で満たし、長五郎に差しだす。のこりのふたつを、豪姫と秀家がもつ。

「長五郎とやら、うけとれ。はなむけの盃だ」

「音に聞く、備前の銘酒ですな。なによりの餞別」

「浮世のしがらみもあろう。あえて、姓は聞かぬ」

「はい、名字隠しのままの方がお互いのため」

長五郎は秀家と同じ高さに盃を掲げた。

「長五郎殿、御武運を祈ります」

豪姫も同じ高さに盃をあげた。秀家の一声で、三人は同時に盃を口につける。

二

意外な客が宇喜多家の京屋敷を訪れたのは、長五郎と博打をした数日後のことだった。細面に灰髪の顔は、老いた狼を思わせる。この男の面相を、これほど正面に見すえたことはなかったな、と秀家は考えた。何度も大坂城や伏見城でまみえているはずだが、影のように家康に侍する姿しか思いうかばない。

家康幕下の軍師、本多〝佐渡守〟正信だ。

忠勇の士が多い三河武士にあって、経歴は異彩をはなっている。若きころは三河一向一揆に参加し、家康に矛をむけた。諸国を放浪後に帰参して、謀略を駆使し豊臣家に匹敵する二百五十万石の大国に徳川家を育てた。功績に比して、家中では鼻つまみものの扱いをうけているとも聞く。

手段を選ばぬ知略が、三河武士には軽蔑の対象になるのだ。

「いかがですか、備前中納言様。それがしの願い、聞き届けてもらえましょうか」

本多正信は頭を下げ、三白眼で見つめてくる。秀家は返答に窮した。

正信の来訪も意外だが、たのみ事はさらに虚をつくものだったからだ。

「先日、聚楽第の破却場に長五郎ともうす者があらわれた、と聞きました。その者の居場所を、それがしに教えていただきたい。もし、かくまっているようであれば、即刻、引きわたしていただくことを望みます」

徳川家の軍師が、なぜ人夫くずれの長五郎を欲するのだろうか。なにより、この程度のたのみで本人がくるのがおかしい。

「長五郎は仇を討ちたい者がいるといっていた。もしや本多佐渡殿の命を狙っているのか」

はたして、本多正信の細面が引きつる。謀臣らしからぬ、表情であった。

「わが本多家の恥なれば、詮索はご勘弁を」

「長五郎の居所を知って、どうするつもりだ」

「両足をおって、歩けなくします」

「徳川殿の軍師らしくない物騒ないいようだな」

いや、逆かもしれない。刺客の命をとらないのだから、手ぬるい。

実は、秀家も勘十郎をつかって長五郎を探していた。今は、京の外れの流人街に身をよせているところまでは調べがついている。

「よければ、因縁を聞かせてくれぬか。なんの非があって、足をおらねばならぬ」

正信は無言だ。この態度で、秀家の対応はきまった。

「悪いが、お引きとり願おう」

正信の頭が跳ねあがる。

「長五郎が咎人であれば、教えよう。だが、子細もわからぬのに、両足をおるといったお主には引きわたせん」

正信の顔に苦々しいものが走った。

やはり、妙だ。こ奴は、ここまで露骨に感情をあらわす男ではない。

秀家の思考を察したのか、正信が素早く顔をふせる。ふたたび首をもたげたときには、百戦錬磨の策士の顔にもどっていた。

「ご助力いただけぬようでしたら、仕方ありませぬな。長五郎めは、それがしが独力で探すのみ」

正信は、すっくと立ちあがる。

「ああ、念のため申しあげますが、余計な詮索だけはご遠慮願いたい」

言葉は丁寧だが、口調には命令するかのようなひびきがあった。

部屋から本多正信が去り、秀家はしばらくあごをさすり考える。

手を叩いて、勘十郎を呼んだ。

「すまぬが、今から走ってくれぬか」

「わかりました。して、いき先はどちらでしょうか」

勘十郎はもう腰をうかしている。

「長五郎をここに連れてきてくれ。できるなら、今日か明日にでもあいたい」

「ほお、本多佐渡めが、中納言様のもとへきたのですか」

宇喜多家の屋敷に呼びつけた長五郎は、以前のような人夫然とした姿ではなく、粗末ながらも袴をはいていた。腰には、拵えが美しい二刀がある。秀家からの金で購ったものだろう。

「お主を探し、両足をおるといっていたぞ」

「それは物騒ですなぁ」と、他人事のように答える。

「おい、口を慎め、御前であるぞ」

たしなめたのは、秀家の横にいる大柄の武士だ。名を進藤三左衛門という。父親は伊勢の大名北畠家につかえ、織田信長の叔母を娶るほどの重臣だった。が、信長の伊勢侵攻時に抵抗し一族の大半を討たれ滅亡する。放浪していたところを、宇喜多家が召しかかえたのだ。宇喜多家屈指の剣腕の持ち主としても知られている。

「長五郎、本多佐渡めが、お前の仇なのか。奴とは、どんな因縁がある」

「随分と答えづらいことを聞かれる」

進藤が睨みつけたので、長五郎は肩をすくめた。

「わかりました。ひとつだけ白状しましょう。本多佐渡めは、わが仇ではありませぬ。奴は拙者の仇討ちをはばみたいだけです」

「なぜ、佐渡がお主の邪魔をするのだ」

長五郎は微笑するだけで無言だ。

「では質問を変えようか。お主は仇討ちをするというが、理由はなんだ」

「朋輩がありもしない罪をきせられ、殺されました。関白殿下の粛清のあおりをうけてです」

「朋輩とは、だれだ。関白殿下の家臣か」

「いえ、ちがいます。別の家中です。仇が関白殿下の家臣とつながりがあり、不正な財をたくわえていたのです。関白殿下粛清によって、不正がばれました。それを奴は、拙者の朋輩に濡れ衣をきせた。身分が低いのをいいことに、です。本来罪を負うべき男が、のうのうと生きのこっている」

長五郎の語尾がかすかに固い。平静をよそおっているが、怒りがにじんでいた。

「だれも友の仇などとろうとしません。目をつむって、やり過ごすばかり。それが、拙者は我慢ならなかった。しかし、本多佐渡は『軽輩の武士ごときの罪で事をかまえるな』と。それでなくても、本多佐渡の一族は……」

多弁になっていることに気づいたのか、長五郎はあわてて口を噤む。

「とにかく、このままでは、友が成仏できませぬ。ひとりぐらいは命をかけて復讐してやらねば、不憫でございましょう」

「なるほど、言い分はわかった。だが、問題は宇喜多家がどうでるか、だ」

秀家は姿勢を正して、同席する者たちに目を配った。

「本多佐渡殿は、徳川家の重臣。もし長五郎に非があれば、かくまった殿の立場が悪くなります。なによりこの長五郎と申す者は、肝心なことを隠しております。信用するのは、いかがなものかと」

進藤のいうことは正論だった。

「ならば、長五郎を突きだせというのか」

「それもやむを得ぬか、と」

「ですが、本多殿は徳川様の家来、つまり陪臣です。豊臣の直臣の殿が唯々諾々と従うのは、いかがなものかと思います」

勘十郎が言葉をさし挟むと、みながかたい顔で黙考した。

それを楽しむように見ているのは、長五郎だ。

「長五郎殿のいうことを、信じてもよいのではないですか」

突然、女性の声が響きわたった。みなが一斉に首を後ろへむける。だれであるかすぐに察しがついた秀家は、頭をかかえた。襖がゆっくりと開きあらわれたのは、豪姫だ。

「奥方様は、この男を信じるに足る確証をおもちなのですか」

進藤が、かたい声で豪姫に問う。

「豪にも子細はわかりかねます。ですが、破却場で童のために一銭にもならぬ博打をした長五郎殿を、私は信じたいと思います」

「と、豪は申しておる。長五郎よ、そなたは本当に信じるに足るのか」

秀家は、茶筅髷の若者に目をもどす。

「さて、困りましたな。信じるに足るか、といわれても、拙者は仇討ちもなしておらぬ青二才でございますれば」

「では、本多佐渡のもとに引きわたしてもいいのか」

「それで中納言様が後悔されぬようでしたら」

「まるで、私がそうせぬと信じているかのようだな」

「窮鳥懐に入《い》れば、猟師も殺さずといいます。破却場で何度かお見かけした中納言様は、そのご気性の持ち主かと。だからこそ、のこのこちらの屋敷まで出向いたのです」

「のこのこ出向いた、だと。本多佐渡がきたことを知っていたのか」

「確信はありませんでしたが、十のうち八は本多佐渡めが中納言様のもとを訪れたであろうと当たりはつけていました」

「なるほど、本多佐渡の件については、見事に勘が的中したというわけか。だが、まだお主をかくまうと決めた訳ではないぞ」

「勘というより、賭けですな。中納言様は私を本多佐渡めに突きださぬ、という目に賭けたのです。そして屋敷にきて確信したのは、これは丁半博打よりも勝算の高い賭けということです」

勝ちほこるような、長五郎の口調だった。

「勝算が高い、か。それは、この賽子を使った博打と同じ勝算ということか」

秀家が手のなかからだしたのは、賽子だった。が、転がらない。秀家があらかじめ、短刀でふたつに割っていたからだ。

「ああ」と進藤と勘十郎が声をあげた。断面から黒い鉛がのぞいている。いかさまの賽子――悪采である。さらに壺も取りだす。口のところに黒い糸がわたしてあった。

「見覚えがあるだろう、破却場でお主が使っていたものだ。常に一がでる賽子、相手が半にはれば、壺のなかの糸で目を変えるという訳だ。よくぞ考えたものよ」

縛についた長五郎を連れた秀家一行が、本多正信と落ちあったのは田畑が点々とある京の外れだった。はるか遠くに、畑を耕す人影が豆粒のように見える。大きな雑木林とそれをかこむ荒野が、寒々しい雰囲気をそえていた。

三

「わが願いを、さっそく聞き届けていただけるとは。この本多佐渡、嬉しく思いますぞ」

屈強の従者数人を引きつれた本多正信が、ゆっくりと近づいてくる。

「さあ、長五郎めを引きわたしてもらいましょうか」

満足気に目を細め、進藤がもつ縄をうけとろうとする。

「しばし、待たれよ。引きわたす、とはいっていない」

正信の手がぴたりと止まる。

「では、なぜ長五郎が縛についておるのです」

「実は、あれから色々と考えてな」

秀家は勘十郎に目をやった。一丁の火縄銃をもち、弾をこめていた。

「やはり、宇喜多家と徳川家の親睦を考えれば、長五郎を引きわたすのが妥当だろう。だが、こ奴は、とんだ食わせ者だった」

秀家は、悪采と糸をはった壺を、正信の足元に放りなげた。

「あろうことか、悪采で私から金十両を騙しとった。佐渡殿に引きわたすつもりだったが、そうすればこの宇喜多〝中納言〟秀家の面目がたたん」

「長五郎、貴様ぁ」

こめかみを脈打たせつつ、正信が睨みつける。

「私が、この男を成敗する。とはいえ、度胸は見上げたものだ。また、佐渡殿も自身で成敗することに、まだ未練があろう」

秀家は火縄銃を受けとり、だれもいない荒れ野に向きなおった。腰の高さほどはある草が、鬱蒼と生いしげっている。

「十数えるあいだに逃げろ。数えおわったら、射つ。外れたら、罪は問わない。そのままどこかへ消えろ。あとは、佐渡殿がどうするかだが、私にはかかわりあいのないことだ」

返事を待たずに、進藤が刀をぬき、長五郎の縛を断ちきる。

「では、はじめます。まず、ひとつ」

ふたりそろって声をあげた。あわてて長五郎が背をむける。

五つ数えたところで、銃を構えた。

六つで、銃床を頬にめりこませる。

秀家は引き金をひいた。轟音に、正信の両肩が跳ねあがる。大地を抱くようにして、長五郎は倒れふす。背の真んなかに命中した。心臓を射抜く位置だ。

「卑怯ないかさま師相手に、十数えるのももったいないだろう。どうする、佐渡殿。屍体を検分するか」

秀家と正信の視線がぶつかった。背後の従者たちの顔は青ざめている。侮蔑するように、本多正信は片頰をゆがめた。

「無駄なことは、よしましょうか」

声には忌々しさがにじんでいた。

「骸《むくろ》は、そちらで片づけてくだされ。拙者は、これで失礼いたします」

まだ狼狽《うろた》える従者たちをつれて、正信は帰っていく。その様子を、勘十郎と進藤が固い表情で見つめていた。視界から消えて、ふたりが大きく息をはく。

秀家は雑草をふみしめて、倒れる長五郎のもとへと歩んだ。

「もう、いったぞ」

声をかけると、ごろりと長五郎が仰向けになった。

「どうだ。弾の味は」

「紙の弾でも、死ぬかと思いました」

長五郎は顔をゆがめて笑った。秀家が射ったのは、稽古で使う紙を丸めた弾丸だ。

正信を出しぬくために、秀家と長五郎が仕組んだ芝居だった。

「もし、お主があの金十両を刀だけに使っていたら、鉛の弾を打ちこんでいたところだ」

実は長五郎の腰にある刀は拵えは華美だが、中身は無銘だ。人を斬るのに、銘などは関係ないということだろう。ほとんどの金を貧民に分け与えたという。

「この借りは、かならずかえします」

膝をついて、茶筅髷の若者は殊勝に座した。

「借りとは、悪采で金十両を巻きあげたことか。それとも、本多佐渡から救ってやったことか」

「金十両の方ですな。佐渡めは、なかばわれらの芝居に気づいておりましょう」

「そういえば、去り際が潔すぎると思っていたが」

「拙者の仇討ちを、佐渡は邪魔しない、ということです。宇喜多家とこれほどの騒動をおこしたとあっては、外聞が悪いと判断したのでしょう。それに、とり巻きたちは拙者が死んだと思ったはず」

「なるほど。長五郎の仇討ちがなったときの言い訳はできる、という訳か」

「まあ、中納言様に騙された訳ですから、策士の面目は潰れてしまいますがな」

心底から嬉しそうに、長五郎は笑う。

「さて、佐渡めを出しぬいたことですし、長居は無用と存じます」

長五郎は体についた草を、手ではたき落とした。

「仇討ちにでるのか」

「はい。討たれる方も、首を長くして待っておりましょう」

惚《とぼ》けた口上とともに長五郎は素早く一礼し、風のように走りさる。

秀家は、その様子をじっと見ていた。

なぜだろうか、長五郎の姿を見ていると、正信の姿が嫌でも頭によぎる。

将来、再び本多正信と相見える――確信に近いものがあった。そのとき、今日のように上手くいくだろうか。冷静沈着な徳川の軍師に勝つには、尋常の策では無理だ。

何か切り札がいる。

考えているうちに、長五郎の姿ははるか遠くに消えようとしていた。

それにしても、と思う。

しがらみに縛られない、長五郎が羨ましい。

完全に見えなくなってから、顔を西の空へとむけた。

いつのまにか、どす黒い雲が棚引いている。

それは、かつて戦った朝鮮の空で見たものとよく似ていた。

天下人の最期

一

　宇喜多秀家は、無人の朝鮮の野を馬で駆けていた。一万の宇喜多兵が、落雷を思わせる馬蹄の音とともにつづく。いくつもの村や城、砦を駆けぬける。そのたびに秀家は、腰の刀に手をやり、合戦の命令を下す。だが、すべて徒労に終わる。村や町、城はいずれも無人だったからだ。

　豊臣秀次を粛清した翌年、秀吉は再び大軍を朝鮮へ派すことを決意する。宇喜多家には前回と同じ兵一万の動員に加えて、水夫一万の拠出を求められた。

　無論、断ることはできない。今までの成果が水泡に帰すと知りつつ、秀家は海を渡らざるをえなかった。

　前回とはちがい、明朝鮮の準備は万端だった。日本軍の進路にある村や町の食料、家財はおろか民も含めすべてを、山中ふかくにある塞に集めたのだ。宇喜多秀家は左軍の総大将として指揮をとっていたが、進めば進むほど飢餓地獄に足をふみいれるかのようだった。

「敵はいないのか。探せ」

背後につづく兵たちに命じつつも、秀家は馬の足を決して緩めない。

ふかい静寂は、軍勢の足音さえ飲みこむ。

またひとつ、大きな町を虚しく通りすぎた。

「敵でなくてもいい、人だ。人はいないか」

叫ぶ喉は嗄れそうになっていた。限界を迎えたのは、のる馬だ。泡をふいて、地に寝そべる。

「殿、今日はもう休みましょう」

気づけば、日はとっくに暮れていた。無人の村で、宇喜多軍は宿営をはじめる。

「さあ、あちらへどうぞ」

村の長のものと思しき屋敷へ誘われる。秀家は暗い廊下を歩いた。

なぜか灯りがついている部屋がある。開け放った入口から、人影も見える。そっと、なかをのぞいた。浅黒い肌をした小男と十歳くらいの童が座している。ふたりのあいだには、将棋盤がおいてあった。どうしたことか、盤上に駒はなく酒肴をのせた小皿がならんでいる。童の顔は強張り、壊れかけた玩具を連想させた。眉間はくもり、必死に涙をこらえていた。

そんな童に、黄色い歯を見せて男は破顔する。

「そうじゃ、八郎殿よ、豪姫の婿になるか」

八郎と呼ばれた童の体のふるえが止まった。

「そうすれば、八郎殿もわしの子ということになる。きっと宇喜多家も安泰じゃろうて」

秀家は腕で乱暴に目をこすった。

なぜ、幼いころの己が目の前にいるのだ。

もしや、これは夢か……。

そう思いいたったとき、のぞく窓がぐらりとゆれた。

秀家は壁にしがみつく。が、なかの男は微動だにしない。

大きなゆれが、とうとう秀家の視界を一回転させた。

まぶたが上がる。

木がきしむ音が、ゆれとともにやってくる。船体を打ちつける波の音が、耳をくすぐった。秀家は起きあがり、陽光のふりそそぐ甲板へとでた。船縁のあちこちに、矢傷や黒く焦げた痕があるのは、明朝鮮水軍の猛攻によるものだ。陸上とはうってかわり、敵の水軍は勇敢だった。名将李舜臣《イスンシン》によって、宇喜多家の船は次々と沈められたのだ。

左右を見ると懐かしい陸地があった。四国と備前の岸だ。

日ノ本にもどってきたのだ、とやっと秀家は実感した。

朝鮮で苦戦する秀家のもとに、帰国命令が届いたのだ。まだ戦局は膠着し、朝鮮半島には多くの将兵がのこっているにもかかわらずである。

理由は使者からすぐに伝えられた。


——太閤殿下、ご重篤。


一際大きく船がゆれて、秀家は転びそうになった。傷だらけの船縁にしがみついて、体を支える。後継者の豊臣秀頼は数えで六歳、秀吉が死ねば豊臣政権には大きな亀裂がはいる。急ぎ帰国し、秀吉の逝去後の混乱に備えろという、言外の命令である。

やがて船は港へと近づく。

備前の港へ接岸し、兵たちが次々と陸へ降りていく。

別れていた家族たちと抱きあう姿は、まばらにしかない。それよりずっと多いのは、膝を崩し泣きわめく女や老人、童の姿だ。宇喜多家の損害で特に大きかったのは、水夫一万である。李舜臣《イスンシン》ひきいる朝鮮水軍との戦いで、半数以上が命を失った。うずくまり泣く人々は、戦死した水夫の家族たちだ。

秀家は甲板の上から、陸を見渡す。干拓で生まれた新しい土地には、雑草が高く茂り荒れはてていた。課せられた軍役の過酷さに、民が逃散してしまったのだ。千原九右衛門らの無念はいかばかりだろうか。

「陸にあがって休まれますか」

勘十郎が心配そうに近づいてきた。

「いや、いい。留守の家老たちの報告を聞き次第、大坂へいく。休むのは、事をなしてからでよい」

荒れる田畑を見て、秀家は決心した。

今までの努力を決して水泡には帰させぬ。宇喜多の国と民をかならず守る。

目は、船へと近づくひとりの老武士を捉えていた。泣き崩れる人々をよけて、老人は歩く。甲板へとあがると、船上にいた侍たちが一斉に頭を下げた。

「よくきてくれたな、河内」

秀家は、銃身に田鴫の紋が刻まれた短筒を差しだす。

両手でうけとった浮田河内守は腰に短筒をさし、慈しむように銃身をなでる。

「朝鮮の陣中では、お役にたちましたか」

「幸か不幸か、敵にむけて射つことはなかった。だが、腰にあるだけでたのもしく思えた」

かつて、浮田河内守が戦国大名三村家親を狙撃したときの得物である。秀家は浮田河内守に火縄銃の手ほどきをうけていたこともあり、朝鮮遠征にあたって護身のために短筒を託されていたのだ。

「そういっていただけると、この短筒を託した甲斐があります。しかし、大変な遠征だったようですな。殿の苦難、お察ししますぞ」

浮田河内守が労りの目をむけてきた。

「気づかいは嬉しい。が、時が惜しい。留守のあいだの領国の様子を聞かせてくれ」

秀家はさきにたって、浮田河内守を船室へと誘った。

「実は、家中がきな臭くなりつつあります」

ゆれる床の上に腰を下ろすや否や、浮田河内守は口を開く。

「宛行に反対する者どもめ、大それたことを企んでおります。いうのも憚られることながら、殿を力ずくで隠居させるつもりです」

「隠居だと。この私をか」

浮田河内守がうなずく。秀家を隠居させ、まだ若い長男をかわりに君主の座につける。そして、宛行に反発する家老たちが後見する。そうやって、自分たちの独立を死守する。

「なにかの間違いではないか」

朝鮮在陣中は、家臣たちに不穏な動きはないと決めつけていた。なぜなら宛行反対の家臣はみな武功の士で、ほとんどが朝鮮に在陣しているからだ。あの過酷な戦場で、そんな謀を裏で成せるとは思えない。

「ひとり、お忘れでございます。謀を成せる者が、日ノ本におりました」

「のこっているのは、長船、中村、そして河内よ、お主ぐらいだ。まさか、このなかに首謀者がいるのか」

浮田河内守が首を横にふったとき、閃いた。

「まさか、花房助兵衛《すけのひょうえ》か」

花房助兵衛は、元宇喜多家の家老のひとりだ。同姓の花房又七郎らとともに、備前六花武士と呼ばれていた。だが、検地の件で長船紀伊守と衝突し、刃傷沙汰寸前までこじれ出奔する。そんな花房助兵衛を助けたのが、徳川家康だ。死罪でもおかしくはなかったが、特別に秀吉の許可をとり、常陸の佐竹家に蟄居させた。

「花房助兵衛殿の手の者が、密かに備前に送りこまれたようです」

家老だった花房助兵衛の人脈があれば、秀家のいない備前で謀をめぐらすのはたやすい。

「裏で糸をひいているのは、内府（徳川家康）か」

うなずくように、船が大きくゆれた。豊臣秀吉亡き後、その政権を簒奪する者がいるとすれば、豊臣家以上の石高を誇る徳川家康しかない。

「我々も油断しておりました。気づいたときには、ご嫡男をたてんとする輩が、党派を築こうかという勢い。噂では本多佐渡めが、花房助兵衛に力を貸しているとか」

本多正信の狼のような細面と、蛇のような目を思いだす。

「そして、今、家老である戸川殿、岡殿、左京様が遠征から帰って参りました。謀を阻止するには、宛行を断行するしかありませぬ」

だが、尋常にやれば、火に油をそそぐ。逆襲され、秀家は隠居させられるかもしれない。

となれば、手はひとつだ。

「太閤殿下の朱印か」

浮田河内守がうなずいた。秀吉の朱印の力を借りるのはこれで三度目だ。だが、過去二度とはちがう。時間がない。秀吉が永遠の眠りにつく前に、宛行状を発給し朱印をもらわなければならない。

二

しみが飛沫のように散った秀吉の顔を、宇喜多秀家はのぞきこんだ。寝言でもつぶやいているのか、しきりに唇を動かしている。両手を胸の上に置き、袱紗《ふくさ》を握りしめていた。ゆっくりとまぶたが上がり、のぞきこむ秀家を見た。

「おおぉ、八郎か」

豊臣秀吉の言葉は、寝言のようにたよりなかった。

「はい、宇喜多八郎です。朝鮮の陣より帰りました」

「そうか、尾張より参ったのか」

まったく話がかみあわないが、予想はできていたので失望の色は表情にださずにすんだ。

「余はもう長くはない」

「気をつよくお持ちください」

秀吉の口端から涎《よだれ》が流れおちる。

「八郎、たのみがある。お拾い様（秀頼）のことじゃ。かならず、守《も》りたててやってくれ。幼少のお主を引きたてたのは、このわしじゃ。お拾い様を見捨てることは許さん」

濁った瞳が一瞬だけ黒い光を取りもどす。執念というべきだろうか、ねっとりとした目差しが秀家にからみつく。

秀家は、秀吉が胸の上でもつものを見た。朱印と黒印がはいった袱紗である。秀吉はそれをにぎり、片時も離さないという。

「殿下にお願いがあります。お拾い様の将来にかかわることです」

秀吉の瞳孔が、細かくふるえるかのようだ。

「お、お拾い様のためか」

「はい。わが宇喜多家がお拾い様を守るためには、領地の宛行が不可欠です。そのために、殿下の印をいただきとうございます」

う、おおぅと、意味不明のうめき声を秀吉は漏らす。

「恥ずかしきことなれど、今のままでは宇喜多家はふたつに割れます。お拾い様を守ることはできませぬ」

秀吉は、哀しそうに首を横にふるばかりだ。はたして言葉は届いているのであろうか。

「宛行の書状に殿下の印をいただきとうございます。それをもち備前に下り、私めが自ら宛行の采配をとりたいと思います」

首をふっていた秀吉の動きが止まった。

「ならんぞ」

しわだらけの唇をふるわせ、叫ぶ。

「そなたが備前に下ることは許さん」

たるんだまぶたを剝くようにして、秀家を睨む。

「八郎はお拾い様のそばにいて……お拾い様を守りつづけるのじゃ。お拾い様のそばを離れることは、断じて許さん。一刻たりともだ」

口のなかの歯茎は、腐った果実のような色をしていた。

「しかし、殿下の判をもち、下国せねば、この大事業はなりたちませぬ」

「貴様の魂胆は見えすいているぞ。お拾い様を見捨てて逃げるつもりであろう」

「な、なにをおっしゃるのですか」

弁明しようとしたら、肩を叩かれた。振りむくと、白面の石田三成がひかえている。

「中納言殿、殿下をいたずらに混乱させては、ご病状を悪化させかねません」

一礼して、三成とともに寝室をでる。

ため息をかみ殺したつもりが、いくつかは唇をこじ開けた。

「今の殿下には、なにをいっても無駄でございます」

「では、このまま見守りつづけるしかないのか。治部殿よ、お主も楽観しているわけではなかろう」

「わかっています。島津殿や長宗我部殿のご家老からも、同様のたのみ事をされております」

秀吉の行った検地は、各地の大名に火種を植えつけた。一所懸命の美徳を守る武士にとって、検地はたえがたい蛮行なのだ。秀吉が死ねば、火種が一揆や反乱となって燃えひろがる。特に、朝鮮出兵で治政がなおざりになった西国大名に、その傾向がつよい。

「殿下は、ずっとあの調子なのか」

「半月ほど前までは、一日のうちに正気にもどられるときは数度ありましたが、今は十日に一度という有様。ゆえに、朝鮮からの帰還が一向に進みませぬ」

見れば、三成の白い肌に、疲れがこびりついていた。

「では、次はいつご正気を取りもどす」

「わかりませぬ。典医の話では、よくてあと一回正気を取りもどすかどうかとのことです」

「一回だと」

「それも四半刻(約三十分)のあいだもないのではないか、と」

それほどまでに短い時間ならば、渡海軍帰還の裁可をとりつけるだけで終わる。

「のこされた四半刻を、宇喜多中納言殿に差しあげてもよいと、われらは考えています」

思わず秀家は顔をあげる。

「それは、つまり、渡海した軍兵を見捨てるということか」

「ちがいます。すこしのあいだ、帰るのが遅れるだけ、ということです」

朝鮮の惨状を知る秀家には、あまりにも残酷な判断だ。だがことわれば、滅びが待っている。

「日ノ本はふたつに割れます。そのとき、宇喜多中納言殿が間違いなくわれらにつく。つまり、豊臣家に味方すると約定してくださるならば、殿下の残りすくない時間をおゆずりしましょう」

「宇喜多家五十万石で、関東二百五十万石を相手にせよ、と」

秀家の発した関東（家康の領地）という言葉に、三成は目を素早く左右にやった。家康こそが、秀吉死後の最大の敵となるのはだれもが知っていることだ。

「無論、われらもお助けします」

奉行衆の小禄があわさっても、たかがしれている。

「いかがです。われらと同盟していただけるならば、殿下の正気のお時間をおゆずりします」

もし、秀家が諾といえば、牽制の意味もこめて、三成は宇喜多秀家が反徳川派だという噂を流すはずだ。そうなれば、家康との決戦も避けられなくなる。

「殿下の判があれば、宛行状も力を発揮し、宇喜多家も安泰でございましょう」

三

「十五万石か」

宇喜多秀家はうめくようにつぶやいた。長船紀伊守や中村次郎兵衛らが、深刻な顔でうなずく。伏見城に宛てがわれた一室である。秀家は秀吉が正気を取りもどすときに備えて、伏見にある宇喜多家の屋敷にもどることはせず、一日中城につめていた。

「それも、あくまで、今わかっているだけの数でございます」

目の前に広げた紙には、宇喜多家の家臣の名が連なっていた。もし秀吉の印なしに、宛行を実行した場合、予想される反対者の石高を計上すると、十五万石にもなる。

「さらに、ここに動きがいまだわからぬ宇喜多左京様とその与力の石高をいれると」

「二十万石以上になるということか」

秀家は腕を組んだ。秀吉が正気を取りもどすことなく他界したときのための談合であるが、己の立場の危うさを再認識させられた。本来なら家臣ひとりひとりを説得したいところだが、秀吉のいる伏見城を離れられない。長船、中村は計数に長じた知恵者だが、歴戦の家老を説得するには荷が重い。やはり、是が非でも秀吉の印が必要だ。

だが、そのためにできることは、座して待つことだけというのが歯がゆい。

目の前の紙がゆれていることに気づいた。つづいて、足音がやってくる。

「中納言殿、おられるか」

ひびいた声は、石田三成のものだ。

「太閤殿下がご正気を取りもどされましたぞ」

「まことですか」

秀家が立ちあがるのと、襖が開くのは同時だった。

三成の白い顔が珍しく上気している。

「は、はやく、こられよ。今をおいて好機はありませぬ」

うなずいて横を見る。すかさず、中村次郎兵衛が宛行状をわたしてくれた。二十数枚の紙片にすぎないが、ずしりと重く感じられる。

「さあ、早う」

両手にかかえ、三成の後をついていく。やがて、秀吉の寝室が見えてきた。

「なんだ、あれは」

三成が狼狽の声をあげた。秀吉の寝室の前に、近習らが雲霞のごとく集っている。

「ええい、なにをしている。どきなさい」

三成がかき分けようとすると、ひとりが振りむいた。

秀家と三成は絶句する。目が真っ赤に充血しているではないか。

「ま、まさか」

つづく言葉を、三成は発することができない。

「た、太閤殿下が……」

近習が口を開くと、涙が一滴二滴と頬を伝った。

「殿下の脈が、さきほど急激に弱くなりました」

三成のふるえる腕が、近習の肩をつかんだ。

「そして、意識を失われました。今、御典医殿たちが、つきっきりで……」

三成にしがみつくようにして、近習は崩れた。

伏見城の天守閣から、宇喜多秀家は大地を見下ろしていた。

太閤の死を伝える大名たちの急使が、次々と早馬で発っていく。

太閤秀吉は、死んだ。三成や秀家が、その瞬間にできたことは、側にいることだけだった。

まるで草木が、急速に枯れるかのような最期だった。

豊臣秀頼がはいってきたとき、秀吉の身にかすかな異変がおこった。

「お父様、お父様」

六歳の秀頼が秀吉の体にしがみつくと、異変はだれの目にも明らかになる。

秀吉のまぶたが、ゆっくりとだが確かに上がったのだ。みなが尻をうかし、息を呑む。秀吉の細い腕が動いた。弱々しい所作で、秀頼の肩に手がおかれた。

白濁した瞳が、すんだ黒さを一瞬取りもどしたかのようにも思えた。

枯れた唇を動かし、歯のぬけた歯茎を見せて、必死になにかを伝えようとしている。

それが限界だった。秀頼の肩から、手が滑りおちる。

あわてて脈をとった典医が、首を横にふった。

号泣するものはおろか、涙を流すものもいない。哀しくないわけではない。

あまりに巨大なものを失ったのだ。呆然とする以外のことが、できなかった。

これが、名字もなき百姓から天下人となった男の最期だった。

畳の上で没したのは、幸せだったのだろうか。

主人のいなくなった伏見城の天守閣から見る宇治川は、いつもと変わることなく三十石船が忙しげにいききしていた。街道には、豆粒を思わせる人影が点々とつづき、彼方へと消えていく。

秀家は目をきつく閉じた。両肩がじんわりと暖かくなってくる。

『そうじゃ、八郎殿よ、豪姫の婿になるか』

かつての秀吉の声がよみがえる。

『そうすれば、八郎殿もわしの子ということになる。きっと宇喜多家も安泰じゃろうて』

なぜだろうか。あれほど翻弄されたというのに、脳裏をよぎるのはよい思い出ばかりだ。

父直家亡き後、宇喜多家は見捨てられてもおかしくなかった。だが、秀吉は助けてくれた。紆余曲折はあったが、見捨てなかった。

打算と冷酷に満ちてはいたが、秀家の成長を見守ってくれた。

宇喜多秀家は、懐から書状を取りだす。家臣への宛行の命令状だ。望んでいた秀吉の印は、とうとう押されることはなかった。

躊躇なくそれを引きさく。

紙片が伏見の空に舞った。風がふいて、あっという間もなく遠くへと消えていく。

三章　宇喜多家崩壊

流れ

一

障子の隙間から、寒風が吹きこんできた。しなる枝が、悲鳴をあげるかのようだ。

両脇を小姓にかかえられた老人が、宇喜多秀家の横をとおり上座へといたった。目の下の傷が、過去の戦いぶりを語るかのようだ。老木を思わせる体を折りまげ、すわる。

「大納言様、ご体調を考えてすこし出仕をひかえられては」

宇喜多秀家が声をかけると、前田利家は老いた顔をゆがめた。

「仕方あるまい。お拾い様をご教育する役をまかされたのじゃ。少々の病は押してでも、お教えせねばならぬことがある」

利家は豊臣秀頼の傅役《もりやく》をまかされているが、先月病をえて寝込んだばかりだ。今も、胸を大きく上下させて、やっと呼吸ができる有様だ。

「いかがでした。お拾い様は」

「少々、癇の気がつよい。文武に一流の師をつけているが、みな手こずっておるわ」

「あの歳ならば、勉学よりも遊戯に夢中になるのも止むをえないでしょう」

「市井の童ならそれでもよかろう。だが、お拾い様は豊臣の天下を支えねばならん」

利家は首を力なく左右にふる。

「それより、大坂城での政務は滞りないか」

「はい、みな、仕事にもようやく慣れてきたようです」

秀吉死後、しばらく政庁は伏見城におかれた。だが、つい先日、秀頼を擁して前田利家らが大坂城へと移ったのだ。

「ただ、やはり、懸念もあります。大坂と伏見の対立です」

伏見には徳川家康がのこり、大坂には石田三成ひきいる奉行衆がおり、はげしく反目しあっている。

「治部めと内府殿には困ったものよ」

「毛利公が奉行衆についたことで、大きな衝突になるやもしれません」

秀家の言葉に、利家は肉が落ちた首筋を荒々しくなでた。

秀吉の正気の時間を与えるという、三成と秀家の取引ははたされなかった。そんな三成が近づいたのが、毛利輝元だ。秀吉生前に、輝元は一族で元養子の毛利秀元に三十万石近い所領を割くよう命令をうけていた。そこに三成はつけこみ、秀吉の命令を白紙にすることを条件に毛利輝元を奉行衆側に引きこんだのだ。

一方の家康も、大名間の私婚を禁ずるという法を犯し、伊達家や蜂須賀家と姻戚関係を結ぼうと画策していた。両者の政争は激化し、一時、二万と号する毛利の軍勢が領国を発つほど緊張が高まった。

「とにかく、われらは鼎の足の一本として、豊臣の天下をしかと支えねばならぬ」

豊臣家は今、三つの派閥に分かれている。家康派、それに反発する三成を首魁とする奉行衆、そして利家や秀家らの中立派だ。

圧倒的な力を持つのは、家康だ。ゆえに、著しく不安定な状況がつづいていた。家康を大坂城の秀頼から引きはがしたのも、そうしなければ徳川家が際限なく強大になるからだ。

「この歳になって似合わぬ仕事をさせられる。太閤殿下のとんだ置土産よ」

苦笑を交えていう利家の表情に、過去の豪傑の片鱗が垣間見えた。

「微力ながら、私や豪もお助けします」

「ああ、たよりにしている。だが、宇喜多家も宛行という難事をかかえておろう」

ぴくりと、秀家の頬が動いた。

「宛行に関しては、仕置家老の長船にまかせています」

「勝算はあるのか」

落ちくぼんだ目でのぞきこまれた。さきほどとはちがう憂慮で、利家の瞳がくもっている。

「たしかに、長船は太閤殿下も認めた計数の才の持ち主じゃが……」

利家の言葉が途切れる。廊下から不穏な足音が聞こえたからだ。飛びこんできたのは、小柄な武士だ。五奉行のひとり長束《なつか》正家である。

「大納言様、一大事です。伏見の徳川屋敷に……」

利家と秀家は目を見あわせる。三成は伏見と大坂を忙しげに往復しており、今は伏見に滞在していたはずだ。まさか、三成と家康がことをおこしたのか。

「諸大名が集まり、立てこもっております」

「なんだと」

利家の体が前のめりになった。

長束正家は語る。三成が兵をあげて伏見の徳川屋敷を襲うという噂が流れたこと。それを聞き、家康をしたう武断派大名が徳川屋敷を守るべく、続々と集結していること。

「おのれ」と、利家は腰をうかそうとした。だが、体勢を崩し、あわてて秀家が支える。

「大納言様、私は急ぎ伏見にいきます。そして、内府殿や治部殿と直にあってきましょう」

「す、すまぬ。本来ならわしが出張らねばならぬが」

利家はわなわなと四肢をふるえさせている。支える秀家が驚くほど、体はかるくなっていた。

「おまかせください。かわりに、大納言様にお願いがあります。大坂にも徳川殿と親しい大名が多くいます。大納言様は、彼らが伏見にいかぬよう説きふせてください」

大坂には、加藤清正、長岡（細川）忠興、浅野幸長《よしなが》らの武断派大名がいる。伏見の家康屋敷に集結すれば、徳川派の勢いが増し、利家でも御すことが難しくなる。

二

伏見の徳川屋敷の庭には、一月前にはなかったはずの物見矢倉が鎮座していた。太い柱を急ごしらえで組みあげただけのものだが、その上には弓鉄砲をもった足軽が大勢おり、厳しい目つきで辺りを睥睨している。

宇喜多秀家は、徳川屋敷の門をくぐり、廊下を歩んでいた。

すこしだけ安堵する。外から見た屋敷は物々しいが、なかはそれほどでもない。鎧を着込んだ大名たちがいることはいるが、手勢はひきいていない。多くても十人ほどの近習が同行している程度だ。本気で合戦をするつもりならば、この百倍の人数が徳川屋敷からあふれているだろう。

秀家は足を止めた。ひとりの老夫が歩いている。達磨のように恰幅のいい体に垂れた福耳、顔のしわは深いが肌の艶はいい。きる陣羽織には、三つ葉葵の紋が縫いつけられていた。関東二百五十万石の雄――徳川家康だ。

「これは福島殿、よくぞ駆けつけてくれた」

すれちがう武断派大名ひとりひとりの手をとり、家康は深々と頭を下げている。大名たちも満更でもないのか、胸をそらし家康を守る覚悟を滔々とのべる。

「おお、そこにおわすは、宇喜多殿ではないですか。まさか、大老のそなたまで馳せさんじてくれるとは」

家康の白々しい言葉につづき、武断派大名たちの眼光が突きささった。

味方がきたなどとは、だれひとり思っていない。秀家は三成と親しかったことから、多くの大名から反家康派と見られている。

「いえ、こたびは前田様の使者として参上しました」

鋭かった視線がたちまちゆらぐ。利家の名は、武断派大名には軽視できぬ重みがあるのだ。やはり、家康に対抗できるのは利家をおいてほかにない。

「それは、それは。遠路より、ご苦労様です。こんなところで立ち話も無粋でしょう。客間へと案内いたしましょう」

一方の家康に動揺はない。本当の客人をもてなすかのようだ。細い廊下を進み、客間へといたった。くすんだ壁は質素で、床の間に飾られた掛け軸や生けられている花も華美ではない。だが、柱や梁は太く、家康の武人としての性格をあらわしていた。

口火を切ったのは、秀家だ。

「内府殿、いかなるお考えがあって諸大名を屋敷へ呼びあつめるのか」

「はて、集めるとは……」

わざとらしく、家康が首をかしげた。

「とぼけないでいただきたい。福島殿、黒田殿、池田殿らがどうしてここにおられる。豊臣家に弓引く行為ととられても仕方ありませぬぞ」

「心外ですな。福島殿らは、わが屋敷を何者かが焼きはらわんとするとの噂を聞きつけ、義侠心から駆けつけたまで」

「内府殿の意思でないならば、集まった大名をすぐに帰らせていただきたい」

「訪ねてくれた大切な客人に、帰れなどといえるはずもありますまい。すべては大名衆のお心にゆだねております。お帰りいただきたいのであれば、中納言殿が説得されてはいかがか」

用意していた言葉を諳んじるように、家康はいう。

「では、領国から徳川家の軍勢が上洛しつつあると耳にしました。こちらは、即刻引きかえすようにお命じいただきたい」

「それはすでに命じております。ですが、あ奴らはわが言葉を聞かぬのです。これもわしの身を案じるゆえと思うと、重い罰を与えるのもどうかと困りはてておりまする」

こめかみに手をやり、家康は悩むふりをする。

「つまり、内府殿は豊臣の天下が乱れるのを、ただ座して見るだけということですか。大老として、混乱を終息させるお気持ちはないのですか」

家康は無言だ。

「今こそ、大老として恥ずかしくない行いを見せるべきでは。二百五十万石の大国に徳川家を育てたご手腕を、みすみす死蔵させるおつもりか」

「手腕か」

一瞬だけ、家康の口端が持ちあがった。

「中納言殿はじめ、みな様はなにか勘違いしておられる。わしには人に誇るような才覚や手腕などはありませぬ」

「ご冗談を。まさか、二百五十万石の大大名にまで昇りつめたのは実力ではない、といわれるつもりか。そんな言い訳は通用しませぬぞ」

今度は、はっきりと家康の口端が持ちあがった。

「わしは流されただけにすぎませぬ」

秀家をからかっているのか。だが、家康の目は真剣だった。

「流れに逆らった者は、ことごとく滅びます。今川家しかり、武田家、北条家しかり。そう、足利将軍家もですな。大局が決したときに、織田や豊臣に屈していればいくらでも生きのびられたのに、これらの家は流れに抗いほろんだ」

家康は太い指で、福耳を弾いた。

「この老体が、二百五十万石の大領を手にしているのは、才覚ゆえではありませぬ。流れにだれよりも従順だったからです。織田の人質になれといわれれば織田家にいき、今川の人質になれといわれれば今川家へいった」

いつのまにか、家康の目がすわっている。

「信長公に兵をだせといわれれば、敵がどんなに強大でも攻めた。戦うなといわれれば、武田に領地を蹂躙《じゆうりん》されても、ひたすら耐えしのんだ。が、それは宇喜多家も同様でしょう。豊臣家の様々な軍役に耐えてきた」

たしかに、秀家も流れに翻弄された人生だった。

そういう意味では、家康と似ている。

だが、ふたりは決定的にちがう。それがなんなのか、秀家にはわからない。

「世の流れに逆らわなかったからこそ、乱世を生きぬくことができたのです。二百五十万石にまで、徳川家を大きくすることができたのです」

ここで家康は一旦言葉を切る。

「そして、今こうして、多くの大名が慕ってくれております。どうして、むざむざと流れに逆らうようなことができましょうか」

「では、事態を収めるつもりはない、と」

「そうはいっておりませぬ。終息のためにも、まずはじっくりと流れを見極めるべきと考えております。万が一、わが屋敷を襲うという風聞が真実のときはいかがするおつもりか」

知らず知らずのうちに、秀家は家康につよい眼光を送っていた。

不思議だった。なぜ、これほどまでに秀家の心は昂ぶっているのか。たしかなのは、流れという家康の言葉を、秀家がうけいれ難いことだ。

「内府殿は〝流れ〟といわれたが、それは強き者になびくということか」

もてあます敵意を御すためもあって、秀家は口を開いた。

「それもありましょう。とはいえ、強さほど得体の知れぬものはありませぬ。桶狭間の今川義元しかり、本能寺の変の織田信長公しかり。だれよりもつよいと思っていた者が、呆気なく敗れました。そんな例は、枚挙に暇がありませぬ」

「では、流れを読み間違えるときもある、と」

「何度もいうように、流れは選ぶものではありませぬ。時流のようなものが風のように吹きつけてくるのに、この身をゆだねるだけでございます」

「では、流れが大切な人を傷つけんとしたときはどうされるのです」

一瞬だけだが、家康の表情がかたくなった。

その内心を見極めようと、膝を前へやり間合をつめる。

「加藤様、長岡様、浅野様が参られました」

家康の近習の言葉に、思わず秀家は振りかえった。

在坂していた加藤清正らは、前田利家が説得していたはずだ。あるいは、交渉をしくじったのか。

「おお、加藤殿らもこられたか。これは心強い。すぐにお通ししろ」

床板のきしみとともに入ってきたのは、熊のような巨体の武者だった。朝鮮の陣でともに戦った加藤清正だ。他の大名たちのように鎧はきていないが、盛りあがる筋肉が他者を圧するかのようだ。

「加藤殿、嬉しいですぞ。御辺も、わが身を案じてわざわざ大坂から駆けつけてくれたのか。長岡殿、浅野殿はどうされた。ご一緒だと聞いたが」

立ちあがった家康は、加藤清正の手をとろうとした。だが、ふれる寸前で止まる。

両手をついて、加藤清正が深々と頭を下げていたからだ。

「申し訳ありませぬ」

怒鳴るように、加藤清正は謝罪する。

「どうされたのじゃ。顔をあげられよ」

いたわるようにして、家康がよりそう。

「こたび、拙者が参りましたのは、内府様のお屋敷を守護するためではございません」

加藤清正は額を床につけた。

「内府様には、すぐに諸大名に屋敷から去るように命じていただきたい」

家康の体がかたまったのを、秀家は見逃さなかった。

「同行した浅野殿や長岡殿らが、集まった大名を今、説きふせております。内府殿の一声があれば、彼らも納得してくれるでしょう」

しばし、家康は沈黙する。

「前田殿のご指示か」

首をおるようにして、加藤清正はうなずいた。

「前田様には、幼少からひとかたならぬ恩をうけています。顔を潰すことはできませぬ」

床についた加藤清正の手がふるえていた。己の行いが、憎き奉行衆を利すると知っているのだ。

「ですが、奉行どもが内府殿に矛をむけるようなことは決してさせませぬ。万が一、そのようなことがあるなら、この加藤主計頭《かずえのかみ》、自ら槍をもって奸臣どもを成敗いたします」

しばし、沈黙が部屋を支配する。

家康はゆっくりと元の場所へもどり、さも大儀そうに尻を床につけた。

重い息と一緒に言葉をこぼす。

――このたびの流れは読めぬわ。

かろうじて、秀家にだけ聞きとれるほどの小声だった。

「わかった、みなに屋敷をでるようにいおう。加藤殿の口からも、わしがそう申していると伝えてくれるか」

「はっ」と短くかえして、加藤清正は立ちあがり、逃げるように退室した。

「内府殿、感謝する。これで……」

「礼は不要」

秀家の言葉は途中でさえぎられた。

「すべては、流れに従ったまで。この生き方は変えられませぬゆえにな」

家康の言葉には、かすかに無念の思いがにじんでいた。

「安心されよ。これ以上、ことを荒立てることはせぬ。私婚におよんだ件も、謝罪が必要なら頭を下げよう」

秀家は家康のいうことに聞きいる。

「だが」と、やはり声色を一変させた。

「かといって、治部（三成）殿が毛利殿と手を組んだ件、不問にするつもりはありませぬぞ」

たしかに、毛利秀元の給知問題を白紙にし徒党を組まんとした三成は、秀吉の遺命に背いたも同然だ。この件に関しては三成に非がある。家康と三成の双方に非を認めさせ、両者の顔をたてるのが最善の手だろう。
二、三、やりとりをした後、秀家は立ちさろうとした。
「待たれよ、中納言殿」

家康に呼び止められ、半身だけ振りかえる。

「老婆心ながら、ひとつだけご忠告しよう。流れには、抗わぬ方が身のためですぞ」

「それは……豊臣家のために働く私が流れに抗っている、と」

「まさか、豊臣家へつくすのはすべての大名の責務。ただ、ご幼少のころの毛利との国分など、いくつかのやりとりを故太閤殿下から聞いております。干拓地の一件もです」

「国土を広げ、開拓することを否定されるのか」

「それはよいことです。だが、中納言殿は干拓地を公界や無縁のような場にするおつもりだと耳にしました。これほど流れに抗う所業がありましょうか」

「私は流民たちに住む場所を与えたいだけだ。あらぬ罪をきせられた人を救いたいだけだ」

脳裏によぎったのは、秀吉によって粛清された秀次らの姿だ。

「亡き太閤殿下の出自があやかしの民ということはご存知であろう」

秀吉は、無主の民とよばれるあやかしの階層の生まれだ。彼らもまた公界往来人とよばれる公界の人々だといわれている。

「あやかしの民である太閤殿下は、公界や無縁のことをよく知っておられる。だからこそ、わしにこう言われたことがある。力なき者が公界や無縁を総べれば地獄になる、と。どんな民も受け入れるのが無縁や公界の原則。が、それゆえに悪徒どもの巣窟にも転じやすい。一向衆どもがそうでしたな」

家康も若き頃、家中を二分して、三河一向衆と壮絶な戦いを繰り広げた。そしてあやかしの民の秀吉が、信長が攻撃した公界や無縁から牙を完全に抜きさった。

「公界や無縁を必要とした室町の世は、もう遠い過去です」

「では、罪をきせられた人々をどうやって救うのだ。土地を手放さなければならなかった者は、どうやって人生をやり直せばいいのだ」

「運不運は人の力ではどうしようもないこと。ああ、これは中納言殿を責めているのではござらん。忠告しておるのです。必死に流れに抗っても益は少ない、と。いや、己を滅ぼす矛に変じかねませんぞ」

秀家の口のなかに、苦いものが満ちる。毛利との国分、秀次への説得、難航する検地や宛行、家康がいうように秀家は流れに必死に抗った。結果どうなったか。秀次は処刑され、宛行に反対する花房助兵衛は出奔し家中は不安定なままだ。より大きな困難をよびこんだだけかもしれない。

では、家康の忠告を受けいれるのか。

「私は内府殿とはちがいます。この生き方は変えられませぬ」

そうするぐらいなら、最初から父と楽土の約束など交わさない。

あのとき、秀家の生き方は決まったのだ。

「同じなのは、互いに〝生き方を変えられぬ〟という不器用な一点だけですな」

秀家の心の内を悟ったかのような、家康の言い草だった。

視線をふり切り、背をむけた。

徳川屋敷の廊下を歩く。物見矢倉の柱を伝い、足軽たちが庭へと降りようとしていた。つどった大名たちも悔しげに歩き、徳川屋敷の門から吐きだされていく。

最後のひとりが去るまで、秀家は彼らの背中を凝視しつづけた。

暗殺の季節

一

「やっと、このときを迎えることができましたな」

長船紀伊守は、しみじみと言葉を吐きだした。

頭にはちらほらと白いものが混じり、激務のせいか、ただでさえ頼りないなで肩が痩せて、萎んだかのようだ。豊臣秀吉の死からまだ一年ほどしかたっていないが、一気に老けこんでしまった。

「本当に宛行がなるとは、思ってもおりませんでした」

中村次郎兵衛の目も、かすかに潤んでいる。

「長船殿、中村殿、気が早いですぞ。宛行がなったといっても、まだごく一部じゃ」

慎重な物言いは、腰に短筒をさした家老の浮田河内守だ。

「たしかに一部だ。とはいえ、戸川や花房、岡らに同意させたのは大きい」

秀家の言葉に、全員がうなずいた。大坂にある宇喜多屋敷には、秀家の腹心ともいうべき家老や家臣たちが勢ぞろいしている。

前田利家の仲裁で、家康と三成が和解してからも政局の混乱はつづいた。

およそ一月後、前田利家が呆気なく病没したからだ。

利家と秀家が必死に築いた和平に、巨大な一穴がうがたれる。

崩壊は早かった。利家が死んだ翌日には、加藤清正ら武断派大名が石田三成を襲撃する。三成はからくも難を逃れたが、騒動の責任をとり蟄居し、近江国佐和山の所領へと引きこもった。今より半年ほど前のことだ。一方、その頃、秀家は家中統制のために奔走していた。宇喜多家は宛行を断行したのだ。まずは、高禄の家老の所領を半分近く召しあげることを決定したが、家老たちが同意したのは、支給する扶持米が予想以上に多かったからだ。今後は、中程度の石高をもつ家臣と一族衆への宛行を実行する。高禄の家臣が同意したことで、もう大きな反対はおきないだろう。

宛行はなかば以上、なったも同然だ。

「長船、中村には苦労をかけたな。ふたりがおらねば、宛行は頓挫していただろう」

「いえ、これも殿のつよい意志があったればこそ」

ふたりが口をそろえて答えたのがおかしかったのか、左右にはべる勘十郎と進藤が笑う。

「しかし、夢のようでございますな。まだ道なかばとはいえ、ここまでこぎつけられ

ると は」

中村次郎兵衛が、頬をつねった。稚気に満ちた行為に、みながどっと笑う。

「そして、いよいよ明日、戸川様の館で宴を開いて、大団円でございますな」

勘十郎が一座を見回す。全員の顔から笑みが消え、表情が引きしまった。

これまでの対立の手打ちともいうべき、重要な会が開かれるのだ。宛行がなかば成功したことで、干拓事業も大々的に再開される。家臣たちには夫役が課されるが、今までの豊臣家のものとちがう。石高があがれば、扶持米を増やすことも約束している。

明日の宴は、その決起集会の一面もある。

「宴に参加したいが、私はできない。皆、くれぐれもよろしくたのむぞ」

秀家は明日、五大老としての大事な評定があり、大坂城に登城しなければいけない。

宇喜多家の内政は先行きにやっと光が見えはじめたが、豊臣家はちがう。

利家の跡をついで五大老になった前田利長（豪姫の実兄）は家康の奨めで加賀へ帰国し、上杉景勝も領国経営のために会津へ帰っており、上方にいる大老は大坂の宇喜多秀家と、伏見の毛利輝元と徳川家康の三名しかいない。石田三成がいなくなった奉行衆は、完全に家康や武断派大名の勢いに呑まれていた。すでに五大老五奉行制は有名無実になっている。

さらに、昨日、豊臣家を混乱させる出来事がおこっていた。

あろうことか、家康が伏見城から兵をひきい大坂へとむかったのだ。

「内府様がわざわざ兵をひきいて大坂へくるのは解せませぬ。節句の祝いと称していますが、明らかに兵が多すぎます」

勘十郎が不安そうにいう。

「だが、大それた事をおこすほどは多くない。かといって、お拾い様（秀頼）の許しもなく伏見を離れるは、太閤殿下の遺命に背く行為」

秀家の言葉に、みなが腕を組んで考えこむ。

「私は、内府殿と対面し、その肚をたしかめる。変事に備えるには、家臣たちの団結が第一。そのためにも、戸川邸での明日の宴は大事だ」

宴に参加することは、秀家らの宛行に従うということだ。戸川肥後守、岡越前守、花房又七郎、明石掃部《かもん》、宇喜多左京亮ら、ほぼすべての家臣が列席する。

「その場で、これまでの諍いの手打ちと干拓事業の事始めを宣言します。同時に、それがしの仕置家老の退任も発表します」

長船紀伊守の言葉に、みなの顔がかたくなる。宛行反対派を納得させるために、長船紀伊守は仕置家老の地位を戸川肥後守にゆずる。

「みなの衆、そんな顔をするな」

からりと笑ったのは、長船紀伊守だ。

「たしかにわしは仕置家老を降りる。だが、隠居する訳ではない。領内には、難事がまだまだのこされている。まさか、わしぬきで成せるなどとは思っておるまいな」

長船のいうとおりだ。秀吉も才を認めた長船紀伊守の力は、今後も不可欠である。

明日の支度が終わったのは、夜も更けてからだった。

大坂に宿や屋敷をもつ家臣たちも、今夜は大勢宇喜多屋敷に泊まることになった。寝入り前の一時、宛行の成功を信じる家臣たちは童のように騒然としていたが、今は静寂につつまれている。

秀家は、庭に面する廊下にすわっていた。後ろにひかえる小姓が舟を漕いでいるのはわかっていたが、あえて黙っていた。横においた行灯の光の下で、書状を開く。

戸川肥後守、岡越前守、花房又七郎ら、宛行に反対していた家臣たちの名前が書いてある。はたして、無事に宛行がなるだろうか。もし、戸川肥後守が約束を反故にすれば、岡越前守が不服を述べれば……。

寝床にはいっていても、そんな思いが湧きあがり、いつまでも眠れなかった。

「大丈夫だ」と、秀家はつぶやく。

長船紀伊守や中村次郎兵衛がいれば、大事にはならないはずだ。重ねた折衝のおかげで、戸川肥後守らがどのくらいの扶持米の加増をすれば承服するか、秀家らは把握している。

にもかかわらず、胸騒ぎが治まらない。

それは、きっとこの男のせいだ。

秀家が指でなぞったのは〝宇喜多左京亮〟という文字だった。親族衆筆頭ということもあり、宇喜多左京の領地は以前のまま安堵していた。次は左京たち親族衆の領土を召しあげ、扶持米にかえる。だが、左京の意図が秀家には読めない。宛行に不満をもっているのはたしかだが、戸川肥後守らとちがいどのくらいの扶持米を加増すればおれるかがわからない。

左京が狂信的な切支丹だということも、秀家の不安をさらにあおる。準大名として独立をたもつ左京は、領民に切支丹への改宗を強いている。噂では、備前、美作、備中の宇喜多家の全領民を切支丹に改宗させる、と宣教師たちに嘯《うそぶ》いているという。己の領地だけならまだしも、宇喜多家五十七万石を改宗させるなどありえない。本気とは思えぬ。

が、秀家の耳にはいってくるのだから、所領の改宗は相当に進んでいるのだろう。領土を返上する気がないからこそ、着々と改宗を進めているのではないか。

もし、左京が不服を述べれば、厄介だ。

いや、もっと恐ろしいのは、不服を胸のなかに呑みこんだときだ。剣呑の気を密かに育て、それが凶刃となって秀家や吏僚衆に降りかかるかもしれない。事実、家老の花房助兵衛は検地に不満をもち、長船に刃をむけた。

「そうなる前に、手を打っておくべきではないのか」

知らず知らずのうちにつぶやいていた。後ろの小姓が上体をおこす気配がする。

ここまで進めた宛行を無駄にするわけにはいかない。

そのためには、自身の手を汚すことも厭うべきではない。

庭のすみに、ゆらりと人影が動いた。

落ちるようななで肩をしていたので、長船紀伊守だとわかった。

「眠れないのですか」

行灯が、長船紀伊守の白い夜着を映しだす。きっと、厠にでもいっていたのだろう。

「もしや、左京様のことを心配しておられるのでございますか」

秀家はうなずく前に、後ろをむいて小姓に下がるように命じた。長船紀伊守とふたりきりで、夜の庭にむかいあう。

「左京は危うい。なにを考えているか、わからぬ。なにより、手打ちが多すぎる」

かさりと書状がゆれる音がする。

「あるいは、凶事がおこる前に――」

「それ以上、いってはなりませぬ」

小声だが、強いひびきがあった。

「口にすれば、後戻りできなくなります。もし、この闇のなかで誰かに聞かれていればどうなります」

「すまない、軽率だった。だが……」

左京はいつか宇喜多家に災いをもたらすのではないか。

口にはしなかったが、長船紀伊守は秀家のいいたいことはわかってくれたようだ。

「左京様はたしかに尋常の気性の持ち主ではありませぬ。ですが、昔はちがいました」

長船紀伊守は語る。宇喜多左京は、かつては朗らかに笑う少年だった。秀家の異母姉の於葉にも、よく可愛がられていた。が、あることがきっかけで変わる。毛利家と宇喜多家で同盟が結ばれたのだ。仇敵同士の盟約には、それなりの身分の人質を送らねばならない。白羽の矢がたったのが、宇喜多左京である。しかし、数年後、秀家の父の直家は、毛利家を裏切り織田家につく。

戦国の定法なら、人質の宇喜多左京は磔刑だ。が、毛利家は、すぐに左京を殺さなかった。屋敷を手勢でかこみ、七日七晩、たっぷりと恐怖を植えつけた後に、「貴君は大将の器ゆえ、殺すには惜しい」と解放したのだ。助命した毛利の真意はわからない。重囲をぬけたときの宇喜多左京は別人になっていた。表情からは感情が抜けおち、以来決して笑わなくなったという。まだ秀家が数えで八歳、左京が十七歳のころの話だ。

「それがしは、左京様を信じたいと思います。むごい行いは、決して生来のものではありませぬ。いつか、かならず以前の左京様にもどってくれると信じております」

二

「おお、みな様、もうすでにお集まりでしたか」

暢気な声が、大坂城の評定の間にひびいた。騒動をおこした張本人が恰幅のいい体を大儀そうに動かし、集まった大名や奉行衆たちにゆっくりと目を配る。

伏見から兵をひきいて上坂した、徳川家康である。

伏見の徳川邸であったときは、使用人のように謙虚だったが、今はちがう。流れを得たという自信ゆえだろうか、眼光には威圧するような力が張っている。

口火を切ったのは、秀家だ。

「内府殿、なぜ、許しもなく伏見城を発ったのか。あまつさえ、兵をひきいるとはどういうことか。太閤殿下の遺命に背いていることは、承知の上での行動でしょうな」

「これは参った。中納言殿のいい方は、わしが異心を抱いていると決めつけるようではありませぬか」

なぜか、さも楽しげに笑いつつ、家康はつづける。

「こたび、兵をひきいたのは、ある恐るべき謀が進められている、と耳にしたからです」

「謀ですと」

秀家だけでなく、列席するほとんどの奉行や大名が復唱した。

「そうともよ。ある人物を暗殺せんという、な」

家康は一旦口をつぐんで、間をとった。

「暗殺というが、どなたの命が狙われているのか」

問いただす奉行衆の言葉に、家康は太い指を自らの鼻先へともっていった。

「まさか」とだれかがいうのを待っていたかのように、家康はうなずいた。

「恐るべきことに、五大老であるこの老体を害せんという謀を耳にしましてのう」

「そ、それはまことですか。讒言《ざんげん》やたちの悪い噂の類では……」

家康は福耳をいじりつつ、みなの態度を鷹揚に窺っていた。

「そもそも、だれが内府殿を暗殺せんとしているのだ」

秀家の詰問に、家康は肥えた体をひねり後ろを見た。ひかえる男の姿があらわになる。細面の顔は狼を思わせ、つりあがった目は蛇を連想させた。本多〝佐渡守〟正信である。

「恐れながら、申しあげます」

顔をふせたまま、本多正信はいう。

「わが主の暗殺を図ったのは、五奉行のひとり浅野様と、摂津の大名、大野様でございます」

飛びあがったのは、名指しされた浅野長政と大野治長だった。

「虚言も甚だしいぞ。わ、わしが内府殿の暗殺を企む訳がないではないか」

浅野長政の顔が、みるみる赤く染まっていく。

「だれだ。だれが、そんなことをいったのだ」

悲鳴のような声で、大野治長は問いつめる。

浅野長政と大野治長は、家康暗殺など企んでいない。秀家の直感が、そう告げていた。反徳川派の浅野長政と大野治長を追いおとす、家康の謀略にちがいない。

「内府殿、そこまでいうからには、たしかな証があるのであろうな」

つよい口調とともに、秀家は家康を睨んだ。

家康は指で福耳を弾き「無論のこと」と鷹揚に答えた。

「では、だれからの注進か、まず教えていただきたい。その者が信に足るかどうかを、判断するのが第一」

秀家の舌鋒にも、家康の態度は変わらない。唇を舌で湿らせてから、口をゆっくりと開く。

「この件を教えてくれた方は、今同座する四人の奉行のなかにおられる」

思わず、全員が息をつめる。

素早く視線をめぐらせると、五奉行である前田玄以と増田《ました》長盛が目を逸らした。

「小身の大名からの注進ならば、わしもこうまでことは大きくしませぬ。太閤殿下から信任をうけた奉行の言葉なればこそ、兵をひきいて参上したのじゃ」

奉行衆も一枚岩ではない。家康と協調を目指す一派がある。前田玄以と増田長盛は、家康の謀にのることで徳川家に恩を売り、豊臣政権を延命させようとしたのか。

「ここで告発した奉行の名前を口にしては、いたずらに豊臣家を混乱させることになりましょう。とはいえ、大老暗殺を謀るという蛮行を、不問にするつもりはありませぬぞ。殿下の遺命にそむく不埒者には、問答無用で鉄槌をくださせていただく」

浅野長政と大野治長は、拳を握りしめふるえていた。

「内府殿、ここは性急に事を進めるべきではない。この件、同じ大老である私にあずけてもらえぬか。調べをするなら、中立である私が適任のはずだ」

秀家は膝をにじって、家康と浅野長政らのあいだに割ってはいった。

「さすがは、宇喜多中納言殿。大坂城を守る大老として、まことにたのもしい言葉。なれど、ひとつ気掛かりがあり申す」

「私では力不足とお考えか」

「いえ、常の中納言殿ならば心配はしておりませぬ。実はさきほど申された、中立という言葉が問題でしてな」

「浅野殿や大野殿の味方をして、私が不正を見逃すということか」

「実は、この件には黒幕がいることもわかっております」

口を挟んだのは、家康でなく本多正信だった。爛々とした眼光が、秀家にむけられる。

「その黒幕が、実は中納言様と浅からぬご縁がありまして」

「これ、佐渡、陪臣の分際ででしゃばるでない。ひかえておれ」

ふたたび、正信は家康の陰に隠れる。

「さて、中納言殿、この老体を害せんという謀には、首謀者がいたのじゃ。考えてみれば、当然よのう。浅野殿や大野殿は能吏でありすぐれた武将だが、謀や駆け引きには疎い」

秀家の背後で、浅野長政と大野治長が荒い息を吐く音が聞こえた。

「黒幕は、宇喜多殿の義兄である前田中納言（利長）殿よ」

場が一気に静まりかえる。家康の狙いは、浅野長政と大野治長ではなかった。大老の一角であり、百万石の大身である前田家こそ滅ぼすつもりなのだ。いや、前田家と縁戚関係にある宇喜多家も、道連れにする気かもしれない。

秀家の背に冷たい汗が流れる。

「で、では、この一件、毛利殿をたよってはいかがか。毛利殿は、伏見城におわす。大坂城まで一日あればきていただける。すぐに参上を要請しよう」

いったのは、奉行のひとり長束正家だった。

「その必要はない。毛利殿は、わしに同行してもらっておる。嫡男の元服の許可を、お拾い様にいただく用事があってな。わしと一緒に、伏見城を発った」

五大老のひとり毛利輝元が、兵をひきいて上坂する家康を黙って見過ごすだけでなく、同行したというのだ。秀吉死後に流れた、ある噂を秀家は思いだした。家康と毛利輝元が、義兄弟の契を交わしたというものだ。名門の毛利が家康の義弟として風下にたつなどありえぬと思っていたが、あるいは真実だったか。となると、毛利はすでに家康の手の内にあるのか。

「さて、どうされる。毛利殿にこたびの騒動の裁可をまかせるか。わしはそれでも一向にかまわぬ。それとも、上杉殿を領国から呼びもどすか。だが、それは悠長がすぎよう。太閤殿下任命の大老を暗殺せんとする謀じゃ。急ぎ裁可をくださねばならない」

家康は首をなでつつ、座を見回した。

「ならば、私と内府殿で調べをするというのは、いかがか」

秀家は右手をついて、上半身を前へとのりだした。

「なるほど。わしは命を狙われた当事者。そして、中納言殿は暗殺の首謀者と目される前田殿の義弟。大坂にいる当事者同士で調べを進めれば、公平という考えですな」

秀家はつよくうなずいた。

「ですが、中納言殿もご多忙でしょう。聞けば、検地と宛行の件で領国がごたついているとか。島津家のように、内乱が治まらぬ家中もある。ここは領国経営に専念し、万が一にも騒乱がおこらぬようにすべきでは、と老体は愚考しておるのじゃが」

「ご配慮はありがたいが」

言葉に怒気がこもるのを、秀家は止められない。

「心配はご無用。わが宇喜多家は、つい先日、宛行の過半を終わらせたばかり。なのに、ここで私が裁可に加わらねば、なんのための五大老か。泉下の太閤殿下にあわせる顔がない」


大坂城の評定の間から吐きだされた諸大名や奉行、文吏たちは、一様に足早だった。加賀百万石の前田家謀叛が真実ならば、一大事である。みな、その対応に追われているのだ。それは宇喜多秀家とて同様である。なにより、秀家は家康と対決し、前田家の無実を証明せねばならない。

「中納言殿」となかば走るようにしてならんだのは、長束正家だ。

「狸め、とうとう正体を現しましたな。石田殿蟄居中の今は、中納言殿がたよりです」

「ご安心を。むざむざと負けるつもりはありませぬ」

「たのもしいお言葉。では、私めの控えの間へ。浅野殿や大野殿もこられます。善後策を協議しましょう」

いわれずともだが、その時、秀家のふみだした足が止まった。

「宇喜多中納言様はいずこでしょうか」

いき交う人々の隙間から、勘十郎の姿が見えた。

勘十郎は、戸川邸で行われている和解の宴に参加させていたはずだ。なぜ、ここにいるのか。

「ああ、殿、戸川邸で変事です。急ぎ、おもどりください」

「変事だと。どういうことだ、詳しく申せ」

声を抑えることはできなかった。長束の視線が、背中に突き刺さる。

「こちらへ」と、勘十郎は廊下の隅へ秀家を誘った。

「長船様が」

吐きだされた言葉を聞いて、秀家の背が凍る。

「血を大量に吐かれました。宴の最中のことです」

「血……だと。病か」

「それまでのご様子から、万にひとつもないかと」

「では、毒か」

「おそらく」と、勘十郎は極限まで声をひそめて答える。

「息はありますが、予断を許しませぬ。戸川邸の寝所で、医師が介抱しておりますが……」

消えいるような語尾から、長船の容体が絶望的だと判断せざるをえなかった。

三

大坂の町を、宇喜多秀家ののる馬が駆けていく。町人たちが不審気な目をむけるが、足は緩めない。大名屋敷や家老屋敷が建ちならぶ一角で、飛びおりた。戸川肥後守の館である。さきほどまで行われていた宴の残滓だろうか、焼けた魚や酒の香が風にのって運ばれてくる。

従者たちがあわてて馬の口をとるのを横目に見つつ、門を叩きつづける。

重く開く扉のなんと忌々しいことか。

「こ、これは、中納言様。しばし、お待ちを。すぐに主、肥後守を呼んで参ります」

「時が惜しい。すぐに長船のもとへ案内しろ」

怒鳴りつつ、開ききっていない扉の隙間へ体をねじこませた。

「長船の容体はどうだ。医師はなんといっている」

先導する武士の背中に声をかけるが、男は口ごもって答えない。きっと、戸川肥後守から口止めされているのだろう。

襖が開き目に飛びこんだのは、夜具に横たわる長船の姿だった。顔が土気色に染まり、額に大粒の汗をうかべている。

「大丈夫か、長船」

秀家は急ぎ歩みより、長船の手をとる。

肌が冷たい。まるで、死体をさわっているかのようだ。

「だれがやったかわかるか」

長船は唇をわななかせ、何事かを告げんとするが、声にはならない。秀家が耳を近づけようとしたときだった。人の気配がして、秀家は振りかえる。

巨軀の男が手をついてはいつくばっていた。館の主、戸川肥後守だ。

「戸川、これはどういうことだ。貴様の館でおこったこの変事を、どう申し開きするつもりだ」

ゆっくりと戸川肥後守が顔をあげた。表情はかたいが、どこかふてぶてしい色があらわれている。

「長船殿に毒をもった者を、急ぎ探しております」

「探しているだと」

「はい。長船殿が吐血してから、館の門は閉めきりました。なかにかならず咎人がおります。宇喜多左京様や岡殿、花房殿に調べに協力してもらっておりまする」

宛行に反発していた家臣たちだ。長船毒殺の犯人として、もっとも怪しい者たちである。

「中村はどうした。浮田河内守は」

「別室にてお待ちいただいております。軽格の取調べが終われば、中村殿らを問いただします」

「なぜ、宛行に反対した家老だけに調べをさせる。今すぐ、中村らを解放して、参加させろ」

諾とも否ともいわず、戸川肥後守は秀家を見つめる。

秀家の命に抗っているというより、なにかを待っているかのようだった。

「戸川、私の命が聞こえぬのか」

「その必要はございません」

襖の奥から、言葉がとどく。感情を押し殺したかのような声だった。ゆっくりと襖が開く。口元に髭をたくわえたひとりの武士があらわれた。首には、黄金のクルスが掛けられている。

宇喜多〝左京亮〟詮家である。

「その必要はない、といったのか」

秀家が睨みつけるが、左京の表情はまったく変わらない。まるで、人形のようだ。

膝を使って秀家の近くまでにじり、刀の間合になって口元の髭がやっと動いた。

「長船殿毒殺の下手人がわかりました」

「なんだと」

秀家の狼狽を無視して、左京は背後を一瞥した。漆塗りの櫃が運ばれてくる。躊躇なく蓋をとった。

秀家は息を呑む。

なかからでてきたのは、首級だった。まだ、新しい。肌は青ざめておらず、首の断面から、血がゆっくりと流れている。まぶたは上ずり、開かれた唇から食いしばる歯がのぞいていた。苦悶と無念が、死相のなかで混じりあっている。

「私めがお手伝いのために連れてきた、この料理人の仕業でございます。さきほど白状した故、手打ちにいたしました」

左手だけをつかって、秀家の足元に首を近づける。もう一方の左京の利き腕は、脇差へそえられていた。死臭を消すための香が首にこく焚きこめられている。あまりにも手際がよすぎる。

「白状したから斬った、だと。私の指示もなく、そんなことが許されると思っているのか」

左京も戸川肥後守も無言だ。見れば、開いた襖のむこうに武士たちが列座していた。岡越前守、花房又七郎ら、宛行に反対する家老たちだ。広い肩幅をもつ花房又七郎が口を開く。

「左京様のおっしゃることに誤りがないこと、われらが証明いたします。討ちとった者は、どうやら石原新太郎ゆかりの者のようです」

石原新太郎とは、かつて長船紀伊守の父又三郎の部下だった男だ。十年ほど前に裏切り、又三郎を闇討ちした過去がある。その後、石原新太郎の一族は長船紀伊守らによって誅殺された。

「どうやら、そのときの恨みによる凶行のようです」

花房又七郎の隣にいる岡越前守が言いそえる。

笑止だ。叛乱をおこした石原新太郎の一味は根絶やしにされた。それが本当だったとしても、料理人として紛れこむことを許したのは宇喜多左京や戸川肥後守の落ち度だ。

「そんな茶番を信じろというのか」

戸川肥後守や岡越前守からは返答はない。口をつぐみ、沈着を装っている。

ただひとり、宇喜多左京だけは、静かな殺気を立ちのぼらせていた。


秀家は、勘十郎や中村次郎兵衛ら腹心たちと戸川邸にとどまっていた。

もうすぐ夜が明けようとしている。障子がうっすらと明るくなっていた。隣の間から、長船紀伊守の苦しげな声がときおり聞こえてくる。なにかを吐きだす音も聞こえ、みなが心配そうに目線を送る。

ゆっくりと襖が開き、口元に白い布を巻いた医師がでてきた。

「どうだった。長船は回復するか」

秀家がすがりつくが、医師は首を横にふった。

「せめて、最期を看取ってやってください」

医師は深々と頭を下げる。

秀家は寝所へとはいった。

長船紀伊守は顔を細かく震わせている。途切れがちの息が、秀家の足をさらに重くさせた。

「と、殿」

目を動かすのさえ、苦しそうだった。秀家は、顔を近づけてやる。

「長船よ」

だが、つづく言葉がでてこない。

「も、申し訳ありませぬ」

「いうな。今までよくやってくれた」

「こたびの件ですが……」

「仇はかならずとる。左京や戸川、岡らは決して許さん」

「な、なりませぬ」

長船が血の匂いのする言葉を吐き出した。

死の間際とは思えぬほど、つよい声だった。

「今、戸川殿や岡殿を罪に問えば……国が割れます」

咳きこんで、長船は言葉を途切らせる。

「われらが必死の思いで干拓した土地はどうなります。入植した民は……どうなるのです」

にぎる長船の手が、鉄に変わったかと思うほど重たくなった。

「宇喜多の国土と民のためならば、それがしごときの死に流されてはなりませぬ。お願いです。国と民を大事と思うなら、軽々には……」

それだけいうのが限界だった。長船の体が、夜具のなかに吸いこまれる。

見開かれた目は秀家にむけられていたが、もう焦点はあっていない。
医師が手をのばし、長船紀伊守のまぶたを閉じてやった。
勘十郎や進藤は呆然と立ちつくしている。
秀家はうつむいて、己の手を見た。真っ白になって、指先が細かくふるえている。

決断

一

薬包を、宝玉でも扱うかのような手つきで老人はもっていた。口のなかにいれて、つづいて白湯で飲みほす。顔色はいい。皮膚は垂れてはいるが、決して乾いてはいない。うっすらと脂さえういていた。手についた薬の粉末をねぶった後に、「さて」と老人はいった。もう一方の手の指で、福耳を弾く。

「宇喜多中納言様が、この老体になんの御用かの」

徳川家康が、目尻を垂らして問いかける。

「近々、わが徳川家は大坂城にうつる。前田家のことも大方かたがついたとはいえ、まだ予断は許せませぬ。多忙ゆえ、手短にお願いいたしますぞ」

急いでいるとは思えないほど悠長に手を叩き、小姓に白湯と薬包を下げるように命じる。

長船暗殺騒動の対応に追われる秀家を尻目に、家康は前田家や浅野長政らへの処分を次々と下していた。浅野長政は家督を息子にゆずり隠居させられ、大野治長は下総国に流罪となった。前田利長は、母を人質として家康に差しだし服従する。

さらに、家康が秀頼のいる大坂城の守備につくことも決定した。

秀家は、逆に伏見城へと近々移る。

今や、豊臣政権は徳川家康によって完全に壟断《ろうだん》されていた。

「わが宇喜多家で長船が暗殺されたのはお聞きおよびでしょう」

「もちろん、お家が大変なのは耳にははいっているが」

目を虚空へやって、家康は惚けた。長船暗殺を家康が手引きしたことは、ほぼ間違いない。勘十郎に家康や本多正信の周辺を探らせたところ、花房助兵衛の手の者が出入りしていたことがわかった。

「聞けば、咎人はあの左京殿が成敗し落着したとか。即断即決の、まことにたのもしい勇者。そのような家臣をおもちになる中納言様が、わしは羨ましいですぞ」

白々しい物言いに、吐き気がこみあげそうだ。

「いえ、私の非力をさらすようで恥ずかしきことながら、家中にはいまだ火種がくすぶり、解決には程遠くあります」

「まさか、この老体に仲裁の労をとれ、と。お力になりたいのはやまやまだが、手が回りきりませぬ」

残念そうに目尻を下げるが、瞳は爛々と輝いていた。仲裁するのは、宇喜多家がさらに混迷を極めてからという腹づもりにちがいない。

「いえ」と、秀家は首を横にふった。そして、また黙りこむ。ずっと前に決断したことなのに、秀家は言葉にするのが躊躇われた。舌がしびれたかのように、動かない。

「では、一体、何用か。早く申されよ」

すこし苛立ちを見せて、家康はうながす。

「国と民の安寧を思えば、我をはるべきではないと悟りました。私は隠居して、国を家老たちにまかせようと思います」

一瞬の間があった。

「今、なんとおっしゃった」

かつて聞いたことがないほど、低い声で家康が問いただす。

「私が隠居することで、家中騒動を収めたいと思います」

そして、唇を閉じる。力のかぎり、歯を食いしばった。

家臣たちと戦うのはたやすい。が、結果、宇喜多家はふたつに割れ、国土が戦火に焼かれる。開拓した土地と入植した民を苦しめる。だけではない。内乱終結後には、凄惨な粛清劇が展開される。負けた方は、妻子にまで累がおよぶ。かつて豊臣秀吉が秀次を粛清したときのようにだ。

長船が死んでから、秀家は何度も自身に問いかけた。いかにすれば、宇喜多の国と民が救われるのか。幾度考えても、でてくる答えはひとつしかなかった。

「わが嫡男は未だ若年でございます。内府殿に目をかけていただきたい。また、お望みとあれば、私が江戸に逗留もいたしましょう」

人質としてこの身を差しだす、とまで秀家はいう。

「なるほど、中納言様も流れに抗わぬという生き方を覚えられたようですな」

師が弟子を褒めるような口調だった。

襖が開く音がして首をひねると、蛇のようにつりあがった目をもつ本多〝佐渡守〟正信がたっていた。足音をたてずに歩み、家康の陰にはべる。

「殿、福島様と加藤様が参られました。ここは私めにおまかせを」

「中納言殿、しばし中座する。なに、心配いらぬ。佐渡めが、あとのことはぬかりなくやるゆえ」

肥えた体をゆすりつつ、家康はでていく。

「さて、備前中納言様、大体のお話は武者隠しにて聞きました」

謁見の間に、護衛の者が隠れる小部屋があるのは当たり前なので、秀家は黙ってうなずく。

「そしてさきほど、武者隠しも人払いいたしました。ゆえに、今からのやりとりが外に漏れることはありませぬ。遠慮なくご本心を開陳されよ。まずは――」

家康になり代わったかのように、正信がつづける。

「このままいけば日ノ本はふたつに割れまする。一方の総大将は、豊臣家からの信任厚いわが主でしょう」

豊臣家を侵食する張本人が、悪びれずにいう。

「もう一方の逆賊の将が、上杉か石田治部か、はたまた毛利かはわかりませぬ。そのとき、宇喜多家は間違いなく徳川家にお味方するのでしょうな」

「無論だ」

予期した質問だったので、秀家は即答できた。

「ご存知のとおり、大坂城には奸臣が多くおります。お拾い様を惑わす輩もいるでしょう。そのときは、われらは君側の奸を討つために、大坂城に矛をむけまする」

ここで一旦、正信は言葉を切る。

「宇喜多家は、大坂城を攻める覚悟はおありか」

鞭打つような声だった。呼吸を整えてから、秀家は口を開く。

「私は宇喜多の国と民を守る。それを第一に身命を捧げてきた。その生き方は曲げられぬ。大坂にも……矛をむけよう」

覚悟したはずだったが、口にした秀家の心が引きさかれるかのようだった。頭によぎったのは、目の下に傷のある老武士の姿だ。茶々とその子を守る、と少年のころに約束したことが、今さらながら思いだされる。

「よろしい。では、最後に伺います。ご嫡男の後見人、どなたを選ぶおつもりか」

秀家の嫡男は数えで九歳、一人前になるまでは後見人が実質的な当主となる。

「戸川肥後守だ。今も仕置家老であるし、佐渡殿とも面識があろう」

「いや、戸川殿はまずい」

間髪いれずに、本多正信はつづける。

「宇喜多左京殿を後見人に任命されよ」

「なんだと」

本多正信が冷たい目で見下ろしている。

「しかし、左京は……」

秀家は言いよどむ。かつて、左京の剛勇は家中で尊敬されていた。だが、今はちがう。年を追うごとに無礼討ちの数は多くなり、ときに血を分けた弟妹にも殺気をむける。あまりの所業に、同じ切支丹の明石掃部らも距離をおきはじめていた。また、宇喜多左京は父の代から、戸川、岡、花房ら多くの家老たちと険悪な仲だった。宛行反対で、一時的に団結しているにすぎない。左京が後見人になれば、多くの家臣が反発するはずだ。

「われらは左京殿のすべてを承知の上で、いっておるのです」

「たしかに、左京は勇ましき将ではあるが、気性に難がある。国が乱れかねない。なぜだ。戸川や岡や、花房でもよかろう。なぜ、左京でなければならぬのだ」

ふたりは押しだまる。

睨みあうようにして、対峙した。

「いいでしょう。理由はひとつ。宇喜多左京殿ならば、御しやすいということです」

意味がわからない。

「わが主も左京殿も、人質の辛苦を味わっております」

正信がなにを言わんとしているか、秀家にはわからなかった。ただ、家康も左京と同じように、幼少時に人質として織田今川のあいだを転々としていたことは知っている。

「わが主が織田家のもとで人質だったとき、父君は敵の今川家に忠誠を誓っていました。わが主がいつ織田によって殺されてもおかしくなかったのです。これは、左京殿も同様の境遇であったはず」

秀家は慎重にうなずく。

「人質時代の恐怖が、心を形づくったという意味では、左京殿はもうひとりの徳川内大臣（家康）なのです。それゆえ、主は左京殿のことを理解できる。なにを恐れ、なにに満たされるかを、知悉《ちしつ》している」

「つまり、戸川や岡が後見人では、操りきれぬということか」

「無論、戸川殿でも不足はありませぬ。だが、木の橋があれば、石の橋に架けかえるのが、わが主の気性。なにより左京殿ならば、流れに抗うような愚かなことは万にひとつもいたしませぬ。人質だったころの恐怖が、それをさせませぬ」

「結果、宇喜多の国土が荒廃してもか」

すこしの沈黙の後に、本多正信が口を開いた。

「大局を見れば、小を殺し大を生かすのもやむをえぬことか、と」

「備前備中美作五十七万石は、私と父の育てた国土だ。わが子に等しい。それを見殺しにしろというのか」

「わが主は、実の子に死を命じました」

秀家は息を呑んだ。

今から約二十年前のことだ。家康の妻と嫡男信康に、武田家内通の疑いがでた。なぜか、家康はふたりを弁護しなかった。あろうことか見捨てて、処刑さえした。

先ほどまでとはちがうふるえが、秀家の体をはう。

「さて、わが殿が左京殿を後見人に望む理由をわかっていただけましたか」

淡々とした本多正信の言葉だったが、それゆえだろうか、家康の非情さが嫌でも伝わってくる。

「われらからは以上でございます。中納言様が隠居される。そして、江戸でわれらの監視のもとにはいる。さらに宇喜多左京殿を後見人に就任させる。この三つがならねば、徳川家が宇喜多家にご助力することは一切ありませぬ」

きしむような音をたてて、背後で徳川屋敷の門扉が閉じられようとしていた。まるで、秀家に早く決断しろと急かすかのようだ。

陽が大地に半ば沈んでいる。雲がない日の夕刻の空は赤くならない。ただ、昼の明るさを吸いつくすかのように、風景から色が消えようとしている。

秀家の前に、女ものの駕籠がぽつんとあった。

近づくと扉が開き、ひとりの女性が心配気な目を秀家へと送った。

「豪よ、屋敷で待っていろといったはずだ」

「申し訳ありませぬ。ですが、私も心配なのです。内府様との会談はいかがでした」

苦渋が秀家の表情にでていたのか、尋ねた豪姫の顔から血の気がひいた。

「いくつか、条件をだされた。後見人を左京殿にしろ、とな」

「まさか、承諾したのですか」

「いや、まだだ。しかし、呑まざるを得まい。内府殿の意向であればな」

「ですが……」

さらに言いつのろうとする豪姫を無視して、秀家は歩きだした。

「お待ちください」

すぐ背後で声がした。振りむくと、豪姫が駕籠からでてきていた。

「ひとつだけわがままをいわせて下さい。ご決断の前に、左京様のご領地をその目で検分してください」

家康の謀略で、五大老の常時在京（在坂）の掟は反故になった。皮肉な結果だが、秀家の帰国の許可もでている。

「いえ、左京様のご領地だけではありません。干拓地や歴代の宇喜多家当主所縁の土地、村、町を見てください。民の暮らしぶりを見て、だれが領主としてふさわしいかを考えてください。それでもなお国を左京様にゆずられるというなら、豪はなにも申しません。ただ、ついていくだけです」

深々と頭を下げて、豪は懇願した。完全に日は昏れ、夜の暗がりがしたたるように秀家らにのしかかる。

二

馬を降りて、宇喜多秀家は備前の丘を己の足で登った。商人の旅装姿なのは、さきほどまで宇喜多左京亮の領地を内密に検分していたからだ。噂にたがわぬ、いやそれ以上の惨状だった。あちこちに焼けた山門や鳥居があった。改宗を拒んだことで、左京によって焼き討ちにあった寺社だという。なかに足をふみいれると、首のない仏像が数多横たわっていた。それらとは対照的に、街道にはクルスをかたどったと思しき石標や木標がいくつもたてられている。

脳裏に焼きついた光景に、胸が焼けそうになった。

左京に国をまかせれば、宇喜多家の全土にあの惨状が再現される。それだけは阻止したい。では、家康と戦うというのか。

何度も足を止めて、考えこむ。答えは一向にでない。

どんよりとした影が、足下を塗るようにおおっていた。厚い雲が、頭上にある。家康のいう巨大な流れに従うべきか、否か。どうしても決断がつかない。

土の匂いを鼻が嗅ぎとる。やっと頂上へいたり、下界を見下ろした。

干拓の土地が広がっている。

ふと見ると、流民たちが一箇所に集まっていた。なにをしているのだろうか。小屋ほどもある岩を、何十人もで必死に押している。大地の色がちがうということは、干拓する前からあった陸地のようだ。

「それえ、力をいれろ」

「だめじゃあ、全然動かねえ」

「きばれえ、この岩が動けば水路をとおせるんじゃ。田がもっと潤うぞ」

流民たちが大岩を押すが、何人かが力つきて倒れこむ。

「おい、見ろよ、なんだありゃ」

声をだしたのは、網をもつ漁民たちだった。

「あの大岩を動かそうってのか。無理に決まってらあ」

丘の斜面に網を干しつつ笑う。

まるで、己の人生を揶揄《やゆ》されているかのようだった。

器量もないのに領主となり、必死に戦った。片時も手をぬかなかった。だが、すべて徒労だったのではないか。

いつのまにか、地べたにすわりこんでいた。

悔しいと思う気力さえ湧いてこない。

おおお、とひびいた歓声に、秀家はわれにかえる。

「いけえ、動くぞ」

声援を送っているのは、さきほどまで笑っていた漁民たちだ。

あわてて目を干拓地へともどした。大きな丸太をいくつも岩の下に突き刺して、流

民たちが大岩を押している。

秀家の腰がういた。

斜めにさした丸太が、おれんばかりに上へと持ち上げられる。

「もっと丸太をもってこい」

「縄も使って引っ張れ」

わがことのように、漁民が叫ぶ。

岩が音をたてている。太い轍を造りながら、大地の上をはっている。

「おおお、すげえ、やったぞお」

漁民たちが飛びあがってはしゃぐ。

「流れ、か」と、秀家はつぶやいた。

父の直家もまた、流れに抗いつづけた人生だったではないか。その最たるものが、この干拓地だ。家老たちが軍船や砦を造れと進言するときに干拓を推しすすめ、後をつぐ秀家の手にわたるように取りはからってくれた。

もし、あのとき、父が流れに抗っていなければ、目の前には荒涼とした海が広がっ

ていただろう。

干拓地を風が駆け、はるか先の海面へと吹きぬけていく。

家中騒動

一

　肉のあつい掌が、茶碗をつかむ。僧服の長い黒袖をゆらして持ちあげた。大きな唇から、白い呼気が漏れ、押しもどすように茶に口をつける。

　喉仏を動かして、茶を流しこんだ。

「それにしても、八郎様とこうしてともに戦う間柄になろうとは」

　男は僧服をゆらして笑った。かつて青々としていた頭はしわでたるむようになったが、ぶ厚い唇の艶は昔と変わっていない。

　安国寺恵瓊——毛利の使僧にして、伊予国和気郡六万石の大名でもある。

　家康に対抗する石田三成の軍師ともいうべき存在だ。そして今、伏見城の一角にある茶室で秀家と向きあっている。

　秀家は、徳川と戦うことを決めた。本多正信からは宇喜多左京を後見人にするよう念押しの使者が頻繁にきているが、のらりくらりとかわしている。そのあいだに、恵瓊らと密談を重ねていた。石高のすくない奉行衆にとって、宇喜多家の動員兵力は魅力だ。主力として、大いに期待されている。とはいえ、いずれ徳川方にも秀家の動き
は伝わってしまうだろう。

「まあ、怨讐は時の彼方へと押しやりましょうか」

「そうだな。われらは今、瀬戸際に追いつめられているゆえな」

徳川家康が、次の標的として狙いを定めたのは会津の上杉家だった。難癖をつけて、
しきりに上洛を要請している。このままでは、反徳川陣営は各個に撃破されてしまう。

乾坤一擲《けんこんいってき》の勝負にでなければいけない。

「治部（三成）殿と、どんな策をめぐらしているのだ」

秀家は単刀直入にきく。

「上杉家が徳川を焚きつけ、兵を東にむけさせたところで、上方で挙兵」

かなり危うい賭けだが、このまま座して滅ぶよりはいい。

「毛利家はどうなる。毛利中納言（輝元）殿は、内府と義兄弟の契をむすび、あげく
前田家を追いつめる片棒を担いだ」

「その件ですが、わが主君はよくも悪くも野心があり申す」

「前田家を追いつめたのは、徳川家に屈したのではなく、毛利家の野心ゆえだという
のか」

「それゆえに内府にまんまとのせられて、八郎様と豪姫には辛い思いをさせてしまいました」

悪いなどとは微塵も思っていない表情で、頭を下げる。

「逆にいえば、主君の野心を焚きつければ、反徳川に引きこむことはできます」

「毛利家が豊臣方につけば、これほどたのもしいことはない。だが、戦場ではたしかに働いてくれるのだろうな」

毛利家の家臣には親徳川派が多い。総大将に戦意があっても、侍大将が戦場で動かなければ意味がない。

「残念ながら、そこまでは請合いかねますな。拙僧の役目は毛利家百万石を、天下分け目の決戦に引きずりだすこと。そこから先、毛利家が戦場でどう動くかは、石田殿や八郎様の采配次第」

恵瓊が命を懸けるのは政争の場であり、戦場ではないということだろう。

「それに、頭と体が別のことを考えているのは、宇喜多家も同じでしょう。聞きましたぞ。またしても、宇喜多家の領国で騒動が持ちあがったとか。寺内道作なる者が殺されたそうですな」

寺内道作は秀家の腹心のひとりで、領地の返還を求める戸川肥後守らと厳しい折衝をつづけていた。そんな折、宇喜多家の侍大将のひとり、山田兵佐衛門に惨殺される。

追放処分となった花房助兵衛の与力だ。花房助兵衛の手先となって、本多正信の屋敷に頻繁に出入りしていたこともわかっている。

「恵瓊よ、お主にはいうておこう。宇喜多家は、ふたつに割れる。そうなるように内府と本多佐渡が仕向けてくる」

予想される家康陣営の動きを、秀家は語った。家康が上杉家に矛をむける際、邪魔になるのは大老の秀家だ。動きを封じるために、謀略を仕掛ける。戸川肥後守や宇喜多左京をつかい、お家騒動をおこす。寺内道作暗殺のような、家臣のひとりを狙ったものではなく、もっと大きな騒動をだ。

そうやって、宇喜多家の手足を縛ってから上杉家に圧力をかける。

「だが、あえて内府の手にのろうと思う」

「宇喜多家に騒動がおきるのを黙って見過ごす、と」

「戸川や左京らを追放するためだ。むこうから騒動をおこしてくれるなら、逆に助かる。こちらから切れば、味方になる者も追放しかねん」

「しかし、それでは軍功の士が多くぬけますな。そんな状態で、宇喜多家をひきいて関東の軍に立ちむかうことができましょうか。治部殿や拙僧が案じておるのは、そこです。当然、なにか策は打っておるのでしょうな」

「恵瓊よ、これは他言無用だ。治部殿にも、内密にしてほしい。正木左兵衛というものを密かに召しかかえた」

　恵瓊は、太い首をかしげた。

「家中でも知っている者は、ごくわずかだ。正木をつかって、左京や戸川にかわる侍大将を集めている」

「正木左兵衛とは、何者ですか。地獄耳を自負する拙僧ですが、聞いたことがありませぬ」

「以前の名を、長五郎という。養家の苗字を名乗って、倉橋長五郎と呼ばれていた」

　すこし間をおいたのち、恵瓊の片まぶたがはねた。聚楽第の破却現場で人夫として働き、秀家と賭けをした男だ。

「知っているか」

「もちろんです。仇討ちをなした、長五郎ですか」

　あの後、長五郎は越前敦賀の大名である大谷刑部のもとへ一時身をよせていた。大谷家は大谷刑部と朋輩ということもあり、長五郎の様子を探ってもらっていた。秀家も去り、しばらく後に仇討ちを見事に成しとげた。仇討ちの相手は、あろうことか徳川家中の旗本だった。しかも、軽輩ではない。家康の息子秀忠の乳母として権勢をもつ大姥局《おおうばのつぼね》の息子、岡部荘八を斬ったのだ。

　その後、長五郎は、正木左兵衛と名を変えて諸国を遍歴する。秀家の依頼をうけた大谷刑部によって、行方は常に把握することはできていた。

「ならば、正木左兵衛の生家が、本多家であることも知っているな」

恵瓊が低いうなり声をあげた。

正木左兵衛こと長五郎は、本多正信の次男だ。もともと父子のそりがあわなかったようで、倉橋という武家に養子に出ていた。

「これは参りましたな。そのような恐るべき手を、すでに打っておるとは。八郎様も人が悪い。徳川の軍師、本多佐渡めも驚きましょう」

嬉しそうに、恵瓊は顔をゆがめる。

単に侍大将を集めるためだけに、長五郎を召しかかえたわけではない。家康と正信に対抗するための軍師でもある。正木左兵衛ほど、徳川の手の内を知りつくしている者はいない。

「ですが、この策は毒をはらんでおりますぞ。そもそも、その正木左兵衛は信に足るのでしょうか。いや、奴の出自を知れば、味方に疑心暗鬼の花が咲きみだれますぞ」

なぜか嬉しげな怪僧の口調だった。

「なればこそ、だ。このことは、恵瓊ひとりの胸のうちに秘めてほしい」

「たしかに、治部殿には扱いきれぬ毒ですな」

恵瓊が視線をはずしたのは、茶室に駆けよる足音が聞こえたからだ。

「急ぎの報せです」

身を屈めはいってきた小姓が、掌に納まるほどの小さな書状を秀家に差しだす。

素早くうけとり、開いた。

「どうされたのです」

黙って書状を差しだした。長袖で隠して恵瓊は書を抱くように見る。怪僧の表情が強張った。

——戸川肥後守、兵をひきい上坂。

さらに、上方にいる岡越前守、花房又七郎、宇喜多左京らの諸将も、同調する動きを見せているという。

とうとう、家老たちは国を割り、秀家へと矛をむけたのだ。

だが、秀家に動揺はない。予想していたことだ。そのために、正木左兵衛を召しかかえた。

もっとも、危機には変わりない。

打つ手をひとつ間違えれば、追放されるのは秀家かもしれないのだ。

二

宇喜多秀家主従の騎馬が、寒風を突き破るようにして駆けていた。横には淀川が流れているはずだが、夜の闇に沈んで見えない。流れの音だけが聞こえてくる。

やがて太陽が昇りはじめ、くもった空が鉛色の輝きを帯びはじめる。

秀家は、馬の尻に鞭をくれた。従う近習は十騎に満たない。

当初は、戸川肥後守たちの動きを見極めてから動く手はずだった。だが、朝を待たずに馬で駆けつけることに決めた。反秀家の一味が、はやくも凶行におよんだからだ。あろうことか、秀家の腹心の中村次郎兵衛が襲われたという。

これ以上、反秀家派の跳梁《ちようりよう》を座視するのは、危険だ。

川に沿って、街道は大きく弧を描いている。ちいさな森が見えたとき、秀家の背に悪寒が走った。

木々のすきまから、硬質な光が幾つもまばたいていた。

「伏兵です」

勘十郎が叫ぶのと、林のなかから刀や手槍をもった一団がでてくるのは同時だった。

数は三、四十人ほどか。鞘を捨てて、秀家らに襲いかかろうとする。

手綱を引きしぼり、秀家は馬を竿立たせた。舌打ちをかみ潰す。明らかに、待ちぶせである。

兵を連れてこなかったことを後悔した。かつて、軍勢をひきいて上坂した家康を秀家は弾劾している。同じことをすれば、自らの立場をさらに不利にしかねないと配慮したのが裏目にでた。

だが、敵もこれほど速く秀家が動くとは思っていなかったのかもしれない。弓鉄砲の士がいないのは、そのせいだ。

鞍にくくりつけていた短筒をはずす。用心のために、すでに火縄には火が点っていた。十人に満たない近習たちも、秀家と同じように馬上で短筒を構えた。

きた道を逃げるのは危うい。後方にも伏兵がいるかもしれないからだ。手傷を負うのを覚悟で、斬りぬけるしかない。

覚悟が伝わったのか、近習たちがごくりと唾を呑んだ。

「まだ、射つな。引きつけろ」

手綱をにぎる左腕を曲げ、その肘のうえに短筒をおいて構えた。

十歩の距離になって、号令を発する。轟音とともに、刺客たちが次々と倒れた。

「ぬけ、斬りふせろ」

真っ先に反応したのは、進藤三左衛門だった。鞍から飛びおりて、弾丸のごとく刺客たちのなかへと飛びこむ。

遅れて、勘十郎らも斬りこむ。

川辺に剣音が鳴りひびき、朝の空気を汚すように鮮血が飛びちる。刺客たちのものもあれば、秀家の近習のものもあった。

「中納言様、悪あがきは見苦しいですぞ」

大音声に、目をやった。一団をひきいる長と思しき男が、仁王立ちしていた。顔にはあちこちに傷がはいっている。

「まさか、山田兵佐衛門か」

秀家の声に、敵味方の剣戟の動きがよどんだ。追放した花房助兵衛の与力で、寺内道作を殺害した男だ。

「この卑劣な待ちぶせは、貴様の采配か」

秀家の言葉に、山田兵佐衛門の目尻がつりあがった。

「卑怯なのはそちらでしょう。われらが命がけで守った土地を、情け容赦なく奪った」

「殿は憎くて、土地を召しあげたのではありませぬ。かわりに十分な扶持米を支給したではないですか」

勘十郎の言葉を、山田兵佐衛門は鼻で笑った。

「ふざけるな。先祖代々が命がけで守った土地が、銭や扶持米にかえられるか。見ろ、わが体にうけた合戦の傷を」

見れば、刀をにぎる山田兵佐衛門の指が何本も欠けていた。

「傷だけではない。縁者や朋輩たちを何人も亡くした。命がけで守った土地を、銭や米にかえろというのか」

「宛行が許せぬから、寺内を斬ったのか」

「寺内だけではないわ。中村めもそうよ」

つきつけられた刀には、新しい血錆の痕が付着していた。

「その刀で、中村次郎兵衛を襲ったのか」

腹の底から湧きあがる怒りが、秀家を叫ばせた。

山田兵佐衛門は返事のかわりに、号令を発する。

「やれ、中納言様の首をあげたものは、金十両だ」

刺客たちの殺気に油がそそがれる。一層の厚みを増して、白刃が襲いかかる。

「ひるむな、かたまって突破するんだ」

だが、秀家の声は、敵の怒号にかき消される。

「くそう、数が多すぎる」

こめかみから血を流しつつ、勘十郎が叫ぶ。

「足を止めるな。敵の思うつぼだぞ」

数人を相手に斬りむすぶ進藤が叱咤する。

徐々に、秀家一行の足どりが鈍くなる。

秀家の体にも、一条二条と敵の切っ先がかすった。

新しい喚声が聞こえてきた。

後ろからだ。

「くそう、新手か」

進藤が振りかえり、秀家もつづく。

数は二十人ほどか。全員が弓をもっていた。一列になって、弦をちぎれんばかりに引きしぼっている。

秀家らはひと塊になっており、よける術はなかった。

新手をひきいる武者が、片手を高々とあげた。

「射て」と、叫ぶ。

降りそそぐ矢は、秀家の周囲に正確に射ちこまれる。

ばたばたと倒れたのは、刺客たちだった。

「み、味方か」

進藤が刀をもった腕で、目をこする。

「あれは、長五郎殿でございます」

目のいい勘十郎が、驚愕の声をあげた。

茶筅髷を結った長五郎こと、正木左兵衛が白刃をかざす。

「かかれ、中納言様を救え」

弓を捨てた武者たちが、一斉に襲いかかる。たちまちにして、形勢は逆転した。

「畜生、助太刀がいるなんて聞いてねえぞ」

「たった一貫の銭で命を落とせるか」

どうやら金で雇ったよせ集めのようだ。潮が退くように、逃げていく。

「深追いするな」

猛る進藤たちに、秀家が命令を投げつけたときだった。刺客たちの流れに抗うように、ひとりの武者が近づいてくる。山田兵佐衛門だ。逃げるつもりがないことは、血走った両目からわかった。見ると、腹に深々と矢が刺さっている。

「中納言様、お覚悟」

山田兵佐衛門が絶叫とともに、駆けだす。腹から血が盛大にこぼれた。

「狼藉者が」

進藤の一振は、必殺の一撃だった。山田兵佐衛門の眉間が割れ、一瞬にして顔が朱にそまる。数歩たたらをふんだところで、刺客の目から光が急速に失われていく。

崩れるようにして、山田兵佐衛門は絶命した。

「以前、助けてもらったご恩を、すこしはお返しすることができたでしょうか」

正木左兵衛が、不敵な笑みとともに近づいてきた。

「正木よ、どうしてお主がここにいる。まさか、私たちが襲われることを知っていたのか」

正木左兵衛には、各地の侍大将を集めるように命じていた。

「本多佐渡めの考えることは、手にとるようにわかりますれば。情勢を読んで、次の一手は中納言様暗殺しかないと思い、急ぎ引きかえしてきました」

「なるほど、蛙の子は蛙というわけか」

進藤と勘十郎が、不思議そうに目を見あわせた。彼らにも、まだ正木左兵衛の父が本多正信とは伝えていない。

「そばにつかえてくれるふたりには教えておこう」

進藤と勘十郎、正木左兵衛の三人を、近習や助太刀の武者たちから引きはがし真実を教える。

「なんということを」

「そうです、もしこの長五郎――いや、正木が徳川と通じていたら」

ふたりは上半身を仰《の》けぞらせ、驚く。

一方の正木左兵衛は、片頰を持ちあげて微笑みをたたえている。

徳川に通じているなら、助太刀などせず見殺しにした、といいたげな表情だった。

「無論、危うい博打なのは承知の上だ。だが、これぐらいの詐術にでねば、内府には太刀打ちできん」

それでもなお、ふたりは疑い深い目を正木左兵衛にむける。

「まあ、おふたりがすぐにそれがしを信用するのは無理でしょうな。まずは、手並みを見てから、判断していただきたい」

「手並みとは、侍大将を集めることか」

進藤が、正木左兵衛の連れてきた武者たちを見た。どれも一騎当千という顔つきだ。実力のほどは、刺客を蹴散らした働きで証明済みだった。

「まさか、人だけ集めても本多佐渡や内府めには勝てませぬ」

ふたりが目で先を促した。

「内府は近いうちに上杉討伐の軍をあげ、上方を留守にするでしょう。その際、要となるのは伏見城です」

京と大坂をむすぶ拠点で、秀吉晩年の居城だった。

「佐渡はここに、徳川譜代の腹心をひとりしんがりとしておいて、会津へ行くはず。まずは、この伏見にこもる徳川の将をわが策で討ってみせましょう」

呆然とするふたりから目を移し、正木左兵衛は秀家を見た。

「それでは、これにて失礼します。一緒に大坂にはいっては、佐渡めにそれがしがいることが知られてしまいますからな」

一礼とともに、正木左兵衛らは去っていく。


宇喜多秀家一行は、あわただしく大坂へとはいった。

大坂の宇喜多屋敷で、襲撃された中村次郎兵衛が、幸いにも一命を取りとめていたことを知る。大坂城からの帰路を襲われ深手を負ったが、宇喜多屋敷へと逃げこむことができたのだ。豪姫が機転を利かせ、女ものの駕籠にのせて脱出させ、加賀へと落ちのびさせた。いれかわるようにして、秀家が屋敷に到着した。

伏見からの早駆けの疲れがのこる体に鞭打って、秀家は庭先にはいってきた商人たちと対面する。備前の酒問屋たちだ。

「ご苦労だったな。戸川らに襲われることはなかったか」

「戸川様の与力とでくわし、酒はねだられましたが、襲われることはありませんでした」

背後にひかえる進藤や勘十郎が安堵の息を吐いた。

正木左兵衛との連絡のためにつかっているのが、備前の酒問屋たちだ。〝吉備の豊《とよ》酒《ざけ》〟ともいわれ、備前は古来酒の産地として知られている。秀家は岡山城下に酒蔵をあつめ、酒造を保護奨励していた。全国各地を行商するので、情報に通じている。また、宇喜多屋敷に足を運んでも出入りの商人と思われるだけで、だれにも怪しまれない。

「こちらの現状と正木への指示が書いてある」

商人のひとりに秀家は書状をわたす。商人は両手で書をうけとり、屋敷からでていった。

「さて、例のものをもってきてくれ」

秀家は、集まる近習や部下たちに目をやる。蔵から運ばれてきたのは、巨大な磔台だった。その後ろにつづくのは、筵《むしろ》だ。秀家を襲った山田兵佐衛門の骸が包まれている。庭に寝かせた磔台に、骸の五体をくくりつけた。

「玄関松の隣にかかげて、左京の屋敷にむけろ」

秀家の号令で、山田兵佐衛門の骸が高々とかかげられた。兵をひきいた戸川肥後守らは、宇喜多左京の屋敷に集結し、立てこもっている。

戸川肥後守たちには決して屈しない、という秀家の意志表示だ。

一際つよい寒風が吹きつけた。雲からこぼれるように、粉雪も舞っている。

きっと、家康は、今回の宇喜多家の騒動の仲裁をかってでるだろう。そして、わざと長引かせる。秀家の手足を縛り、上杉を追いつめるはずだ。こうやって、親豊臣派を順番に滅ぼす。

「望むところだ」

秀家はつぶやいた。

仲裁を長引かせるなら、長引かせればいい。

正木左兵衛が侍大将を集める時を稼げる。

寒風はさらに冷気を増し、肌が凍るかのようだった。

そういえば、父直家が死んだ日も、同じように寒風が斬りつけていたと思いだす。

四章　関ヶ原

西軍挙兵

一

強い陽光が、大坂城に照りつけていた。

あまりの暑さに、油蟬たちも悲鳴をあげるかのようだ。

天守閣最上階の窓から顔をつきだすのは、奉行衆のひとり長束正家である。必死に城下の様子を見ている。外堀は巨大な城下町を取りかこむようにあり、西の海と北の川が、天然の堀として存在していた。

城下町の街路には軍勢相手の商人ののぼりが林立し、目を西の海にやれば帆をふくらませる兵船が続々と入港していた。甲板には、甲冑をきた兵たちがひしめいている。

長束正家の後ろから、同様に秀家も下界を見ていた。だが、目は街ではなく、城の曲輪のひとつにむく。西の丸があり、ちいさいながらも本丸同様に天守閣があった。

大坂城へと移った、家康が建てたものである。

黒漆と金瓦の本丸の天守閣とちがい、装飾はすくないが、銃や弓を射つ狭間《さま》があちこちに設けられており、徳川家の武士たちが出たりはいったりする様子は、蟻の巣穴を思わせる。

今このとき、西の丸の天守閣に家康はいない。とうとう、上杉討伐の号令がくだされ、家康自身が兵をひきいて出陣したのだ。留守部隊として、大坂城に家臣の佐野綱正、伏見城に鳥居元忠をのこしている。いれかわるように、大坂に集いつつあるのは、会津征伐の後軍の部隊たちだ。秀家も四千の兵とともに入城していた。

昨年末からの宇喜多家騒動は、秀家の予想どおりに進んだ。問題は長期化し、宇喜多家の動きは封じこめられた。そのあいだに家康は、上杉家に上洛を要請する。高圧的な要求を上杉家は拒否するが、これにつけこんだのが家康だ。上杉討伐の宣言と、諸将の軍役が通達された。

今よりひと月ほど前に、大坂城で開かれた軍議を秀家は思いだす。今日と同じくらい暑い日だった。ちがうのは、まだ蟬たちが鳴いていなかったことだ。

評定の間につどう諸将は、胸元を扇子でしきりに扇いでいた。むせかえる夏の暑気に顔をしかめつつも、姿勢を正し上座からの言葉を待っている。そのなかに、宇喜多秀家もいた。

「では、諸将、よろしいか」

徳川家康が、高々と宣言する。福耳をゆらし、居並ぶ将に目を配る。

福島、細川、黒田ら、親徳川派の大名がたのもしげにうなずいた。

「上杉討伐の軍について、お拾い様(秀頼)の裁可はたしかにいただいた」

豊臣家の桐紋がはいった短刀を、諸将へとつきつける。

みなが頭を下げるのに、秀家も従わざるをえない。

「それでは、諸将の軍役は、今からこの本多佐渡めが伝える」

隠れるようにしてひかえていた細面の家臣が、家康といれかわる。本多〝佐渡守〟正信が書状を両手で掲げ、次々と参陣武将と兵数をあげていく。まずは親家康派の大名たちからで、事前に打ちあわせていたのか、みな「承ってそうろう」と兵数を快諾する。

「宇喜多中納言殿」と、本多正信はここで初めて間をとった。

引きとるように、家康が口を開く。

「みなもご存知のことかと思うが、宇喜多殿の家中で騒動があった。もっとも、それがしと大谷殿の必死の説得があり、決着はついたが、まだ間もない」

戸川肥後守、岡越前守、花房又七郎ら、騒動をおこした家老の追放とあずかり先の大名が決まったのは、この十日ほど前のことだ。ちなみに、宇喜多左京には追放の処置はくだされなかった。宇喜多家中にのこし、間諜として活用しようという家康の策だ。

「先例どおりなら、宇喜多家には一万の軍役が妥当と思う。が、騒動があった今は、すこし負担が大きいと案じている。お家の体面にも関わることゆえな。中納言殿さえよければ、軍役は半分の五千でいかがかと思っているのだが」

並ぶ諸将たちが、小さくどよめいた。普通なら、軍役は一方的に言いわたされるだけだ。相談など異例である。すでに家康との戦いははじまっている。親切をよそおいつつ、反徳川の急先鋒となる宇喜多家の動員兵力を探っているのだ。

はたして、秀家が五千の兵役をうけるか否か。

諾といったときの口調に、自信があるか。

否といったときの口調に、隠しごとはないか。

言葉からにじむ感情で、宇喜多家の実力を推しはかろうとしている。

「石高を考えれば、一万の軍役は当然の責務でございましょう」

内実を悟られぬよう、秀家は極力感情をのせずにいう。家康と本多正信の瞳に、警戒の色がつよくでた。

「ですが、ご存知のとおり、わが家中を去った者は軍功の士ばかり。まずは、一族衆筆頭の宇喜多左京めの一千を先発させ、その後、私が本隊をひきい、会津征伐に参加しとうございます」

左京を先遣隊として送ることで、間諜の排除を目論む秀家の策だった。

家康は福耳をなでつつ、秀家の全身をなめるように見る。

「よろしい。では、宇喜多殿の本隊は後軍としましょう。では、その後軍の兵はいかほどか」

乱世を生きぬいたのは、この慎重さと執拗さゆえだと認識させる目で、家康は問いを重ねる。

「後軍として、九千。合計一万の兵で参上します」

居並ぶ諸将が、視線を交わらせる。

「八郎兄者、ここは内府殿のご好意に甘えるべきでは」

心配そうに口を挟んだのは、猩々緋の陣羽織をきた若者だ。かつての豊臣秀俊こと小早川秀秋である。顔の白さは相変わらずで、近年の深酒がたたって青ざめてさえいた。

「足軽はそろえられても、侍大将は難しかろう。統制のとれぬ軍ほど厄介なものはありませぬ」

小早川秀秋の言葉に、何人もの将がうなずいた。

「そうともよ」と、怒鳴るように髭面の将が発する。家康派の急先鋒、福島正則である。

「どうせ、今から急いで侍大将を集める算段でござろう。急支度でろくな侍が集まる訳もない。よせ集めの一万に後ろにひかえられると、足手まといだ。内府殿がおっしゃるように、五千の軍役が妥当。なんなら、半分の二千五百でも結構ですぞ」

親徳川の大名がうなずいて同調を示す。

一方の家康は、表情を消している。秀家の言葉の虚実を判じかねているのか。

背後の正信に顔をむける。師に答えを求めるかのような所作だ。正信は口をゆがめ、一瞬だけ嘲笑った。それだけで、家康には十分だったようだ。

「そこまで言うなら、中納言殿の軍役は兵一万としよう。戦場で、一万の兵にお目にかかることを楽しみにしておりますぞ。まあ、せいぜい兵糧を余らせぬようにしてくだされ」

家康の口ぶりに、福島正則らが一斉に笑いだす。秀家は両手をつき、頭を下げた。

「この宇喜多中納言も、戦場で内府殿とまみえることを、楽しみにしております」

頭をあげたときには、家康と正信はこちらを見てさえもいなかった。

回想をさえぎったのは、蟬たちのけたたましい鳴き声だった。

「今、港にはいったのは、どこの家だ。ずいぶんと旗指物がすくないではないか」

窓枠を握りしめて、長束正家が叫ぶようにいった。

予想通りというべきか、今つどう西国大名の手勢は多くない。軍装もちぐはぐで、士気の乱れも目につく。二度の朝鮮遠征で領国が疲弊しているのだ。ひと月前に家康との軍議で確約した兵数より、あきらかに少ない軍もある。実は秀家も同様で、九千と宣言したが実際は四千の兵しか入城させていない。

「そんな顔をして睨んでも、兵の数は増えませんぞ」

宇喜多秀家が声をかけると、長束が険しい目をむけてきた。

「なにを呑気なことを。港につどう諸将は、われらの味方になる公算が大きい。数が気にならぬ方がおかしいでしょう」

まだ、秀家ら反徳川勢は、家康へ宣戦布告していない。家康を大坂からできるだけ離した後、挙兵する段取りだ。そのため敵同士と知りつつ、家康がのこした留守部隊と挨拶を交わす日常がつづいていた。

だが、家康も秀家らの動きを知悉している。あえて、挟み撃ちになる危険を承知で大坂を留守にしているのだ。上方で挙兵する石田方は少数で、脅威にならぬと判断したのだろう。

反徳川の勢力は、親徳川勢と比べるとすくない。蟄居中の石田三成、家中騒動のあった宇喜多秀家、奉行衆の長束正家、九州の小西行長、三成の盟友の大谷刑部、安国寺恵瓊らだ。石高の合計は約百万石。普通にやれば勝ち目はない。

だが、全国の大名が、反徳川と親徳川に綺麗に色分けされるわけではない。毛利輝元のように、より多くの利益を与えてくれる陣営にくみしたいと考える大名も多い。

豊臣秀頼を手中に納めれば、彼らを反徳川の陣営に引きこむことは可能だ。

「一万の兵が必要なのです」

長束正家が、窓枠をたたく。

「ひとりの大名にひきいられた、一万以上の軍勢です。合戦は、単純な足し算ではありませぬ。十の大名がそれぞれ千の兵をひきいた一万では、烏合の衆と同じ。ひとりの大名がひきいた一万とは、雲泥の差があります」

今、大坂につどう兵は五万をゆうに超そうとしている。

だが、少数の兵をひきいた大名ばかりで、芯となる軍団がいない。

「長束殿」と、秀家が注意をうながした。唇に指をやって、黙るように目配せする。

背後の階段が、みしりと鳴っていた。だれかが上がってこようとしている。

顔をだしたのは、西の丸の天守閣を守る家康家臣の佐野綱正だ。反徳川勢の動きを探る間諜ともいうべき存在である。

「長束様、宇喜多様、こんなところでご見物ですか。我々も一緒に大名衆がつどう様子、見物させてもらってもよろしいでしょうか」

大坂に集結する大名の数を、家康にいち早く伝えたいのだろう。今は、ことわる理由はない。

「では、お言葉に甘えて」

あがってきた階《きざはし》を振りかえり、佐野が声を投げかける。

「お許しがでましたぞ。同席してよいとのことです」

一体、だれを呼んだのだ。きしむ音から、男が重い鎧をきているのがわかる。

のぞいた顔には、縫い物でもしたかのような傷が縦横にはいっていた。

長束が、あんぐりと口を開く。秀家も、思わず窓を背にして身構えた。

「さあ、鳥居殿、どうぞ、こちらへ」

佐野の言葉に、灰髪を風になびかせて男は歩む。

鳥居元忠──徳川家随一の忠臣にして勇将、かつ伏見城の守将である。

「そなた、なぜ、ここに。伏見の守りはどうなっておる」

長束が青い顔で訊く。

「伏見から大坂まで、馬に乗れば半日足らず。騒ぐほどのこともありますまい」

平然とした顔で、鳥居元忠は窓辺まで歩む。

「ば、馬鹿者、もし賊が今このときに伏見の城を襲えば、どうするつもりじゃ」

長束の言葉を、鳥居は鼻で笑う。

「伏見の守りは寡兵。賊めが襲ってきたときは、一兵のこらず討ち死にするまで。それがしごとき老兵、ひとりおろうがおるまいが、結果は変わりませぬ」

大小の傷が走る唇を、鳥居はゆっくりと動かす。

「無論、そのときは、それがしも急ぎ伏見へと馳せもどり、討ち死にする覚悟」

秀家や長束らではなく、下界を見つついう。

「もっとも、あの本多佐渡めにいわせると、寡兵でも十分という目論見らしいですがな」

本多正信とのやりとりが頭にうかぶようだった。増兵を求める鳥居元忠の要請を、本多佐渡が無視したのだろう。反徳川の兵を伏見城で引きつけ、反転した家康本隊で挟み討ちにするつもりなのだ。

「だれか、目の利く者はおらぬか。到着した大名家と兵の数を教えろ」

大坂城の主のような、鳥居元忠の口ぶりだった。

「勘十郎、こっちへきて数えてやれ」

秀家の言葉に、長束が目をむいて驚く。敵に手の内を教えるつもりか、と表情がいっていた。だが、いずれわかることだ。なら、今教えてやればいい。

秀家と鳥居元忠のあいだに体を滑りこませた勘十郎が、恐る恐る兵数を読む。

「あれは……小西様で、兵は……四千ほどでしょうか」

「ふん」と、鳥居が不機嫌そうに鼻息を吐いた。

「旌旗《せいき》に、疲れがにじんでおるわ。小西の勢が伏見を攻めても、五百の兵で跳ねかえせよう」

「鳥居よ、不遜にもほどがあろう。まるで、小西殿が伏見城を攻めるかのような口ぶりではないか」

長束がなじるが、鳥居元忠の古兵然とした顔に変化はおきない。

「それは失礼仕った。が、われらは常在戦場の武士。味方といえど、手勢を見れば『もし戦えば、いかに』と考えざるを得ませぬ」

まったく悪びれる様子がない。

「それよりも、小西家の前に上陸した、あちらの手勢は」

鳥居元忠は、もう長束に興味もないようだ。勘十郎が、次々と大名家と兵数をあげていく。どうしたことか、そのたびに鳥居元忠の眉間のしわが深くなり、こめかみには血管さえうきはじめた。この男には奇妙な癖があると聞いた。敵が弱いと、不機嫌になるのだ。逆に敵がつよいと、喜色をうかべる。家康最大の負け戦である三方原の戦いでは、嬉々として武田騎馬隊と槍を交えたと評判だ。

「あれは島津家で、数は千とすこし」

あまりにも兵がすくない。もともと上方に滞在していた島津家の兵をあわせても、二千に足りない。検地後におきた反乱が原因だ。まだ、島津の領国には火種が燻《くすぶ》っているのだろう。

「話にならぬわ」と、鳥居元忠が怒声をまき散らす。

「五千、四千の大名家がいくら集まろうが、怖くはない。小勢が集まって十万となっても、たかが知れている。阿吽《あうん》の呼吸のいる戦場では、ものの役にたたぬ」

長束や秀家と同じことを、図らずも鳥居元忠がいった。

「これでは、あの忌々しい本多佐渡めの言うとおりになるではないか。それともわれらを侮っているのか。烏合の衆でも、三河武士の守る伏見城は落とせる、と」

「鳥居殿、なにをいっておるのですか」

佐野の制止が耳にはいらぬかのように、鳥居元忠は窓の外の一点へと目を移す。目元に、深いしわが幾本も刻まれた。見すえるのは、港ではない。南にある街道だ。大地に長大な線をひくように、ひとつの軍勢が列をなして大坂城へと近づいてくる。

「どこの家中でしょうか。遠目からでも、一万を超えていますぞ」

鳥居元忠の後ろにひかえる佐野の声は、上ずっていた。万を超える軍勢の兜が陽光を反射して、まぶしい。まるで黒い大河が輝くかのようだ。

「悪くないな。すこし気は若いが、力は漲っている。旗のなびきも上々だ」

見れば、鳥居元忠の口端があがっていた。

「あ、あの旗指物は」

細めていた勘十郎の目が、大きく見開かれる。そして、秀家へと顔をむける。つづいて、鳥居元忠と長束、佐野もつづく。

「まさか」といったのは、佐野だ。

「さよう、宇喜多家の手勢だ。大坂の港は混雑しているゆえ、堺で上陸し北上させた」

鳥居元忠を見る。秀家の視線とぶつかった。

「鳥居よ、内府殿に伝えてくれ。今、大坂城にいる四千、そして後軍としてこちらへむかう一万三千五百。宇喜多家の軍は、合計一万七千五百だとな。約束の軍役より、七千ほど多くなってしまったがな」

信じられぬというように首をふったのは、長束と佐野だ。対照的に、鳥居元忠は微笑さえもうかべている。

「宇喜多中納言様、嬉しく思いますぞ」

古兵の両の目尻が、柔らかく下がりだす。

「宇喜多勢が本気になって伏見城を攻めれば、さすがのわれらも全滅は必至。相手にとって不足はない。存分に攻めかかってこられよ」

「鳥居殿、お味方にむかって、またしてもなにを口走るのじゃ」

佐野がむしゃぶりつくが、鳥居元忠は片手で弾きとばす。

「城を枕に討ち死にとは、言い得て妙」

したたるような喜色が、鳥居元忠の言葉ににじんでいた。

「太閤殿下普請の伏見城が枕なら、冥土の目覚めもよさそうじゃ」

鳥居元忠はきびすを返す。

鼻唄を歌いつつ、階を下りていった。

秀家は目を街道へやった。宇喜多家の大軍が近づいてくる。勇ましくひるがえる旌旗がくっきりと映り、武者たちの兜が大蛇の鱗を思わせた。力強い足取りが、秀家の耳にも聞こえるかのようだ。

「正木左兵衛、よくぞやってくれた」

先頭を歩いているであろう茶筅髷の若武者へ、聞こえるはずもない労いの言葉を送る。

二

大坂城の御殿の一室に、甲冑に身をつつんだ宇喜多秀家はいた。目の前には鹿角の刀架があり、一振りの脇差が鎮座していた。宇喜多家重代の宝刀――鳥飼国次丸だ。

脇差とはいえ、刃長が二尺（約六十センチ）近くある。

心を落ちつけ、刀と静かに向きあう。時折、大喚声が刀と秀家のあいだに侵入してきた。大坂城にひしめく軍兵たちが、気合の声をあげているのだ。

とうとう、石田三成は反徳川の兵をあげた。近江国の愛知川《えちがわ》に関所を設け、西国大名を傘下にいれることに成功する。さらに毛利輝元を総大将に押したて、大坂城を占拠する。西の丸を守っていた佐野綱正らは、伏見城へと逃亡した。

一際、大きな鬨《とき》の声があがる。陣太鼓の音も鳴りひびく。伏見城へむかう軍勢が出陣する合図だ。

伏見城攻めの総大将に任じられた宇喜多秀家も、もうすぐ出発する。

鹿角の刀架から、鳥飼国次丸をとった。うやうやしく頭上にかざすと、ずしりと重い。この脇差を腰に帯び、歴代の宇喜多家当主は戦場で戦ったという。

父直家はじめ、過去の当主の戦いに思いをはせる。

まぶたをゆっくりとあげた。鳥飼国次丸の鎺元には小柄がついているが、随分と傷んでいた。新しいものに変えた方がいいかもしれない。手でなでて腰にさした。

甲冑をきた体を持ちあげてたつ。横に座すのは、浮田河内守だ。

「留守はおまかせください」

腰にあった短筒を引きぬいて、秀家に差しだす。浮田河内守には、大坂城を守る役を与えている。田鳴の紋のはいった短筒をうけとり、秀家は帯の後ろに挟んだ。

茶筅髷を結った若武者――正木左兵衛もたっている。こちらも甲冑を雄々しく着込んでいた。

隣には、クルスを首にかける武将――明石〝掃部〟全登だ。元は浦上家の部下だったが、直家の時代に家臣になった。客将待遇のため国政には参加せず、宇喜多家騒動でも中立をたもっていた。戸川肥後守ら追放後、秀家が家老へと登用したのだ。

ふたりは、秀家とともに戦場にでる。歴戦の侍大将が去った宇喜多家にとっては、両の腕に等しい存在だ。

三人の視線が交わり、同時にうなずいた。

部屋をでて廊下を歩き、大坂城の曲輪へとでる。天守閣の足元に、宇喜多家の旗本たちが整然とならんでいた。馬にのり、槍を手にもち、背に旗指物をさしている。

「支度は万事整いました」

火縄銃を右肩にかかえた勘十郎がひざまずく。

煌びやかな一団が、こちらに近づいてきていた。色とりどりの打掛をきた、侍女たちだ。先頭を歩む女人は、一際背が高かった。涼しげな目元と通った鼻筋が、怜悧《れいり》な美しさを際立てている。

太閤秀吉の側室であり、秀頼の生母、かつて茶々と呼ばれていた淀殿だ。

「中納言殿、たのもしい軍勢でございますね」

どこか他人事のような、淀殿の声音だった。

「もったいないお言葉です。なにより、わざわざのお見送り感謝いたします」

鎧を鳴らし、秀家は淀殿に一礼した。

さらに淀殿の微笑はふかくなるが、瞳にたたえられた哀しみもまた濃くなるかのようだ。

無理もない。淀殿ほど落城の悲哀を知る女人はいない。こたびの合戦にも、不吉の思いを抱いているのだろう。

「不思議なものですね。わらわのことを守るといっていた、利家公はもうおらず、かわりにそなたがいる」

最後まで秀頼と淀殿の味方になるはずだった、利家はいない。どころか、皮肉にも利家亡き後の前田家は、徳川の軍門に降った。

「乱世の習いとはいえ、泉下の利家公もきっと口惜しく思っているはずです。ですが、利家公のご遺志は、私が引きついでおります」

淀殿の屋敷の前で、ずぶぬれになっていた前田利家の姿がよぎる。

そして利家の策で毛利から係争地を守ったとき、淀殿とその血をひく子を守ると約束した。

「その言葉、お拾い様が聞けば、きっと心強く思うでしょう」

「そういえば、お拾い様は今どちらに」

「天守の上で中納言殿たちを見守っています」

首を持ちあげる。逆光になってよく見えないが、天守閣最上階の欄干に童の影があった。手をふる無邪気な所作に、思わず笑みがこぼれる。

「近頃は、読み書きにも身をいれてくれるようになりました」

「ほお、それは」と答えたのは、意外だったからだ。生前の前田利家の愚痴が、耳によみがえる。顔にでていたのか、淀殿の目がかすかに険しくなった。

「利家公が亡くなられたのが、よほどこたえたようです。唯一、お拾い様を叱ってくれるお方でしたから」

利家に聞かせてやりたいと思った。賤ヶ岳で柴田勝家を裏切り、淀殿の母を死に追いやったことをずっと気に病んでいた。だからこそ、晩年は病を押してでも、必死に秀頼を守りたてようとしたのだ。

「こたび参りましたのは、見送りのためだけではありませぬ。実は太閤殿下から、お渡しするようにいわれていたものがあるのです」

打掛の袖から、淀殿は袱紗を取りだした。

「ご生前に、おっしゃっていました。宇喜多中納言殿が、お拾い様の信じるに足る味方になってくれるならば、これを返してやってくれ、と」

「返してくれ、とおっしゃったのですか」

「私にも子細はわかりかねます。太閤殿下は、それ以上のことは一切語りませんでした」

袱紗をうけとり、ゆっくりと開く。さらしに巻かれた細長いものがあらわれた。

手がふるえだす。思わず、とり落としそうになった。

小柄だ。三枚の葉がつどった紋は、宇喜多家の家紋のひとつ、剣片喰だ。

秀家が、鷹狩で捕えた落武者を逃すときに与えたものではないか。

「これを、私にかえす、と。たしかに、そうおっしゃったのですか」

淀殿はうなずくが、信じられなかった。逆らった証として、秀吉は陰に陽に小柄の存在をほのめかして、宇喜多家を軍役に駆りたてていたからだ。

かつての罪を許す、という意味だろうか。

それとも、秀頼を守れという命令か。

あるいは、もう自由に生きよ、ということか。

「中納言殿は領国を干拓し、流民たちに生計の術を与えてやっているとか」

淀殿の声に、あわてて向きなおる。

「はい、わが父直家の代からの事業です」

目を細めて、淀殿が微笑む。

こんなふうに笑うこともできるのか、と秀家はすこし驚いた。

「羨ましく思います。飢えることはありませんでしたが、わらわも乱世で流転をしいられました」

淀殿とその母は、常に権力の盛衰に翻弄された。淀殿が秀頼を産んでからもそうだ。秀吉死後も、大坂城の主が次々とかわった。最初は利家、次に家康、そして今は毛利輝元と奉行衆。

「安息の地が欲しいと、ずっと思っておりました。それが、私と死んだ母の悲願でもありました」

淀殿の言葉が、秀家の胸に染みていく。

「中納言殿、わがままをひとつだけ叶えてくれませぬか」

「私にできることなら、なんなりと」

すこし間をおいて、淀殿は口を開く。

「いつか、備前の干拓の地へ案内して欲しいのです」

予想外の願いに、しばし秀家は絶句した。

「田畑が広がるだけで、お見せするほどのものはなにもありませぬが」

「構いません。乱世を流浪した民たちが住む地を、お拾い様に見せてやりたいのです」

そう懇願する淀殿の姿は、ひとりの母にすぎない。

「わかりました。戦が終われば、お拾い様と共にかならずや干拓の地へ案内します」

淀殿は満足したように何度もうなずく。

「では、中納言殿、ご武運をお祈りします」

淀殿は、打掛の袖をひるがえし去っていく。すぐにその姿は軍勢に隠れて見えなくなった。

三

伏見の地に〝兒〟の字の旗指物が勇ましく林立していた。

今、宇喜多の軍勢は、太閤秀吉によって築かれた十二もの曲輪が連なる伏見城をかこんでいる。

火縄銃を構えた一団が外堀へと駆けより、一糸乱れぬ足並みで壁をつくった。

「放てえい」

大喝したのは、陣羽織に茶筅髷の若武者、正木左兵衛だった。

轟音と白煙が、すぐ後ろで陣取る宇喜多秀家のもとまで届く。

「まずまずの戦いぶりですな。正木殿の采配の前では、さすがの鳥居めも城を守りぬくことは難しいでしょう」

秀家の横で口にしたのは、明石掃部だ。目の前では、正木左兵衛が采配する一団の火砲が、伏見城の抵抗を凌駕しつつあった。

秀家は、冷静に戦況を検分する。石垣から落ちる敵兵も多いが、血を流す味方も目についた。なにより、宇喜多家以外の島津や小早川の攻めがぬるい。

「明石よ、退《の》き太鼓を打ってくれ」

「ですが、あと、もう一押しでは」

「今のままでは、血を流すのは宇喜多家ばかりだ。新参の侍大将が、正木の采配に十二分に応えている。それがわかっただけでも十分だ」

何人かは、何十年も前から家中にいたかのように軍法を熟知している。

秀家にとっては、嬉しい誤算だ。

「諸将を呼んで、軍議だ。明石よ、お主も同席しろ。正木も呼んでくれ」

「島津様、小早川様に奮起を促しますか」

「いや、頭ごなしにいえば、かえって逆効果だ」

こちらに引きいれた大名が戦力にならないのは、予想していた。

「正木の策を試すときがきた。馬鹿正直な城攻めにもあきたころだろう。奴に悪知恵を開陳させる」

「内応だと」

島津、小早川、長束らの諸将が、一斉に声をあげた。

「このまま力攻めをつづけるのは、被害が大きすぎる。ここは詭道で攻めるべきだ」

秀家の言葉に首を横にふったのは、いかめしい体と白髭をもつ島津義弘だ。島津家当主義久の弟で、名代として兵をひきいている。

「ですが、城を守るは鳥居元忠をはじめとする三河武士。その忠勇は、自らを犬と称して憚らぬほどです」

「そうだとも、八郎兄者。それに内応を促そうにも、手がかりがないでしょう」

女性のように甲高い声でいったのは、小早川秀秋だ。

「出鱈目に矢文を射ちこむ訳にもいくまい。使者を送っても、斬り殺されるのが関の山です」

長束正家も渋い顔でいう。

「それについては、この正木に策がある」

秀家は、背後にいる正木左兵衛に目をやる。

全員の目が、茶筅髷の男に集中した。

「長束様は、内府（家康）を闇討ちにしようと画策されたとか」

正木の突然の言葉に、長束が飛びあがった。

「馬鹿をいうな。それは根も葉もない噂だ」

「しかし、内府が所領を通過したおり、饗宴にことよせ暗殺を図ったと、もっぱらの噂」

長束が顔をゆがめた。

「それはわが所領に甲賀があり、甲賀者を多く雇っているからよ。それで、あらぬ疑いをかけられたのだ」

文吏の長束には、闇討ちも武略のひとつという考えはないようだ。

「そのことと、伏見城の内応になんの関係がある」

「徳川家は伊賀者だけでなく、甲賀者も多く雇っているのは周知のこと。伏見城でも、曲輪を守る将の配下に多くいるとか。それを利用します。実は、城内に偽書を紛れこませました。伏見城守備の甲賀者は、長束様配下の甲賀者と結託し、内府を討つ手筈であるというでっちあげの書状です」

正木左兵衛の策に、諸将は半信半疑という風情だ。

「どうやって、偽書を城内に紛れこませたのだ」

小早川秀秋が、青白い顔を正木左兵衛にむけた。

「それがしが兵をひきい、大坂に入城したおりです。西の丸守備の佐野の手の者に、偽書をわたしておきました」

佐野は三成挙兵後、西の丸を明けわたし、伏見城へと入城している。

「信じられんな。なぜ、お主のような若造が、佐野に偽書をわたせた」

島津義弘が疑念を口にした。

無論、正木左兵衛の生家である本多正信の伝手を使ったのだ。が、その事実はふせている。明かせば、正木左兵衛が徳川の間諜と疑われるだろう。

「それは秘中の秘だ。島津とて、手の内のすべてを明かしている訳ではあるまい。詮索はよしてもらおうか」

秀家の言葉に、寡兵しかひきいていない島津義弘は押し黙った。

「内応の矢文を射ちこみ、幾つかは徳川の手にわたるようにする。佐野は手にある偽書が本物と思い、城にいる甲賀衆の裏切りを疑うはずだ。なれば、城内の甲賀衆は追いつめられ、わが方につくしか手はなくなる」

諸将に考える時間を与えるために、秀家は一旦言葉を止めた。

「試す価値はあるやもしれませぬな。しくじっても損はない」

「たしかに。はまれば、逆に儲け物だ」

島津義弘と秀秋の言葉の後、長束が口を開く。

「長陣をしても不利になるだけ。わしが内府暗殺を謀ったと、根も葉もない噂を利用されるのは癪だが」

みなが苦笑を漏らした。

「では、やるか」

秀家の問いかけに、全員が一斉にうなずく。


夜明け前、宇喜多秀家と明石掃部、そして正木左兵衛の三人は、床几に腰かけて本陣で待機していた。じっと睨むのは、闇のなかにたたずむ伏見城だ。星の光が落ちたかのような篝火が点々とある。やがて、そのなかのひとつが大きくなりはじめた。

「きたか」

秀家のつぶやきに、周囲にひかえる旗本たちがうなずく。二万近い将兵のざわめきが、風のように秀家の背を押す。炎はすでに点ではなく、あちこちから吹きあがりはじめている。黒い紙を、朱の染料で塗るかのようだ。

甲賀衆が、内応の証として櫓や蔵に火をかけたのだ。

「よし、攻め太鼓を鳴らせ」

秀家の号令に、太鼓の音が夜空に高々と鳴りひびいた。背後にひかえていた兵たちが、鬨の声をあげる。島津や小早川の陣からも雄叫びが聞こえた。この期におよんで攻め手を緩めては、武門の恥と考えたようだ。

赤い獣が蠢くように、島津、小早川の陣から松明を掲げた大軍が動く。

白刃をきらめかせて、兵たちが城のなかへと乱入していく。

四

大坂にある宇喜多屋敷の門兵たちが、歓声をあげて宇喜多秀家を出迎えた。いつもは平服に棒をもっているが、東西が手切れとなった今はものものしい鎧をきて門を守っている。

「ご無事でしたか」

「聞きましたぞ、見事な采配だった、と」

兵たちが口々に、伏見城の戦勝を言祝ぐ。

伏見城攻略後、宇喜多秀家はわずかな近習とともに大坂へと馬をかえしていた。今後の戦略を、石田三成や毛利輝元らと練るためだ。まずは畿内周辺の親徳川派の大名の所領を攻め、足元をかためてから西進する家康を迎えうつ。諸将の派兵先も決定された。宇喜多家はこれから伊勢へとむかう。

門をぬけ、庭をとおる。童たちが集まっている一角があった。大坂には宇喜多家の家臣や家族が多くいる。安全のために、宇喜多屋敷に集めたのだ。

「うん」と、足を止めた。童たちの中心にいる、ひとりの少年に見覚えがあった。涼しげな目の光が、利発さを物語るかのようだ。

「まさか、金《キム》か。金如鉄《キムヨチヨル》か」

「はい、お久しゅうございます」

金如鉄《キムヨチヨル》——第一次朝鮮出兵時に、漢城《ハンソン》で出会った孤児である。当時七歳と幼少ながら、論語などを大人のように読めた。このままでは不憫と思い引きとり、豪姫のもとで一時期養育していたことがある。

「随分と言葉が上達したではないか」

弾んでいた秀家の声は、すぐに萎んだ。少年の顔にも、かすかに影が走る。

金如鉄《キムヨチヨル》は、今は家康に与した前田利長夫妻のもとで養育されていた。秀家にとっては敵だ。

「金《キム》よ、だれの使者としてきているのだ」

返答次第によっては、この少年を縄にかけなければいけない。

「前田家の奥方様から、豪様についてやってほしいといわれました。幸い、私はまだ士分ではありませぬゆえ。北政所様のご許可も得ております」

秀吉の正妻北政所こと寧々は、今京都にいる。豪姫も、秀家が伏見城攻囲中に見舞いとして訪れていた。そこで前田家の正室の使者の金如鉄《キムヨチヨル》と、豪姫は再会したのだろう。家の存続のためか、あるいは決戦回避のためか、女たちは女たちで目に見えぬ合戦をしている。

「では、今は豪につく家令ということだな」

「はい。なにがあっても、しかと豪様をお守りするように言いつかっております」

であれば、秀家が口をだすことはなかった。

あるいは、金如鉄《キムヨチヨル》の人脈が生きるときがあるかもしれない。

「さあ、豪様は、今は離れにおられます。呼んで参りましょうか」

「いや、それにはおよばない。こちらからいく」

あうならふたりきりがいい。金如鉄《キムヨチヨル》に背をむけ、木陰で姿が見えなくなってから早足で歩く。

低い生け垣があり、そのむこうに茅葺きの門と離れが見えた。

鳥たちが、庭の木の実をついばんでいる。挙兵前のうだるような暑さは和らいでいた。雪片のような白萩や大輪の芙蓉が、秀家の心に風を送るかのようだ。

足を止め、呼吸をひとつ深くした。庭石の位置をたしかめるようにふんで、進む。

開けはなった離れの障子から、秀家のよく知る女性が手をあわせていた。頬が、以前よりも痩《こ》けているではないか。

ちいさく「豪」とつぶやく。

聞こえるはずもなかったが、豪姫はまぶたをゆっくりと持ちあげた。

顔を生け垣の入口にむける。

唇が、「八郎様」と発する形に動いた。

「ご無事でしたか。お怪我はありませぬか」

「大丈夫だ。傷はない。まあ今のところは、だがな」

「すぐに発つのですか」

「ああ、長居はできない」

秀家が近づこうとしたときだった。

「八郎様」と、豪姫が思いつめた声で語りかける。

「武家の妻として、ふさわしくないことを承知で申します。かならず生きて帰ってきてください」

豪姫の目差しは、まっすぐに秀家を射抜いていた。

「八郎様のお顔を拝見すればわかります。大将のひとりとして、死を覚悟しておられます」

豪の声は湿っていた。

「ですが、わがままをいわせてください。死ぬ覚悟ではなく、生きる覚悟を決める、と。豪とかならず再会する覚悟を決めてください」

秀家の胸がつぶれそうになる。

「どんなに無様でも、どんなに卑怯な振舞いをすることになっても構いませぬ。豪とふたたび、生きてまみえる。そう約束してください」

だが、諾という答えを秀家は発することができない。

脳裏によぎったのは、落城後の伏見城だ。血の海という表現は、誇張ではない。鳥居元忠はじめ三河武士は、投降することなくみな討ち死にした。

明日、血まみれの骸と化すのは、宇喜多家の侍たちかもしれない。生きて帰るなどという覚悟で、部下たちは秀家に命をあずけてくれるだろうか。

「だめだ」と、無意識のうちにつぶやく。

すぐにもふれられるはずなのに、決してふたりのあいだは埋まらない。

「すまぬ。私は、宇喜多家の棟梁だ」

ぶるりと、豪姫の体がふるえた。

「民をあずかる身として、命より重いものがある。生きて帰ると約束することはできぬ。ひきいる兵のためにも、してはならぬのだ」

秀家は唇をかみ、拳を握りしめる。

「勝敗は兵家の常だ。敗戦のときは、多くの者が死ぬだろう。私は潔く腹を切って、みなに詫びる。あるいは、戦って死ぬ。それが、従ってくれる者のためにできる唯一のことだ」

秀家は懐に手をやり、肌身離さずもっていたものを取りだす。一枚の貝あわせだった。歌を詠む貴人が描かれている。そっと、豪姫の前においた。

「うけとってほしい」

「まさか、形見だとでもいうのですか」

「これは、きっと私の未練だ。貝あわせのなかの歌人のように生きられたら、そう思っていた」

「豪も、いつの日か八郎様と平穏な暮らしを送りたいと思っていました」

だが、合戦ではその希望は弱さになる。

豪姫に背をむける。庭石を踏みつぶすように歩いた。

「待ってください」

豪姫の声が秀家の体にすがりつく。門をぬけ、馬にまたがった。

「もう、発つのですか」

戸惑うようにいったのは、金如鉄《キムヨチヨル》だった。

「そうです、すこしは体を休められては」

従者たちが口々にいうが、無視した。鞭を振りおろす。

馬蹄が、大地を勢いよく蹴りあげる。従者たちがあわてていてくる。戦場へとつづく道を、秀家はひたすら馬を駆けさせる。

前哨戦

一

美濃国を南北に流れる杭瀬川に、敵兵が殺到しようとしていた。水しぶきをあげて、侍たちが駆けぬける。ときおり、鉄砲をはなち、矢を射つ。将棋の駒が倒れるように、ひとりふたりと味方が倒れた。その様子を、宇喜多秀家は草むらにひそみ見ていた。クルスを首にかけた明石掃部と、茶筅髷を緋色の紐でしばる正木左兵衛が左右にひかえている。

「島左近殿もなかなかの役者ですな。本当に負けているかのようだ」

なかば感心、なかば茶化すように、正木左兵衛が味方の戦い方を評した。

伊勢を転戦していた宇喜多秀家らは、美濃国に集結していた。家康西進の報がもたらされたからだ。一方の家康も尾張から美濃へと北上する。石田三成らのこもる大垣城を大きく迂回して、大胆にも北西にある赤坂に陣を布く。この動きにはげしく動揺したのが、味方の足軽たちだ。脱走兵が相次ぐ。長陣となれば、自滅しかねない。急遽軍議が開かれ、囮《おとり》を使った決戦を挑むことが決まった。

宇喜多勢は決戦の後備えとして、草むらにひそんでいる。

今、石田三成麾下《きか》の島左近の指揮する囮が、見事な負け戦を演じているところだ。

雄叫びが轟いた。杭瀬川の岸に広がる林から、旌旗が次々と姿を現す。神号が揮毫された島左近の馬印だ。

木々をなぎ倒すようにして、島左近の軍が襲いかかる。

「謀られた、伏兵だ」

「逃げるな。相手の思うつぼだぞ」

敵兵の狼狽は、秀家の隠れる草むらまで聞こえてきた。

「われらも出ますか」

明石掃部の問いかけに答えたのは、正木左兵衛だ。杭瀬川のむこう岸を指さす。

「あちらの軍が川をわたってから出ましょう」

見ると、敵の援軍が雲霞のごとく駆けつけようとしていた。

「なるほど、自軍全体の士気を高めるには、今の戦果では少々不足ですな」

猛る気をなだめるように、明石掃部は胸のクルスをなでる。

目の前の杭瀬川を、さきほどの倍以上の軍がわたりはじめた。

「明石、手の者をひきいて出よ」

素早く一礼して、キリシタン武将は背をむける。十字の花が上下にふたつならぶ馬印が、起きあがった。明石掃部ひきいる宇喜多軍が、敵の援軍へ襲いかかる。

しばらく一進一退の駆け引きがつづいた。押しこめそうで、押しこめない。

「ほお、敵もやりますな」

感嘆の声を、正木左兵衛が発した。

歴戦の明石掃部が攻めあぐねていた。敵軍に、勇功の将がひとりいた。腰に首をいくつも巻きつけ、奮闘している。長大な槍を振りまわして、宇喜多家の兵をなぎ倒す。味方が次々と川に突き落とされる。

「勘十郎」

秀家は後ろにひかえる従者に声をかけた。荷のなかから大きく細長いものを取りだす。

「それは……火縄銃ですか」

正木左兵衛が困惑気味にいったのは、普通のものよりも長く口径も太かったからだ。銃身には、田鳴の紋章が刻まれていた。

「大坂城を守る浮田河内守の銃だ」

ひとつまみの綿を取りだし、口に含んだ。

勘十郎から鉄砲をうけとる。

「まさか、この間合で射つおつもりですか。五町（約五百四十メートル）はありますぞ」

さすがの正木左兵衛も戸惑いを隠さない。

銃身の手前側にある元目当（照準）には、木片がとりつけられている。矢倉と呼ばれる、補助照準器だ。元目当にとりつけ、これと銃口にある先目当をあわせ狙いを定める。すると、銃は〝筒上がり〟という斜め上をむいた状態になり、遠距離の射撃ができるのだ。

「射貫玉と〝おらんと〟の強薬をすでに配合しております」

射貫玉とは錫と鉛を配合した貫通力のある弾丸で、〝おらんと〟は通常よりも何倍もつよい火薬のことだ。

秀家は目当をのぞき、敵の武者にすえる。そして、耳をすました。風の音を聞く。火縄の各流派が教える〝寒夜聞霜《かんやぶんそう》〟の境地だ。風が吹きぬける音は、左から右だ。敵の頭を射抜く位置にあった照準を、あえて左へとずらした。

狙撃で重要なのは、目付という技術だ。照準を的にあわせ、そこからずらす。敵との距離を考え上下にずらし、ふく風向きで左右に外す。もちろん、使う火薬や弾丸の大きさによっても調整が必要だ。

引き金に指の腹をふれさせた。

もう耳にはいるのは、風の音だけだ。

引き金をひく。

衝撃で、秀家の見る風景がはげしくゆらいだ。両足に力をこめ、耐える。銃床を頰から引きはがし、口のなかに含んでいた綿を吐きだす。かすかに赤く染まっている。

「お見事でございます」と、勘十郎の言葉が背を打った。

見ると、腰に兜首をぶら下げた武者がたおれ、頭だけを杭瀬川に沈ませている。その上を、逃げる敵の兵が飛びこしていく。

信じられぬという表情で、正木左兵衛が見つめる。

「将が倒れれば、兵は四散する。逆にいえば、負け戦でも将の首さえあげれば、逆転できる」

野戦上手の家康が相手では、苦戦は免れない。苦境に陥ったとき、乾坤一擲の勝負に秀家はでる。自ら陣頭にすすみ、敵の将を射つのだ。大将の家康ははるか後陣にいるので、狙うのは難しい。しかし、福島や細川、黒田らの大名を狙撃する好機は十分にある。

「もちろん、これは奥の手だがな。まずは、正々堂々の野戦で雌雄を決する」

野戦でも、勝機はあるはずだ。徳川家の本隊は、家康の息子の秀忠と本多正信がひきいているが、信濃国上田城の真田昌幸に足止めを喰らっている。一方の石田方だが、同じように大坂城の毛利輝元が豊臣秀頼を擁して駆けつけるのを待っていた。互いに切り札を待ちつつ、虎視眈々と攻めどきを窺っている。

「まずは、決戦だ。内府に正々堂々の野戦の勝負を挑む」

火縄銃から漏れる煙は、火薬の匂いを強くはらんでいた。

二

大垣城の評定の間に、怒声が響きわたる。夕陽を浴びる襖が、かすかにゆれるほどだ。声の主は、白髭の武将島津義弘である。目をぎらつかせて、周囲を睨めつけていた。

「金吾（秀秋）殿の異心は、もはや明白だ。奴は徳川方についた。一気に攻めほろぼすべきだ」

杭瀬川の合戦後、四半刻（約三十分）もしないうちに、戦勝を吹きとばす報せがもたらされた。近江にいた小早川秀秋の軍が動き、美濃へはいったというのだ。秀秋は伏見城攻略後、病と称し、合戦に参加しなくなっていた。三成の要請にも腰をあげることなく、戦況を傍観するだけだ。それが、やっと動いた。

本来なら吉報のはずである。

だが秀秋は驚くべき挙にでた。

松尾山城の味方の守兵を追いだし、居座ったのである。

「またれよ。早急に断ずるのは、危うい」

クルスの紋章が入った陣羽織をきる小西行長が、立ちあがる。

「金吾殿は、故太閤殿下の厚恩をうけた身、そう易々と忠義の心を忘れるとは思えぬ」

「では、なぜ、金吾殿は松尾山城に陣取ったのです。あの城が要であることを知らぬ訳ではありますまい」

小西行長は顔をゆがめてたじろぎ、横に座す石田三成はうつむいて表情を隠した。

松尾山城は、美濃から近江へとぬける玄関口で、今回の合戦の最重要拠点。毛利輝元が入城する手筈だった。これでは毛利輝元が出陣できない。

さらに三成らを混乱させたのは、秀秋がこちらに宣戦布告しないことだ。敵同然の動きにもかかわらず、松尾山の麓に陣する脇坂安治や小川祐忠には危害を加えない。

「金吾殿が内府に通じているなら、松尾山には陣取るまい。大津城をかこむ立花殿らの背後を攻めるのではないか」

小西行長の言葉に、今度は島津義弘が顔をしかめる。大津城には徳川方の京極高次がおり、立花宗茂らが攻めていた。小早川秀秋の軍勢が襲えば、大坂城との連絡は完全に断たれる。一方で、松尾山城にはいったのは、こちらに味方するようにも見えた。

事実、派遣した詰問の使者には、秀秋はそう返答している。

秀秋は、敵か味方か。軍議のあいだ、秀家はずっと黙っていた。秀秋が味方だと信じたい。だが、家族同然に育ったゆえ、どうしても判断に情が混じる。あえて、秀秋の擁護にも弾劾にも加わらずに、議論の行方を見守った。

窓から差しこむ陽光は弱くなり、燭台に火が点されはじめる。

「たしかなのは、金吾殿が軍令を踏みにじったことだ。これは軍令違反だ。ちがいますか」

議論の潮目が変わったのは、島津義弘の軍令違反という言葉からだった。

「我々のやるべきことは、軍令違反者に糾問の軍を発すること。松尾山の金吾殿へ軍をむけ、しかるべき返答がなければ全力で攻めほろぼす」

島津義弘の力強い言葉が、場を圧倒した。小西行長が慎重に口を挟む。

「たしかに、正論ではあるが、それでは内府めにわれらは背中をさらすことになる。あまりにも無謀ではないか。一体、だれがしんがりを務めるのじゃ」

小西行長が諸将を見回す。だれも目をあわせない。最後に目が止まったのは、秀家だった。

「しんがりならば、私が引きうけよう」

おお、と座がどよめいた。

「今、赤坂に陣する徳川勢は八万。引きうけるのは、わが宇喜多の一万七千しかあるまい」

秀家は、ゆっくりと諸将に目を配る。しんがりを名乗りでる者は、ほかにいない。

石田三成へ目を移した。

「松尾山に陣取った金吾を攻めるか、否か。我々は治部殿の采配にしたがう」

自らを縛るように組んでいた腕を、三成は解く。

溶けた蠟が、一筋二筋と燭台の皿に落ちた。

「よ……よし」

唇を震わせて、石田三成が声を絞りだした。

「金吾殿に、糾問の軍をむける。全軍で、松尾山をかこむ。しんがりは宇喜多殿に託す」

出撃の令がくだされたというのに、空気はかぎりなく重い。灯心が焦げる音が評定の間に染みるほど静かだ。当然だろう。上坂時八千だった小早川勢は、領国からの援軍や牢人を呼集し、一万五千の大軍に膨れあがっている。さらに、こもる松尾山城は堅城。

なにより、戦上手の家康が、みすみすと秀家らの西進を見逃すとは思えない。

三

しのつく雨が、夜空を湿らせていた。そのなかを、諸将が黙々と大垣城を後にしていく。しんがりの宇喜多秀家の軍が、静かに見守っていた。馬の口を縛り、松明の一本さえもっていない。完全な隠密行動だが、一里（約四キロメートル）ほどしか離れていない家康を、いつまで騙しおおせるだろうか。

秀家の心を占めるのは、徳川勢の動向ばかりではない。松尾山城の小早川秀秋のこともだ。はたして、糾問の軍を発するという判断は正しかったのか。身内として、秀秋を擁護してやるべきではなかったか。

「このまま糾問の軍が松尾山に到着すれば、われらは金吾様を攻めることになりますぞ」

秀家の考えをさえぎったのは、勘十郎だった。

「秀秋が城にこもりつづければ、十中八九そうなるだろうな」

努めて冷静をよそおい答える。

「金吾様のことを、実の兄弟のようにかわいがっておられたではないですか。奥方の豪様もそうです。せめて使者を送り、すぐに許しを乞うように助言するべきです」

あえて思考の外においやっていた豪姫の姿が、脳裏にちらつきはじめる。

篝火がゆれていた。地面に秀家と勘十郎の影がかたどられる。

風がふいて、形が変わった。兄弟のように、影同士がよりそう。秀次らと一緒に焚き火をかこんだことが、昨日のことのように思いだされる。豊臣家の一員として、心底から笑いあったのはあれが最後だったかもしれない。

「勘十郎、金吾のもとに使者として飛べるか」

口にした言葉が苦い。己が情に流されていることは理解している。と同時に、このまま攻めることになれば、大きな悔いをのこすこともわかっていた。

「はい、勿論です」

「異心がないなら、すぐに城をでろ、と伝えてくれ」

「そうすれば、金吾様の罪は許されますか」

口を一文字に結び、闇を見すえる。次々と味方が呑みこまれていく。

「わからぬ。あとは、治部殿の判断次第だ。だが、城にこもったままでは、間違いなく罪に問われる」

勘十郎は頭を素早くさげ、走りだした。友軍と同じように闇へとわけいり、すぐに姿は見えなくなった。風がふき、秀家の体を雨滴がなでる。石田三成隊の後尾が、夜のなかに消えていく。つづいて、島津義弘隊が動きだした。小西行長の軍勢も城をでていく。これが終われば、宇喜多勢の番だ。

「伝令」

静寂を破る声がひびいた。黒装束の男が、こちらへと駆けてくる。

「何事だ」

問いただす声よりも、胸騒ぎの方が大きかった。

「赤坂の徳川勢、動きました」

黒装束の男は、足元にひざまずくと同時に答える。同じように駆けつけた正木左兵衛、明石掃部が身構える。

「方向は」

「ここ大垣城にむかうのではなく、中山道を西へ」

秀家ら三人は、城外の山を見た。斑点のような篝火が、山肌にはりついている。毛利秀元、安国寺恵瓊、吉川広家らが陣する南宮山だ。石田三成らは、この山の南側の牧田道を西進し、松尾山にむかっている。徳川勢は山の北側の中山道をとおり、同じく松尾山にむかうのだ。

麓には、関ヶ原表と呼ばれる平野が広がっており、家康はここで決戦を挑むつもりか。

「内府め、勝負にでたな」

秀家は、ふかく呼吸する。それでも肌は強張ったままだ。

「よし、手筈どおり火をつけろ」

手にもつ松明を、兵たちが次々と蔵や矢倉に投じはじめた。黒い帳を押しあげるように、城内が明るくなる。家康に動きを悟られたときは大垣城の外曲輪を燃やす、と軍議で決めていた。狼煙となり、前方をいく味方への合図となる。

と同時に、西進する敵を混乱させる陽動にもなる。

進藤が連れてきた馬に、宇喜多秀家は飛びのった。正木左兵衛や明石掃部らの肌を赤々と塗るほどに、火の勢いはつよくなっている。

「われらもでるぞ。これより、西へ。決戦の刻《とき》だ」

全軍全馬に緊張が走り、つづいて殺気が湧きあがる。

「目指すは、関ヶ原表だ。天下分け目の決戦は必至。手柄をたて、末代までの功名とせよ」

夜を焦がす炎は、山のように大きくなる。

鬨の声がひびき、火の粉を高々と吹きとばした。

決戦の刻

一

雲が降りてきたかのように、関ヶ原表には白い霧が立ちこめていた。

宇喜多秀家は築陣を指示しながら、采配をもつ手を横にふる。白い空気が濁るだけで、視界は晴れない。霧の隙間から、黒い空がのぞいていた。雨はやんだが、夜はまだ明けていない。

冷気が、日の出が近いことを知らせてくれている。

霧のなかで、秀家は周囲をうかがう。石田三成や味方の布陣は大丈夫であろうか。そう考えると、顔が自然と右へとむいてしまう。

宇喜多軍の右翼にあたる南側には、山影が薄灰色にうかびあがっていた。松尾山である。その足下から、鎧がこすれ旗がなびく音がとどく。

松尾山城を降りた小早川軍が、麓の丘に布陣しているのだ。

「意のままにならぬもののたとえに、鴨川の流れと賽の目、山法師がありますが、金吾様も加えねばなりませんな」

秀家の隣にならんだのは、茶筅髷の正木左兵衛だった。小脇には兜をかかえている。

関ヶ原表に布陣するまでの、あわただしい行軍を思いだす。

雨のなか、伝令がはげしくいき交った。徳川勢の動向、松尾山にこもった秀秋の様子がわかるたび、陣取りの指示は目まぐるしく変わる。そんななか、秀秋は松尾山を降り、麓の丘に陣取った。秀家の助言をいれたのだ。三成は小早川秀秋を味方と判断し、城攻めから徳川勢迎撃を指示した。

「信じるしかあるまい。金吾は山を下りた」

自身に言いきかせるように、秀家は口にした。

「ですが」と、声を挟んだのは進藤だった。鎧を身につけず小具足姿なのは、敏捷さで敵の攻撃をよける素肌武者だからだ。兜もなく、額には鉢巻きを巻いている。

「金吾様は山こそは降りましたが、こちらの配陣を拒否しました。やはり、二心を抱いているのでは」

秀秋が山を下りたことで、宇喜多秀家はある布陣を提案した。徳川勢を、桃配山という場所で迎えうつ。そこは南北に山がせまる隘路《あいろ》だ。大軍でも一気に攻められない。だが、その案に反対したのが秀秋だ。徳川勢が隘路をでるのを待ち包囲殲滅すべきと主張し、松尾山の麓から動かない。時がせまり、霧中での移動は危険と判断し、三成は秀秋の策にのった。

いや、のらざるをえなかった。

「隘路に兵をおけば、南宮山の毛利家とも連携がとれました。にもかかわらず、わざわざ関ヶ原表に敵を引きこむとは。金吾様は、本当にわれらの味方なのですか」

霧が、さらにこくなったかのようだ。秀秋が布陣する麓を起点にして、味方の諸将は陣取っている。ために、中途半端な包囲網だ。敵が関ヶ原表に進出したとき、どれだけ各将が連携できるかが鍵となる。しくじれば、圧倒的多数の徳川勢に逆に包囲されてしまう。

さらにつよくなった冷気が、体を締めつける。綱渡りのような采配が成功して、やっと互角の戦いにもちこめる。だが、それは秀秋が裏切らないことが前提だ。

秀秋の心中がわからない。あるいは、どちらにつくか、まだ秀秋は迷っているのかもしれない。だが、徳川勢が隘路をぬければ、決断せざるをえないだろう。家康方の大軍を見て、味方でいてくれるだろうか。

「たとえ、金吾が裏切ったとしても、私は望みを捨てない」

目を横にやると、勘十郎が火縄銃の手入れをしていた。

「杭瀬川で拝見した火縄の腕前があれば、勝ち目がなくなることはありますまい」

秀家の意図を察した正木左兵衛がいう。小早川秀秋が裏切れば、勘十郎とともに火縄銃を構え、めぼしい将へと捨て身で肉薄する。将が倒れれば、その軍勢は瓦解する。勝機がないなら、己の手でつくるのみだ。流れに従うのでも抗うのでもなく、自ら流れを生みだす。

風がふいたのか、目の前を巨大な靄《もや》が動いていた。白い大河が流れるかのようで、徳川勢がくるであろう隘路へと流れこんでいく。

秀家の耳が動いた。

手をやり、音を探る。

霧が大きくゆらいでいた。秀家と正木左兵衛は、素早く目を見あわせる。宇喜多軍の右後方から、大勢の士が土をふむ音が聞こえてくる。

まさか、秀秋が動いたのか。いや……。

秀家は目をつむり、耳をすます。これは……。

「大谷殿だ」

宇喜多軍と小早川軍の後方に位置する、大谷刑部の軍が動いているのだ。

「勘十郎、すぐに大谷殿の陣へいってくれ。陣がえの意図を聞いてまいれ」

足軽に銃をあずけ、勘十郎は白い霧のなかへ消えた。しばらくして馬蹄の音が聞こえてきた。一騎、こちらにむかってきている。うかんだ騎影から、母衣《ほろ》を背負っているのがわかった。並走する徒歩の影は、勘十郎だ。

「大谷様からの使者と運良く鉢合わせしました」

息を荒げつつ、勘十郎が教えてくれる。下馬しようとする母衣武者を、秀家は制した。

「礼は不要だ。どうして、大谷殿は陣を動く」

「はっ、わが主の言葉をお伝えします。『われは盲目。ゆえに、乱戦では足を引っ張るのみ。なれば、緒戦でみな様の盾とならん』。そう、申しております」

大谷刑部は癩の病で、今は完全に失明している。

「さらにいまひとつ。内密のお報せもあり申す。恐れながら、お近くへ」

秀家は騎上の武者へと歩みよる。上半身を折りまげて、武者が耳元でささやいた。

「こたびの陣がえは、金吾様ご謀叛のときの備えです」

「どういうことだ」

「金吾様ご謀叛のときは、かならずや中納言様の軍を襲うでしょう」

たしかに矛をむけるなら、石田方最大兵力の宇喜多家のはずだ。

「宇喜多家は、われらにとって扇の要。むざむざと、裏切り者に腹背を襲わせてはならぬ。そう、主はいっております」

「それと、こたびの前進となんのかかわりがある」

「はい。われらの前進で金吾様の肚をたしかめます」

伝令の武者は語る。大谷刑部の軍が突出し、まず開戦の火蓋を切る。秀秋が本当に裏切るならば、あわてて徳川勢の助太刀をするはずだ。隘路を大谷軍が蓋をすれば、徳川勢との連携が難しくなるからだ。

「よいのか。金吾が敵であろうとなかろうと、今のまま前進すれば、敵の矢面にたつ」

「無論、全滅は覚悟の上」

母衣武者は背をのばし、目を周囲にやった。

「では、よろしいですな。先鋒は宇喜多家という軍令は破りますが、承服いただきたい」

返答を待たず手綱をひく。秀家らに背を見せた。鞭をふるって、霧のなかへと駆けこんでいく。

「すまぬ」

母衣を背負った武者の騎影に、秀家はちいさく声をかけた。

やがて、大谷勢が宇喜多陣の横をとおりすぎる。

草をふむ音が、関ヶ原表にたれこめる霧のなかに染みこんでいく。

「うん」

前へでる大谷隊よりさらに先へと、秀家は目をやった。

霧の壁が立ちはだかっていた。

聞こえる音は、幾万もの鎚をふるうかのようだ。

大谷隊三千の足音が、木霊しているのか。

いや……ちがう。

数は、もっと多い。

数万、否、十万近い。

周囲にいる旗本たちが、ざわつきはじめた。彼らの耳にも、味方とはちがう足音がとどいたのだ。

全軍全馬の視線が前方へむけられる。霧がゆっくりと割れていく。

東の空の下辺は、陽光で焼かれようとしていた。闇が、急速にうすまる。

山にはさまれた隘路に万軍の足音が反響する。

が、くすぶる霧のため軍勢の姿は見えない。

音だけが、不気味に近づいてくる。足元の草がゆれていた。

だけではない。秀家の指先もだ。旗本たちがもつ槍、足軽が背負う旗もふるえている。地面がはげしくゆらいでいた。

秀家は唾を呑む。

「くるぞぉっ」

だれかが叫んだ。霧が急速に晴れる。かこむ山々の姿があらわになり、木々の陰影が表情をつくるかのようだ。葉が風になびいている。

雪崩れこむのは、隘路で左右のいき場を失った十万の兵だ。洪水のように、関ヶ原表の盆地へと押しよせる。

前方に布陣しようとする大谷隊から、雄叫びがあがった。林立する旗指物が動きだす。

敵は歩調を緩めない。開戦をしらせる筒音は、前方の徳川軍からは発せられなかった。

宇喜多陣の右翼、小早川秀秋の陣からひびく。

秀家が振りむいてたしかめるより早く、つづいて何百発もの銃声が轟いた。

大谷隊の後尾の兵が、次々と地にふしていく。いつのまにか、小早川隊のあちこちに純白の旗が掲げられていた。

返り忠を示す白旗が、馬印より高く屹立している。

「小早川勢が裏切ったぞ」

「返り忠だ」

悲鳴のような声があがる。

「くそ、まだ敵と槍もあわせていないのだぞ。裏切るにしても、金吾様は節操がなさすぎるわ」

軽剽な口調とは裏腹に、正木左兵衛の顔には脂汗がういていた。

自分でも驚くほど秀家は冷静だった。どこかで、こうなると覚悟していたのかもしれない。

秀家は両手で己の頰を力一杯叩いた。

「よく見ろ、金吾だけではないぞ」

秀家の声に、全員が首をめぐらした。白旗を掲げるのは、松尾山の麓に陣していた小早川軍だけではない。周囲にいた小川祐忠、脇坂安治らの軍もだ。その数、約二万。

秀家らは、隘路をつつむように二重に布陣していた。前衛に当たる一段目は、左翼から小西行長と石田三成、中央に宇喜多秀家、右翼が小早川秀秋。後衛に当たる二段目には、左から島津義弘、大谷刑部。これら六軍の周囲に、脇坂らの小部隊の将が点々と配されている。

が、その布陣は過去のものだ。後衛の大谷刑部は前衛の宇喜多勢と小早川勢のあいだを縫い、隘路に一番近い場所に突出している。

そして、前衛右翼の小早川秀秋とその周辺の小部隊は、徳川方に寝返った。

前から徳川勢八万超、右翼から小早川らの叛乱軍二万。対する秀家らは、三万足らず。押しつつむはずが、いつのまにか半包囲をうける陣形になっている。

小早川軍の動きに応えるように、銃声が轟いた。

前方の隘路からだ。

敵の先鋒の鉄砲隊が火をふいている。高く掲げていた敵の長槍が一斉に倒れ、大谷隊へとむけられた。鈍く輝く穂先が、大谷隊へと殺到する。

わずかにのこった霧が、吹きとばされた。

大谷勢はひるむどころか、闘志をみなぎらせる。背後の小早川勢には立ちむかわず、徳川軍の先鋒へと襲いかかる。しばらくもしないうちに、槍同士が打ちあわされた。剣戟の音を塗りつぶすように、銃声が右から轟く。

秀秋の采配は非情だ。

大谷勢の背後を、遠間から銃撃している。

徳川軍の槍と小早川軍の銃弾が、大谷勢を削る。

「どうします。このままでは、大谷殿の軍は全滅します。援軍を送りますか」

顔面蒼白の勘十郎が叫ぶ。進藤と正木左兵衛も、かたい顔で秀家を見つめる。

「いや、わが軍は動かない」

言葉に覚悟がにじんでいたのか、勘十郎はそれ以上言いつのらなかった。もし援軍を送れば、大谷刑部の意志を無にすることになる。なにより、小川祐忠、脇坂安治ら内応軍が、宇喜多勢にせまっていた。

さらに前方からは、数千の軍団が急速に間合をつめつつある。本来なら一列で押しよせるはずが、ある武者は突出しある侍大将はすこし遅れてつづく。一見すると無秩序だが、押しよせる波濤のごとく進退の呼吸がぴたりとあっている。加藤清正とならぶ、豊臣秀吉子飼いの猛将福島正則の軍勢だ。

「前軍の明石に伝えろ。福島に当たれ、と。正木よ、お主は後軍の采配をとれ。脇坂や小川を近づかせるな」

殺しあいがはじまったのは、前軍と後軍ほぼ同時だった。

明石掃部ひきいる前軍から気合いの喚声が轟く。

正木左兵衛の采配する後軍からも銃声がひびく。

中軍の秀家は旗本に軽挙を戒める。横では腰だめの姿勢で、勘十郎が火縄銃を構えていた。

火縄からあがる煙が、戦場の空に吸いこまれていく。

慶長五年（一六〇〇）、九月十五日、巳の刻（午前十時頃）、関ヶ原の合戦がはじまった。

徳川勢約十一万、宇喜多家を主力とする石田方はそれよりはるかにすくない三万以下。

逃げ場のない山にかこまれた盆地、約四分の一の兵力で、東西挟撃という圧倒的不利な布陣。

それは天下分け目の戦いなどではなかった。

圧倒的強者が、弱者にとどめを刺す掃討戦である。

二

敵は骸にたかる蟻の大群を思わせた。

野戦名人の家康にひきいられた八万超の兵が、容赦なく襲いかかる。右からは、小早川ら内応軍約二万もだ。殺気と怒号が、宇喜多秀家を圧し潰さんとする。

かこむ山々が、ずっと近く高く、急峻に感じる。秀家らの逃げ道をはばむ獄壁のようだ。

石田隊からきた伝令の言葉を思いだす。

──各々、死力をつくし、天運の到来を待たん。

下知を待たずに各自の判断で戦え、という意味だ。友軍を助けるために兵を割くなど、不可能だ。牽制のために移動することさえ、ままならない。殺到する敵に対し、各個に守りぬくことしかできない。後は、矢弾がつきるまで戦うだけだ。

宇喜多家には、猛将福島正則の兵が襲いかかっていた。明石掃部が前軍をひきい、押しかえしている。一列にならんだ明石掃部の陣は壁を思わせた。

一方の福島勢は、打ちよせる波だ。武者それぞれが全力で駆ける。明石勢の槍衾に斬りかかり、火花がはげしく生じ空を焦がす。

一進一退である。

だが、押しかえすたびに宇喜多軍の兵卒が塁を築くように倒れていた。一歩たりとも後退はしていないが、陣容は目に見えてうすくなりつつある。逆に、福島勢は家康本隊からの援軍をえて、陣容を分厚くしていた。

目を右前方へやった。前後から挟撃をうける大谷隊がいる。旗指物はほとんど地にふしていた。大谷刑部の居所を示す紺地に白い丸をかたどった馬印が、嵐の日の船帆を思わせる。

大谷勢は間もなく総崩れするだろう。

秀家の横では、従者の勘十郎がひかえ、手には浮田河内守の長大な火縄銃を二丁もっていた。味方の一角が崩れたときが、逆に好機だ。無傷の旗本とともに秀家は敵軍に突入し、名のある敵の将を射つ。

一穴をうがつことができれば、天運がこちらへと傾くかもしれない。

標的もなかば決めていた。小早川秀秋である。

大谷隊を切りくずす程度の手柄では、戦後も裏切者として白い目で見られる。さらなる功を欲し、宇喜多勢へと襲いかかるはずだ。

はげしくゆれていた紺地の馬印が、傾きはじめた。

「ああ」と、周囲の旗本たちがうめく。

大谷刑部が討ちとられたのか、あるいは自害したのかもしれない。

小早川の陣から、勝鬨があがる。

「賊将、大谷刑部、討ち死にぃ」

小早川軍からあがった声に、秀家は唇をかむ。

「次の敵はだれだ」

「わが小早川軍の餌食にしてくれる」

小早川の軍勢がこちらへと一斉に首をむけた。万を越える目差しが、秀家らにそそがれる。林が動くように、槍隊が穂先をつきつけた。

秀家は馬に飛びのった。

「旗本よ、つづけ。金吾を射つ」

勘十郎から火縄銃をうけとった秀家は、馬の尻に鞭をいれた。

「殿につづけ」

怒鳴る声は、進藤のものだ。旗本の馬蹄が背後から追いすがる。

本陣を飛びでると、潰走する足軽の姿が見えた。総大将を失った大谷の兵だ。敗兵がまき散らす恐怖は、たちまちのうちに宇喜多の軍も蝕む。足軽たちが、悲鳴とともに槍や旗を手放す。

ひとり、ふたりと、背中を見せて逃げはじめた。

〝兒〟の字の旗指物が、次々と踏みにじられる。

「ええい、どけ、邪魔をするな」

後ろで、進藤のどなり声がした。運悪く、逆走してくる敗兵とぶつかってしまったのだ。わずかな近習とともに、秀家は混乱のなかで孤立する。

進藤らを待つか、そう考えて馬の足を緩めようとしたときだった。

ふたつの鎌が交差する〝違い鎌〟の馬印が目にはいった。

小早川秀秋のものだ。

この機を逃せば、見失ってしまう。

馬腹を力一杯に蹴る。浪に抗うように群衆をかき分けた。進藤らの怒号が遠ざかる。敗兵の流れを突きぬけると、矢弾が飛来した。陣羽織を何度も削る。兜にも衝撃が走り、視界がゆれた。頬や肩が熱いのは、矢弾がかすったのか。汗か血かわからぬものも、右のこめかみから流れている。

小早川勢の武者たち数人が行手を阻んでいた。まだ火縄銃は射たない。腰の刀を抜いた。「どけ」と怒鳴りつけて、刀を一閃させる。武者の首から血が吹き出る。迫る槍を身をよじってかわし、兜の上から刃を叩きつけた。体勢を崩す武者に馬体を当てて、道をこじ開ける。

「攻めろ、懸かれ」と、声が届いた。絶叫する大将がいる。血を思わせる猩々緋の陣羽織を羽織っていた。小早川秀秋だ。青白い肌を紅潮させ、必死に采配を振りまわしている。

秀家は鞍から腰をうかし、鐙《あぶみ》の上にたつ。鐙の左のつま先を外へと開く十文字の踏みこみは、騎射や馬上射撃のための鐙の踏様だ。

手綱をはなし、銃床を右頰にふかく食いこませた。

元目当をのぞくと、小早川秀秋の兜が見えた。三つの角が突きでた、三鍬形の飾りがある。

風はほとんどない。間合は遠いので目当を上にずらす。三鍬形の兜飾りの先端に目付する。

指の腹が引き金にふれたときだった。

紐が、風になびいている。藍色と黄色のふたつの紐が、三鍬形の中央の角に巻きついていた。二色の紐が五つの輪をつくり、花が咲くかのようだ。

——花弁のように形をかたどり、兜に結うのです。

豪姫の声が、耳孔の奥からにじむ。あれは、秀秋にあたえた矢弾よけの組紐ではないか。

引き金がふるえている。いや、ちがう。己自身が戦慄《おのの》いているのか。

握りつぶすように、ひとさし指を曲げた。寒夜聞霜とはほど遠い境地だった。

秀秋の頭が跳ね、あごが勢いよくあがる。緋色の陣羽織とともに、鞍から転げおちた。

口のなかに、血の味が広がる。

銃床を頬から引きはがすのと、秀秋がよろけながら立ちあがるのは同時だった。

弾丸は——秀秋の兜の三つの角のうちのひとつにめりこんでいた。

藍色と黄色のふたつの紐が、ゆっくりと解ける。風がふいて、どこかへと消えていく。

「兜首をみすみす見逃すな」

声がする方へ、目をやった。銃をもつ一隊が壁をつくり、片膝をついていた。

十以上の銃口が、こちらをむいている。

「放てぇ」

怒声につづいて、鼓膜を襲ったのは銃声だった。衝撃や痛みよりはやく、視界がゆれる。

天と地が、はげしく攪拌《かくはん》する。

やがて、青い空が見えた。大地は、もうどこにもない。

いや、背になにか巨大なものを負っている。これは、地面か。

体が熱い――

耳元で呼ぶ声がする。

届いたうめき声が己のものと気づくのに、しばしの時が必要だった。体のあちこちが焼けるかのようだ。

まぶたをこじ開けた。地面がゆれ、赤黒い滴がさかんに落ちている。だれかが肩をかしてくれている。首を持ちあげた。鉢巻きを締めた進藤の顔が目にはいる。牖籠手だけをつけた小具足姿は、血で染まっていた。

「気づかれましたか」

「わたしは……いや味方は……どうなった」

己の足で立とうとしたが、右脚がいうことをきかず体勢を崩しそうになる。

進藤は唇をかみ、押し黙った。

秀家は後ろをむく。ゆがむ視界に映ったのは、崩れおちる宇喜多軍の陣地だ。明石掃部が守っていた前軍は、狩り場のようである。ひとりの宇喜多兵に、数人の武者が槍を繰りだす。あるいは遠間から、弓を浴びせる。鉄砲の鉛玉が容赦なく降りそそいでいた。

首をもどすと、髪を肩に落とした正木左兵衛がいた。

鎧は血泥にまみれているが、大きな傷は負っていないようだ。

「それがしの失策です。大谷様の敗兵を収容してしまいました」

敗兵を陣にうけいれると、恐怖が急速に伝播する。

「大谷様の兵を島津様のように見捨てていれば、金吾様を射ちぬく機もあったでしょうが」

正木左兵衛が脇にかかえる兜がきしんだ。こうべをめぐらせると、敵中を突破する一団があった。敵味方関係なく蹴散らし、退路をこじ開けている。

〝十〟の旗印は、島津義弘のものだ。

「いうな。しくじったのは、私も同じだ」

言葉と一緒に、血が口端から流れる。ぬぐいとろうとすると、籠手にも弾丸がめりこんでいた。

「正木、進藤、ここまでだな」

進藤の肩から逃れ、大地に尻を落とす。

見れば、勘十郎もいる。顔を土気色にそめて、火縄銃を抱いていた。

「腹を切る」

短刀を取りだした。秀家の決断に、正木も進藤もうつむくだけだ。石田三成隊も小西行長隊も、もはや形を止めていない。退路を探し、逃げ惑っている。

「最後に介錯をたのみたい。進藤、やってくれるか」

家中随一の剣腕の持ち主、進藤の五体が戦慄いた。宇喜多家重代の宝刀、鳥飼国次丸を腰から外す。脇差とはいえ、二尺（約六十センチ）近い刃長があり、介錯の刀としてこれ以上のものはない。

進藤のふるえる腕が、宝刀をうけとろうとしたときだった。

「なりませぬ」

その声は、とても懐かしかった。

風が吹きぬけて、鼻腔の奥に土の匂いがよみがえった。

旗本たちの隙間から足軽がやってくる。奇妙ななりをしていた。陣笠をかぶっているが、鎧は糸威のある侍大将のものだ。陣笠を持ちあげると、馬のように長い顔があらわれた。千原九右衛門——土木工事の天才で、秀家とともに備前の干拓事業の采配をふるった男だ。

「岡と一緒に、出奔したのではなかったのか」

千原家は家老岡越前守の与力だった。宇喜多家騒動では秀家の立場に同情しつつも、岡越前守ら出奔組と行動をともにした。

「岡家への義理は、十分にはたしました。ならば、次は八郎様への恩返しに参上するのが筋でしょう。侍大将に復帰するのはばかられるゆえ、正木殿の下で足軽として雇ってもらっておりました」

秀家の横で、千原九右衛門は片膝をついた。鳥飼国次丸を両手でつかみ、引きよせる。ほどけるように、秀家の指が外れた。

「どういうことだ。私に死ぬなというつもりか。生き恥をさらせ、と」

「はい、八郎様は生き恥をさらしてでも、生きのびねばなりませぬ」

「ふざけるな」

赤い唾が散った。

「見ろ。この戦場を」

周囲には、首のない骸が散らばっていた。天をつく徳川勢の槍の穂先に、瓜のようなものがぶら下がっている。討ちとられた侍の首だ。何人も見知った男の顔があることを、秀家は認めなければならない。

「私のせいで、みなが死んだ。これを見ても、なお生きろというのか」

秀家の視界に、なにかが舞っている。枯れ草だろうか。色は黒い。糸かと思ったが、ちがう。首からぬけおちた毛髪が、風に吹かれ宙に漂っているのだ。

血と大小便の汚物が混じった匂いも、あちこちに立ちこめていた。

「八郎様、もし本当にみなの死に責を感じているのなら、なおさら死ぬことはなりませぬ」

今まで見たこともない厳しい表情で、千原九右衛門はつづける。

「備前や大坂にのこされた者たちはどうなるのです。死んだ者の家族はどうなります。敗れた後、だれが彼らを導くのです」

土で汚れた掌が、秀家の両肩にのせられた。

「お父上の直家公ならば、決して自害などせぬはずです」

秀家の心臓がつよく胸を打った。

黄濁したさらしを巻く直家の姿が、頭にうかぶ。腐臭を生涯の伴侶とし、毛利や織田とわたりあった。諦観がにじむ目で、密かに楽土を夢見ていた。

「難き道をいく。それが、直家公の口癖でした」

なんと耳に懐かしい言葉か。

言葉が、秀家の欠けた部分を補うかのようだった。

「それが正しい道なのか」

「そんなことは、この老兵にはわかりませぬ。正しいか否かなどは、後世の者が断を下すこと」

「勝手な奴だ」

千原九右衛門は、歯を見せて笑った。

鳥飼国次丸を差しだされる。剣片喰の紋が刻まれた小柄も、目にはいった。うけとり、秀家は腰に差しなおす。奥歯に力をこめ、立ちあがろうとした。

進藤が脇の下に頭をいれてくれた。かろうじて、両足で大地をふむ。

敵兵たちが近づきつつある。秀家を指さして、「大将首だ」と喜声をあげた。

「旗指物は捨てろ。われらは、戦うために落ちのびる」

秀家が叫ぶ。

十数歩進んで、振りかえった。千原九右衛門がたたずんでいる。

「拙者は、ここで敵を食いとめる堤となります。老兵は、もう用済みゆえに」

刀をぬき、鍬を扱うようにぎこちなくふった。

「楽しゅうございましたぞ。土いじりしか能のない拙者を、直家公も八郎様も快くうけいれてくれました」

言いおわると同時に、背をむける。敵の一団へと、千原九右衛門が斬りこんでいく。

あっという間もなく老兵は槍衾にかこまれ、見えなくなった。

「九右衛門」

叫んだ秀家の言葉は、血の味がした。

「さあ」と、進藤に促された。

「わかっている」

覚悟を、血と一緒に呑みこんだ。動かぬ足に手をやり、無理矢理に前へと動かす。骸たちで普請されたかのような道を、歯を食いしばり進む。

三

太陽が中天に昇ってもなお、矢叫びの音が関ヶ原表の空をかきむしっていた。命乞いと悲鳴が、あちこちで鳴りひびいている。

かこむ山々へと、敗兵たちが逃げこもうとしていた。その背中に矢弾が容赦なく突きささる。騎馬隊が先回りして、無慈悲に敗兵を追いつめる。宇喜多秀家主従も傷ついた体をひきずって、山を目指していた。数はひとりふたりと減り、今や数十人しかいない。

秀家の背に悪寒が走る。

なにかがこちらに近づいてくる。今までの敵とはちがう。怒号を発していない。かといって、味方ではない。戦場の叫喚を塗りつぶすような、どす黒い沈黙だ。

「なんだ。なにがおこった」

振りむいたのは、正木左兵衛だった。つづいて秀家らも顔を後ろへとやる。舟帆の形をした奇妙な馬印がなびいていた。白い生地には、笠がふたつならんだ〝二階笠〟の紋が描かれている。

南蛮製の鉄厚の鎧を着込んだ麾下の兵たち、のる馬は牛のようにたくましく脂肪はすくない。

先頭をゆく騎馬武者はとくに異様だ。鍔の広い南蛮帽子に、黒光りする西洋鎧、胸には黄金の十字架。風がふいて帽子の鍔が跳ねた。口元をおおう髭が見え、つづいて宇喜多左京の無感動な瞳があらわになる。

お家騒動をおこした戸川肥後守らとともに、徳川方に参加しているのは知っていたが、まさか広い戦場でまみえるとは考えてもいなかった。

葬列のように、左京らは無言だ。宇喜多秀家への間合を粛々とつめる。

「左京殿、ひかえられよ」

秀家の旗本のひとりが、一喝した。

「敵味方に分かれたとはいえ、中納言様はかつての主。刃を交えるにしても、礼節があろう」

左京の表情は変わらない。旗本の制止など、耳にはいっていないかのようだ。

「おのれ、傀儡の方がよっぽど愛想があるわ」

秀家を守る旗本たちが抜刀した。つづいて甲高い音がひびく。碧蹄館《ピョクチェグァン》で勇名を馳せた左京の手の者と、旗本たちがはげしく刃を交わらせる。

左京は馬を降り、たたずむようにたつ。手にもつのは、山姥の剛槍だ。三尺（約九十センチ）もの刃長は、鬼がもつ包丁のように思える。

周囲ではじまった戦いを無表情に一瞥した後に、目を秀家へと向けた。

口元をおおっていた髭がわれ、すさまじい声が鳴りひびく。

秀家の背にあった悪寒が、五体を一気に蝕んだ。

左京の口からほとばしるのは、気合いなどという生易しいものではない。悲鳴だ。

女子供の絶命の瞬間でも、こんな声はあげないだろう。

異形の槍が旋回する。秀家の目がとらえることができたのは、残光だけだ。

左京をなじった旗本の首が、胴体の上で回転していた。頸椎と頸椎の隙間を正確に薙いだ一閃だった。

さらに悲鳴をまき散らし、左京が走る。

山姥の剛槍もうなる。立ちふさがった旗本たちの首が、次々と胴体から切りはなされた。

断頭と絶命を一にする魔性の槍さばきに、旗本の唇がこじ開けられる。

左京の口からほとばしる叫喚と和す。

いや、左京の魂が乗りうつり、悲鳴を歌わせているのか。

「気をつけろ。左京殿は、突くのではなく斬る槍さばきだ。長大な刀とむきあったと思え」

叫んだのは、進藤だった。

下がりつつあった旗本の足をかろうじて止める。

恐怖を振りはらい、何人かが斬りかかった。だが、振りあげた得物は途中で力を失う。刀のように剛槍を薙ぐ左京に、切っ先が届かない。首を失った胴体が、次々と膝を大地につける。鞠が跳ねるように、首が地を転がっていた。

「みな、どけ。おれが相手をしてやる」

甲冑を身につけていない進藤だった。左京とのあいだに一本の道ができる。

「進藤三左衛門、参る」

名乗りとともに、進藤の体が動く。大地をなめるようにして走る。

山姥の剛槍が躊躇なく迎えうった。左京のもつ槍の切っ先が、進藤の臑籠手を幾度もかする。一方の進藤は、刀のとどく距離に近づけない。防戦一方だ。

首を薙ぐ斬撃を、かろうじて避けたときだった。

進藤が大きく踏みこむ。返しざまの左京の石突の一撃が、籠手をひしゃげさせた。

が、一瞬のすきができる。進藤が、山姥の間合を突破する。

両手にもつ刀が閃き、剣光が左京を襲った。

南蛮帽子が宙を飛ぶ。

進藤の切っ先が左京の額をうがち、赤いものがほとばしっていた。

が、わずかに浅い。山姥の柄でうけ止められている。

だが、山姥の長い刃が邪魔をして、左右の均衡がとれていない。重い大身槍が左京への枷に変わっている。

手にもつ刀に、進藤が全体重をこめた。剛槍の柄ごと、左京を両断しようというのだ。

左京はなにも躊躇をしなかった。

あろうことか、山姥の剛槍を手放す。

進藤の体が泳ぐ。その手首を、左京がにぎった。

苦悶の声とともに、進藤は自ら体をうかせた。そこに左京の叫びもかぶさる。極められた手首の関節を、跳ぶことで逃れようとする。背中からつよく大地に叩きつけられた。甲冑を着ていない素肌武者だから、跳んで逃げることができたのだ。

が、代償として刀をもぎとられる。

「進藤様を討たせるな」

叫んだのは、勘十郎だ。火縄銃をつきつける、と同時に飛んできたのは、刀だ。

奪った進藤の刀を、左京が投げつけていた。

銃口が火をふいたのは、銃身をはねあげられた後だった。

だが、秀家の旗本たちが左京を取りかこむことができた。

左京は怯まない。いや、恐怖の様子は表情を強張らせるだけでなく、五体さえも戦慄かせている。にもかかわらず、左京は前へ進む。ふるえる手は腰へとやっている。

悪名高い〝頭割〟の脇差だ。

旗本たちの繰りだす槍や刀が、玩具に見えた。

脇差一本で左京は斬撃や刺突を防ぐ。ときに脇差で弾き、ときに素手で槍の柄をつかむ。

どころか、ひとりふたりと宇喜多の士が悲鳴をあげはじめた。みな、関節があらぬ方向に曲がっている。何人かは首がねじ曲げられている。

宇喜多左京が、美作に伝わる竹内流の皆伝者だったことを思いだす。竹内流は剣、槍、棒、柔とあらゆる武術に通じているが、なかでも短刀組討の技が精妙を極めることは、みなが知るところだ。

いつのまにか、秀家を守る旗本は数人にまで数を減らしていた。勘十郎があわてて次弾をこめようとするが、明らかに間にあわない。

秀家は杖にしていた刀を構えた。

「八郎」

助けを乞うかのように左京は叫ぶ。胸の十字架が跳ねる。

振りおろした秀家の一太刀は、脇差で簡単に弾かれた。つづく太刀は、左京から発せられる。

衝撃が掌で爆ぜ、頭割をうけ止めた刀が遠くへと飛んだ。

「主《しゅ》よ」

秀家ではなく、胸でゆれる十字架を見つついう。

「今より、この悪魔めを成敗し、わたくしパウロが正義の士であることを証明します」

自らの洗礼名を高らかに叫びつつ、頭割の脇差を振りあげる。

秀家は腰に手をやり、武器をにぎる。

刀ではない。

浮田河内守から託された短筒だ。

銃身に刻まれた田鳴の紋章が、きらりと光った。

左京の目が、大きく見開かれた。

同時に、胸に大きな火花が咲く。

秀家のもつ短筒が火をふき、黒光りする西洋鎧に一穴をうがった。

音をたてて、左京が倒れふす。

敵味方、すべての士の動きが止まった。

惚けたように、全員が左京を注視する。ぴくりとも動かない。

いち早く反応したのは、正木左兵衛だった。

「いまだ、蹴散らせ。左京殿は中納言様が討ちとった」

正木左兵衛の号令に、南蛮胴を着込んだ敵兵がたちまち崩れだす。

「深追いするな。戦うより、退くことを大事とせよ」

煙る短筒を腰にねじこみ、秀家は叫んだ。将を失った追手のなかばが、背を見せている。かわりに、遠巻きにしていた徳川勢の諸将が刀や槍を閃かせて近づきつつあった。

「目指すは伊吹山だ。生き延びることが勝利だと思え」

逃げる左京の兵から目を引きはがし、山へとむかおうとした。

視界のすみで、骸のひとつが起きあがろうとしている。

口元を髭でおおった宇喜多左京だった。

傀儡師に操られるように、上体をおこす。膝をつけ、二本の足で立ちあがる。

胸でゆれているのは、粉々に砕けたクルスの一部だ。

「おのれ」

勘十郎が火縄銃をむけようとした。だが、途中で止まる。

「嗚呼嗚呼――」

左京の声は、風が哭《な》くかのようだった。

ふるえる両手が胸をまさぐり、クルスをとる。

顔が極限までひしゃげた。つづく叫びに、思わず秀家は手で耳をおおう。

旗本たちも刀を落とし、耳をふさぐ。

赤子の断末魔を聞くかのようだった。それほどまでに、左京の嘆きは凄惨である。

泣きつつ両膝をつき、両手でなにかの欠片を拾っていた。

砕けたクルスだ。

ふるえる指でひとつふたつとつまむが、原型を復するには遠くおよばない。

「化け物め、黙れ」

ようやく、勘十郎が銃口をむける。

「よせ」

制止したのは、秀家だった。

「しかし」

「左京はもう追ってこない」

左京は、聞くも凄惨な悲鳴とともに欠片を必死に拾い集めている。

その様子は、今まで見たどんな敗者よりも惨めで無様だった。

左京の人質時代の逸話が頭をよぎる。毛利の兵にかこまれたときも、今のように泣き叫んだのだろうか。

まだ、勘十郎は銃口をむけていた。その目は憎しみにあふれている。

「無駄弾を射つな。まだ、敵はいる」

顔をゆがめつつも、勘十郎は銃口を下ろした。

とどめを刺さぬのが左京への憐憫なのか、それとも状況判断ゆえなのかは、秀家自身にもわからなかった。ひとつたしかなのは、新手の敵がせまりつつあるということだ。

永き敗路

一

葉擦れの音が、夜の山中に響きわたっていた。枝もはげしくゆれ、梟や蝙蝠が不気味な鳴き声をまき散らしている。鬼火のような灯があちこちにあるのは、落武者狩がもつ松明だ。

「いたぞぉ、落武者だ」

「兜首だ。首をもっていけば、田がもらえるぞ」

木々のあいだを縫って、落武者を狩る男たちの叫びが宇喜多秀家主従のもとへととどく。得物をあわせる甲高いひびき、耳をつんざく銃声、雨が走るような音は、血飛沫が流れたのか。

前だけでなく、四方八方から聞こえてくる。

やがて、静かになった。

だが、獲物を探す松明の炎は、まだあちこちを彷徨《さまよ》っている。

「どうします」と、岩陰に隠れていた進藤がきく。

「いこう。待っていても、落武者狩の数が減るとは思えない」

夜が更けるにつれて、松明は数を増していた。一兵たりとも朝日を拝ませない、といわんばかりだ。このまま座していても、いつか見つかるだろう。岩陰からはいでて、月明かりに身をさらす。夜空には雲ひとつなく、かぎりなく真円に近い月が秀家らを照らしていた。

「お月さんよ、われらに恨みでもあるのかよ」

夜空に、勘十郎は恨み言をぶつける。今、宇喜多秀家主従は三人しかいない。敵の執拗な追撃で、ひとりふたりと討ち死にし、あるいは力つき投降した。そんなことを繰りかえし、山中へと逃げのびたときには、とうとう三人だけになっていた。

秀家は首をゆっくりと回す。松明の火のすくないところはないか。

「あっちか」

秀家の指先を追う勘十郎と進藤の顔がゆがむ。

落ちのびる先の佐和山城や、豪姫のいる大坂とは逆方向だが、それ以外に選択肢はない。

いつのまにか、秀家たちの足が止まっていた。肩で大きく息をしている。月がぼやけて、輪郭が二重になっていた。頭をふると、一時、月はもとの姿にもどる。おれた手槍をたよりに、歩みを再開した。思えば、二日前の杭瀬川の戦いから、ずっと不眠不休だ。朦朧とするのも、無理はない。前をゆく進藤の背中も、油断しているとふたつにぶれる。秀家は、腕でつよく目をこすった。遠くにある松明もぼやけていた。火が分かれ、ひとつふたつと数を増やしはじめる。

またか、と頭をふった。何度もまぶたをまばたかせる。

火は、数を減らさない。逆に、さっきよりも増えている。

進藤が足をとめ振りむく。進藤の姿はひとつだが、点々とあった炎は数珠つなぎに線をつくっていた。松明から松明へと、炎を移しているのだ。

秀家たちは、腰の刀に手をやる。背後を見ると、炎は一列の線となり逃げ道をふさごうとしていた。追手の姿形は、木とその影で見えない。ただ、獣のような息づかいだけが耳にとどく。

「血路を開きましょう」

進藤が首をめぐらす。だが三人をかこむ炎は、すでに完全な輪をつくっていた。

けたたましい銃声がひびく。

「あ」と叫んで、勘十郎の右腕が跳ねあがる。すんでのところで、刀はとり落とさなかった。

だが、顔はゆがみ、右腕はだらりと垂れている。指先からしたたるのは、血か。かこむ炎は、三人の体の半分ほどをすでに浮かびあがらせていた。

「落武者どもめ、観念しろ」

また銃声がして足元の石が爆ぜた。炎が手薄な場所へむかって、進藤が走りだす。が、数歩もいかぬうちに、足が止まった。左右から、竹槍が突きだされている。

片足を引きずった秀家が駆けつけようとすると、弓箭の音もひびいた。銀色の線が、はげしく錯綜する。低い位置から繰りだされた竹槍が、杖がわりの手槍を弾きとばす。

抜刀したばかりの鳥飼国次丸を地にさして、かろうじて秀家は体を支えた。

「それぞれに、血路を開け」

秀家は叫んだが、三人はすでに遠く引きはなされるように囲まれていた。

踏んばると、右足が戦慄く。何度も腰から崩れそうになった。

倒れたら終わりだ。木立に体を預けようとしたとたん、足が滑り大きく体がかしぐ。

いつのまにか、秀家は斜面へと追いこまれていた。片手を枝に伸ばしつかむが、呆気なく折れた。視界が回転し、体のあちこちに硬いものがぶつかる。

「畜生、大将首が落ちやがった」

「追え、坂をおりろ」

落武者狩の怒号は、急速に遠ざかる。

転落が止まり、首を持ちあげる。松明の火がおりてくるが、動きは鈍い。足元が確かでない暗闇で、走って追いかけるのは危険だと判断したようだ。

「馬鹿やろう。そっちばかり、行くな。残りのふたりに逃げられる」

炎が、進藤の背中をあぶりだす。その奥では月明かりを浴びつつ、敵の刃をかいくぐる勘十郎の姿も見えた。

二

気づくと夜が明けていた。

白樫の木が生いしげる川岸を、秀家は歩いていた。抜き身の鳥飼国次丸を右手に、左手で鞘を杖にして、なんとか体を支える。

追手の姿は見えないが、ときおり背後の山々から銃声や悲鳴が聞こえていた。

川のなかに足をふみだす。血と泥で、水面がたちまち濁った。川は浅く、すねの半ばほどぐらいだ。人の背丈よりも大きな岩があり、岩肌に手をついて腰を屈める。鳥飼国次丸を抜き身のまま帯にはさんだ。

ふるえる腕を、水面へと近づける。片掌ですくい、唇を吸いつけた。

水を流しこむ。

口のなかはかすかに潤ったが、喉はまだ渇いている。

さらに、手を水にやろうとした。水面にふれたところで、指が止まる。

だれかが、いる。よりかかる岩が水面に映り、上から何者かがのぞきこんでいる。まだ若い。足軽のように胴丸をつけた武者が、目をぎらつかせていた。岩の上から、男が飛びおりた。手には抜き身の刀が握られている。

刀で防ぐひまはない。

両腕を頭上で交差したとき、鈍い衝撃が走った。籠手の部分で斬撃をうけとめたが、両足が崩れる。

背中から川に落ち、頭の後ろをつよく打った。立ちあがろうとしたが、手足がいうことを聞かない。景色が激しくゆれていた。

浅黒い顔相の武者と、その従者と思しき数人の男がいる。

川面にぽつぽつと浮いているのは、秀家の持ち物だ。鞘についていた笄や小柄が散らばっている。

「落武者狩の百姓か」

「百姓ではなく、郷士だ。悪く思うなよ。落武者を放っておけば、村を襲いかねんからな」

武者は秀家から視線を外すようにして、足元を見た。臑にからみつくものを掬いとる。剣片喰の紋が刻まれた小柄だった。

半眼になり、「これは」とつぶやいた。

どうしたことか、武者は小柄を凝視したまま動かない。

「矢野様、どうされたのですか」

従者たちが、不思議そうな目をむける。

部下たちの声を無視して、武者は秀家に顔をむけた。

「もしや、お主は……」

唇を震わせて、武者は問いをつづける。

「いや、あなた様は――備前の領主、宇喜多中納言様ではございませぬか」

陽光が降りそそぐ川岸に、秀家は腰を下ろしていた。目の前には、浅黒い顔の武者と、その従者たちも座している。

なぜか、武者たちは秀家の命をとらなかった。逆に川から引きあげて、手当をしてくれたのだ。身柄を東軍に引きわたすにしては、秀家の体は自由で縄にもからめとられていない。

「宇喜多中納言様に相違ありませんか」

すこし考えてから、うなずいた。疲れた体では抵抗してもたかが知れている。

「なぜ、私を助ける。どうして私が、宇喜多中納言とわかるのだ」

問いかけると、浅黒い武者が剣片喰の紋が刻まれた小柄を、そっと前にだした。斬撃をうけて、秀家が川に落としたものだ。

剣片喰は宇喜多家の副紋である。宇喜多秀家と想像するのは、難しくない。

「私の父は山崎の合戦で、明智の軍に参加しておりました。斎藤内蔵助（利三）配下の武士でありました」

斎藤内蔵助は〝本能寺の変の戦功随一〟とまで呼ばれた大将だ。

「山崎の合戦で負けて、中納言様同様に落武者狩に捕らえられたのです」

秀家はこめかみに手をやる。なにかを思いだしそうだった。

「そのとき、さる大名家の若君が牢にきて、縛られた父に小柄をにぎらせてくれたそうです。父は縄を切ることができました。ただ逃げるときに、不覚にも小柄は落としてしまいました」

「そうか、お主はあのときの落武者の子か」

「はい。十八年前、助けていただいたのは、わが父でございます。その父は、三年前に他界しました。小柄を失くしたとはいえ、命を助けていただいた恩人の縁の品です。父は我々に剣片喰の紋の入った小柄のことをよく話してくれました」

男は深々と頭を下げた。

「もし、あのとき助けていただけなければ、わが父はきっと打ち首となっていたでしょう」

顔をすこしあげて、男は目元をぬぐう。

「新しい領主につかえることができたものの、逆賊に加担したとして、知行のほとんどを奪われました。暮らしは苦しくありました。が、なんとか郷士として生きのびられたのは、父が帰ってきてくれたおかげでございます」

「お主の名は」

「は、池田郡白樫村の郷士、矢野五右衛門でございます。父は矢野新兵衛と申しました。父からは、備前の若き領主宇喜多八郎様の話を毎晩のように聞かされました。石田方にお味方されているのは知っておりましたが……」

「美濃の池田郡は、たしか稲葉甲斐守が領主だったな」

稲葉甲斐守は、徳川方に参加している武将だ。

「亡き父のご恩をおかえししたいと思いつつも、天下分け目の戦いで主君を裏切ることはできませんでした。なにより、矢野家は白樫村を守らねばなりません」

矢野と名乗った男の声は湿っていた。

「まさか、このような場でまみえることができようとは。これこそが神仏のお導き……いや亡き父の魂が引きあわせてくれたにちがいありませぬ。かくなる上は、この矢野五右衛門が宇喜多中納言様を全力でお守りいたします」

矢野五右衛門は、地面に額を押しつけた。

秀家は目を落とし、小柄に手をやった。まだふるえがのこる指で、もどってきた鞘をなでる。

「どうやら」

秀家の唇から、自然と言葉がこぼれ落ちる。

「また死に損なったようだな」

三

山肌にうがたれた洞は、低くせまかった。枯れた雑草が敷きつめられ、宇喜多秀家は腰を下ろしている。三人もはいれば、息が咽《む》せるほどの奥行きしかない。入口から吹きこむ寒風に、枯れ草が舞う。顔にかかった埃をとろうとして、厚い無精髭が手をこすった。

関ヶ原の合戦から、一月以上がたっていた。石田三成、小西行長、安国寺恵瓊らは捕まり、今月の初めに処刑されている。大坂城や岡山城につめていた宇喜多家の兵も降参した。

そして今、白樫の木が生いしげる山中の洞窟に、秀家は身をひそめていた。

「中納言様、ご用意が整いました」

洞の入口から声をかけたのは、浅黒い肌の若者・矢野五右衛門だった。

洞窟からはいでる。空には雲が厚くあり、山々の頂を隠していた。矢野の背後には、竹でできた〝あんだ〟と呼ばれる輿がある。駕籠のように風雨をさえぎる屋根壁はなく、吹きさらしの乗り物だ。すぐ側では、三人の男が膝をついていた。ふたりは矢野の従者、のこるひとりは秀家のよく知る人物である。

「勘十郎、髭を剃ったのか」

元鳥見役の従者が、顔をあげた。矢野と邂逅した後、秀家は宇喜多家の武者と好運にも落ちあうことができた。そのなかに、勘十郎もいた。一緒に洞窟にかくまわれており、ついさっきまでは秀家と同じ髭面をしていた。

「私が無精髭では、落武者そのもの。これからの道中で、怪しまれます」

矢野五右衛門と配下たちが笑った。

「ならば、私も髭を剃るか」

あごや頰をなでると、かたい髭が手に痛い。

「いえ、殿はそのままで。その方が、傷病人らしゅうございます」

秀家は苦笑をこぼした。矢野が用意した単衣をきて、筵にくるまる。

「では、これよりはわが妻の兄として接します。足の傷を悪くしたので、京の医師を訪ねるということで。打ちあわせた変名で呼ばせていただきますぞ」

あんだの竹がきしんだ。秀家をのせて、ゆっくりと持ちあがる。

「よし、いくぞ」

矢野がちいさく号令をかけた。

ゆれるあんだはつづら折れの山道をくだり、古社を横切る。途中で、石と土を盛りあげたものが目にはいった。ちいさな堤に似ているが、川や池はない。

「獣よけの土塀でございます。田畑を荒らされ、難儀しておりまして。祖父の代から普請しているのですが、軍役や夫役で中断されることも多く、やっとここまで出来ました」

教える矢野の声は、すこし誇らしげだ。土塀は秀家の目の前で途切れているが、木々の奥からつづいている。土塀の横には新しい石や土が無造作におかれ、積みあげられるのを待っていた。

「懐かしいな」と、秀家がいったのは、掘りかえした土と草の香りが立ちこめていたからだ。干拓の地を思いだす。

木々の隙間から、平地が見えた。濃尾平野である。山の麓には小さな集落があり、百姓たちが田畑を耕していた。秀家を運ぶ矢野五右衛門を見つけ、笑顔で頭を下げる。

手をふって矢野も応えた。白樫村の領主として慕われているようだ。

秀家が矢野の父を救うことで、この小さな村が荒廃を免れたのだろうか。であったなら、とささやかに夢想する。

濃尾平野を南北に断つように流れている川は、揖斐《いび》川だ。川幅は広く、途中で中州が幾つもあった。南以外の三方を山にかこまれた平地には、ほかにも川が流れている。そのなかのひとつに、関ヶ原の前日に戦った杭瀬川へといたるものもあるはずだ。

舟は使わずに、秀家をのせたあんだは揖斐川沿いの道を南へ進む。小川をいくつか横切ると、右手にちいさな丘が見えてきた。関ヶ原前日に、家康が布陣した赤坂の地だ。とおりすぎると、中山道に突き当たる。ずっと前に見えるのは、秀家らが駐屯した大垣城だ。

あんだは、西へと頭をむけた。一月前に徳川勢が行軍した征路を、黙々と進む。

左に小高い南宮山がそびえていた。ここに陣する毛利勢は、関ヶ原合戦では最後まで動くことはなかった。

築陣のために建てた柵が、骸の肋骨を思わせる。

右からせまる伊吹山山麓が、隘路を形づくろうとしていた。回廊のような入口に関所ができ、旅人が列をなしている。秀家ら一行は、最後尾にならんだ。

「おう、矢野ではないか」

門番の侍が、声をはりあげた。どうやら、同じ稲葉甲斐守家中の武士のようだ。

「お務めご苦労様です」

如才なく矢野はこうべを垂れた。

「まったくだ。この寒空の下で、たまったものではないわ。せめて、陽がでてくれればよいが」

侍は、白い息と愚痴を盛大にこぼす。兜はないが、鎧を物々しく着込んでいた。

「関ヶ原本戦でもろくな手柄がなく、落武者狩も雑兵ばかり。おかげで、やりたくもない門番を押しつけられてしまったわ」

「それはお気の毒に。ですが、これが武功をかせぐ最後の機会やもしれませぬな」

矢野は調子をあわせていう。

「といっても、のこる大物は明石掃部ぐらいよ。もう、こんなところにおるまいて」

「はあ、ほかの大将はみな、捕まりましたか」

「大方な。お前は山暮らしゆえ知らぬかもしれんが、先月にはあの宇喜多中納言も……」

「捕まったのですか」

あんだの上の秀家を一瞥さえせず、矢野はきく。

「いや、ちがう。宇喜多中納言は、山中で腹を切った」

退屈なのだろうか、番兵たちは矢野に得意げに教える。山中を逃げていた宇喜多秀家は観念し、従者の進藤と勘十郎に介錯をたのんだという。ふたりは、命令どおりに秀家の首を刎ねた。そして、重囲をぬけ高野山へおもむき、ねんごろに秀家の霊を供養した。

「進藤という者が、本多中務（忠勝）様のもとへいき、そう報せたのだ。宇喜多家重代の名刀、鳥飼国次丸と一緒にな」

秀家は、安堵の息をひそかに漏らす。矢野にかくまわれた後、運良く進藤、勘十郎、正木左兵衛らと落ちあうことができた。洞窟のなかで、正木左兵衛は策を練る。鳥飼国次丸を進藤に託し、本多忠勝の下へとおもむかせ、秀家切腹の嘘を証言させたのだ。さらに、正木左兵衛も本多一族の下に落ちのび、秀家自害の噂を流した。

謀にまんまと騙されている番兵たちは、もういけ、と手で示した。矢野らは一礼して、関所をとおりすぎる。

街道には、ぽつぽつと旅人がいるだけだ。ほとんどは、関所横の木陰で寒風から身を守っている。雲はさらに低く垂れこめ、隘路が洞窟のようになっていた。

薄暗い影が、足下を塗りつぶす。

関をでた秀家ら一行の足音を、風が吹きけす。

決戦のおりに、家康が陣を布いた桃配山をすぎ、しばらくすると眺望が開けた。

盆地が広がっている。碁石でも打つように点々と民家があり、まばらにすすきが群生していた。あちこちに突きでているのは、おれた槍や旗指物だ。大きな石のようなものも散乱している。きっと、使いものにならない兜や具足だろう。一行の足も重くなり、あんだも沈むかのようだった。

ひと月ほど前、ここは戦場だった。

関ヶ原表――秀家らひきいる西軍約三万と、東軍約十一万が布陣してぶつかった。早朝に切られた火ぶたは、小早川秀秋の寝返りにより、昼を待たずに呆気なく決着がつく。戦況が拮抗していたのは、半刻（約一時間）もなかった。一方的で凄惨な殺戮戦だ。

戦場を吹きぬける風を浴びつつ、あんだは道を進む。

「止まってくれ」

思わず、秀家は声をあげた。

「どうされたのですか」

周りに人がいないことをたしかめ、矢野がきく。ゆっくりと、あんだが地に接した。立ちあがり、よろけるように歩く。腿や腰をなでるすすきをかきわけ、おれた手槍が散乱する場所へと近づく。矢尻の欠けた矢、くの字になった旗の竿、錆びた刀槍が散らばり、なかば土に埋もれていた。

膝をついて、落ちている布を地面から引きはがす。

「これは」

背後にはべる勘十郎が声をあげた。秀家の手にあるのは、〝児〟の字の旗指物だった。布は半分以上千切れ、弾痕が幾つもうがたれていた。

もつ秀家の手がふるえだす。

涙は流れない。かわりに降りそそいだのは、氷雨と雪だ。

戦場跡を清めるように、雪が関ヶ原を凍らせていく。

四

美濃の国をおおっていた厚い雲は、大坂の地までつづいていた。雲からこぼれ落ちるように、白いものが舞っている。遠くに見える大坂城には、綿帽子を思わせる雪が積もっていた。白い地面にぽつぽつとつづくのは、秀家の足跡だ。身にまとう筵は凍りついて、動くたびに氷片が剝落する。強張った唇からもれる白い呼気が、秀家の鼻をしめらせた。

もう、道案内は必要ない。

万一を考え、矢野や勘十郎らは宿で待機させている。捕まるなら己ひとりで十分だろう。

　勝手知ったる道を歩く。やがて、宇喜多屋敷の玄関松が見えてきた。京屋敷のものとちがい、若く枝ぶりは細い。積もる雪にしなり、ふく風にかしぎそうになっていた。番兵としてたつのは、小柄な武士だ。老いた髪を塗るように、白い雪が積もっている。元宇喜多家家老、浮田河内守だ。関ヶ原後、大坂城を明けわたし、無官となった。他家から仕官の話がきたが、ことわったと聞いている。

　積もった雪を落とすように、浮田河内守は一礼した。

なにもいわない。秀家も無言だ。細く開けられた門のすきまに、身を滑りこませた。浮田河内守は、雪がふりはじめる前から待っていてくれたのだろうか。屋敷のなかの雪面には、まだ足跡はない。

　離れへと、足をむける。低い生け垣は、白い壁のようになっていた。

　茅葺きの門のところに、その人はいた。ふるえる体で、秀家を待っている。白い頰にそばかすの名残がちり、その上に氷になった雪片がはりついていた。鼻の頭は、真っ赤だ。いや、鼻だけではない。目も充血している。

　秀家の視界がにじみだすが、すぐに冷気がかたく凍らせた。

　互いに、一歩、二歩と近づいていく。あわせずとも、自然と呼吸が一致する。

　奥歯が忙しげに鳴るのは、寒いからか。それとも……。

豪も歯の根を震わせている。紫色になりつつある唇を見て、秀家は鼻をすすった。

言葉よりさきに、吐く白い呼気がまじわる。

豪、と呼ぼうとしたが声にならない。それが、秀家の限界だった。崩れるように、膝をつく。

両手が地面につく前に、柔らかい掌にうけとめられた。

唇がわななく。豪も両膝をつき、目の高さをあわせてくれた。

ふたりの空間を埋めたのは、互いの体だった。

豪の肌は冷たく、引きよせるとその内側の温かみがかすかに伝わってきた。

秀家の身の内を凍らせていたものを、ゆっくりと溶かしてくれる。

ふたつの心音が和する。

目の奥から、熱いものがにじんできた。

「すまぬ」

だれにかわからぬが、謝った。

涙が、頰をしめらす。豪の涙も、秀家の鬢をぬらした。

「すまぬ」

また、ちいさく叫んだ。豪姫のかいなが、秀家をふかく抱く。

「私は……生きのびてしまった」

目をきつくつむる。豪姫の体のなかに顔を埋めた。
柔らかい手が、頭にそえられる。
なじるでもなく、慰めるでもない。
無言で、豪姫が秀家の顔に手をそえてくれている。

終章　最果ての楽土

一

滝のような雨をふらせた雲が、嘘のように消えていく。夏の太陽が、空をたちまち紺碧に塗りかえた。地をしめらせた水滴が大気にとけ、涼を立ちのぼらせる。

「やれやれ」と、宇喜多秀家は雨宿りをしていた木陰からはいでる。大きな羊歯の葉についた水滴が、陽光をうけて宝石のようだ。

目の前には、大海が広がっている。後ろをむくと、噴煙をあげる山がそびえたっていた。円錐形をしており、かつて駿府の配流先で見た富士山を小振りにしたかのようだ。

宇喜多秀家は、今、南海の八丈島にいる。

関ヶ原から七年がたっていた。

大坂で豪姫と別れ、勘十郎とともに薩摩の島津家に落ちのび、駿河国久能山での幽閉をへて家康のもとへ出頭した後、本土から約七十里（約二百八十キロメートル）離れた八丈島へと配流されたのだ。

今は出家して、休復《きゅうふく》と名乗っている。

波が黒岩に打ちよせる浜へ、秀家は歩む。手にもつのは釣竿だ。腰に刀はなく、魚籠がくくりつけられていた。

黒岩のひとつに腰をおろしたときだ。

「クンヌ様、釣れていますか」

背後から歓声がやってきた。首をひねると、島の童たちが数人駆けてくる。たちまち秀家をかこみだした。

クンヌとは〝国人〟という言葉が訛ったものだ。内地人という意味で、多分に尊敬の念がこもっている。

「クンヌ様は、よしてくれ。私は罪人だ。それに今、釣糸を垂らしたところだよ。まだ、一匹も釣っていない」

勝手に秀家の腰にくくった魚籠をのぞきこんで、「本当だぁ」とはしゃぎだした。

気をとりなおし、釣竿に心を集中させる。すんだ海に、魚影がいくつも映っていた。

何匹かが近づいてくる。罪人として八丈島に流されてきたが、島の人たちはみな温かく、客人として接してくれる。水汲み女（妻）を紹介するとまで言ってくれた。もちろん、秀家は丁重に断ったが、暮らしむきは島の外に決して出られないこと以外は、ふつうの島民とかわらない。畑ももらい耕している。

薩摩までともに行動した勘十郎はもういない。島津家に仕官することになった。

宇喜多家の主だった旧臣は、他家に仕官することができた。秀家が死んだと虚言した進藤もそうだ。秀家の生存が明らかになり、一時は進藤の処刑が噂された。だが、意外にも家康は進藤の覚悟を評し、旗本に取りたてた。今はお伽衆として家康の側にはべり、何年かに一度、米や金を八丈島に送ってくれる。

宇喜多の領国は、小早川秀秋のものになった。しかし、関ヶ原合戦後二年で秀秋は急死する。今は、森、池田らの大名、さらには戸川肥後守らに分けあたえられた。

秀家と対立した旧臣たちからは、不穏な噂ばかり聞こえてくる。戸川肥後守は、備中国庭瀬で大名として独立した。備前の隣で海にも接することから、宇喜多家の干拓地の多くを領有することになる。だが、領内一円の法華教化をはかり、他宗派を弾圧しているという。干拓地の民にも容赦がなく、少なくない血が流れたときく。

宇喜多左京は坂崎と姓を変え、石見国（島根県）津和野の大名になった。無礼討ちの多さは相変わらずで、秀家が八丈島に流罪になる一年前に、逐電した部下をかくまった大名の富田信高と合戦一歩手前の騒動をおこしている。

「あ、孫九郎様だ」

女童のひとりが、秀家の後方を指さした。見ると、十代後半の青年が歩いている。秀家と豪とのあいだにできた嫡男の宇喜多〝孫九郎〟秀高だ。頬には、豪姫を思わせるそばかすが散っていた。秀家はひとりで八丈島に流されてきたのではない。嫡男の孫九郎ともうひとりの男児、そして従者や乳母など総勢十三人が同行してくれた。

孫九郎の後ろに、よりそう人影が見える。長く美しい髪を風になびかせる女性は、島代官の奥山縫殿助《ぬいのすけ》の娘ではないか。

「あいつめ、色気づきおって」

目を海へともどした。すんだ海に魚影はない。岩のようなものが動いているのは、海亀だろう。

ため息をついて、釣糸を引きあげた。

海に背をむけて、帰路につこうとした。背後の童の声を聞きつつ歩く。

八丈島の暮らしは貧しいが、なにかが足りないということはない。秀家には十分だ。ただ、潮風に土の香りが混じりあうとき、どうしようもない心のざわめきに襲われることがある。備前の干拓地への郷愁や豪姫への想いが、御しかねるほど肥大して、呼吸が苦しくなる。

なにより、と自分の足下を見る。大小の石が散らばる痩せた土地がある。土は硬く、雑草さえも茶色になって枯れかけていた。

かつての干拓地を知る秀家にとっては、気を滅入らせる光景のひとつだ。

いつのまにか声が止んでいた。ふりむくと、一艘の帆船が見えた。船腹からでる櫂を忙し気に動かし、八丈島に近づこうとしている。

今まで見た船と様子がちがう。船体がひどく大きいし、櫂の数も多い。

妙だな、と思った。今日は、船がつくなどとは聞いていない。なにより、帆にあしらわれている家紋だ。

五つの大きな丸と中央のちいさな丸が、梅花の形をかたどっている。

あれは加賀前田家の家紋〝剣梅鉢〟ではないか。

二

暑気と潮の香りをはらむ夜風が、島代官奥山縫殿助の屋敷の一間に吹きこんでいた。夏の空気は濃厚で、壁などないかのようだ。その中央で、前田家の使者は裃を着込んで威儀を正している。

「それは、つまり」

島民同様のなりの秀家は、目を床に落とした。

「私を、本土へと帰してくれるということか」

前田家の使者は、重々しくうなずいた。

「はい。前田家の領地から十万石を分知し、宇喜多様を大名に取りたてるようにします」

「十万石」と驚いたのは、島代官の奥山縫殿助だった。

ここ八丈島では、代官でも白い飯に不自由するときがある。

「関ヶ原は終わりましたが、いまだ日ノ本には火種がくすぶっています」

大坂城には豊臣秀頼が健在だ。福島正則、加藤清正ら徳川方についた豊臣恩顧の大名も、秀頼への忠誠心はあつい。無論、徳川家康が野放しにしておくはずもない。いずれ、豊臣家を討伐する軍をおこす。

「わが主は、これからの難局をのりきるため、ぜひ宇喜多様のお力をお借りしたい、と。前田家のために、十万石の大名にご復帰ください」

秀家の横には嫡男の孫九郎がすわっていた。そばかすのある頰を強張らせ、前田家の使者を見ている。

「ちなみに、今の将軍（秀忠）様は無論のこと、前の将軍（家康）様にも内々に宇喜多様ご復帰の許しは得ております」

なるほど、十万石という話は嘘ではないかもしれない。前田家は百二十万石の大国。徳川家は、前田家の領地を削りたいのだ。数万石をさく程度では、徳川家は納得しない。十万石が妥当だろう。

前田家にしてみれば、先手を打って豪姫の元夫である秀家にゆずる方が賢い。豊臣家に最後までつくした秀家ならば、絶対に裏切らない。兵事がおこれば先鋒や捨て駒としても使える。

だが、ひとつ大切なことをたしかめねばならない。

「前田家は、後々おこる合戦で、豊臣家に弓をひき、大坂城を攻めるおつもりか」

使者は無言だ。否定しなかったのが、なによりの答えだった。前田家は徳川家と取引をしたのだ。豊臣家を滅ぼす合戦に加担するかわりに、縁者である秀家を大名に復帰させる、と。

「宇喜多の旧臣をつかえば、大坂攻めで前田家は血を流さなくてすむ、という考えか」

「武士にとって戦う場があるのはなによりでしょう」

悪びれずに、使者はいう。

「戦だけではありませぬ。もっと恐るべきは、太平の世かもしれませぬ」

前田家の使者は眼光をつよめた。

「豊臣家が滅びれば、次は改易の嵐が吹きあれます。前田家、福島家、加藤家ら、豊臣恩顧の大名には、乱世以上に受難の時代になりましょう。そのときに、宇喜多様が前田家の分国におれば、おいそれと幕府も手をだせぬはず」

秀家は腕をかたく組む。窓からは、森のように鬱蒼《うっそう》としげる庭が見えた。虫の声が重唱するかのようだ。

大名には復帰しない。答えは最初から決まっている。

だが、どうしてだろうか。

「否」という言葉がでてこない。

無言のまま、時がすぎる。背がじっとりと汗ばんできた。

風が吹いて、木々のざわめきが耳をなでる。

「ご承諾いただけるなら、豪様と宇喜多様の復縁もとりなします」

雷のようなものが、秀家の全身を走った。

聞けば、京にいる北政所（秀吉の正妻）の世話をしていた豪姫を、前田家は千五百石の化粧料で領国に引きとるという。

「豪様も、宇喜多様が大名に復帰されることを望んでおられます。勇ましく戦陣で戦う姿を、もう一度見たいとおっしゃっております」

「豪が、そんな……」馬鹿な、という言葉は呑みこんだ。

豊臣家を滅ぼす合戦の陣頭に秀家が立つことを、豪姫が望むはずがない。

秀家を説得するために、この男は詭弁を弄しているのか。

使者の顔を凝視する。自信に満ちた表情で微笑していた。

「宇喜多様、いかがですか。ご返答やいかに」

横を見ると、嫡男の孫九郎が唇をかんでいた。戸口の陰で女性がひとりひかえている。黒く美しい髪が、南国の夜に溶けこみそうだ。奥山縫殿助の娘である。

首を横にふり、使者はため息をついた。

「よろしい。お返事は、明日まで待ちましょう。明晩、また伺いますゆえ、そのときにお願いいたします」

前田家の使者は立ちあがる。

「ですが、それがしは確信しております。宇喜多様は、かならず諾とおっしゃるはず。武士ならば、答はひとつでございましょう」

三

夜の波打ちぎわに腰をおろし、秀家はずっと考えていた。

頭上には、億を超える星々がまばたいている。

今までの幾多の戦いを思いだす。

紀州討伐から小田原攻め、朝鮮遠征、伏見城や杭瀬川の戦い。

そして、関ヶ原。

死んでいった者たちの顔も思いうかぶ。土にまみれた顔で、千原九右衛門が笑いかけてくる。

戦場で死んだ者だけではない。豊臣秀吉によって粛清された、秀次や秀保。検地や宛行のために命を投げうった、長船紀伊守や寺内道作。

秀家とともに、豊臣家のために戦った前田利家。

生きている者たちの姿もよぎった。勘十郎や進藤、茶筅髷をゆった正木左兵衛、腰に短筒をさした小柄な老人は浮田河内守か。背後には、海をうめ畑をたがやし木を植える流民たちがいる。血が陽光を受けたように熱くなる。

どうすればいいのだ。

もどるべきか。それとも、とどまるべきか。

灯がひとつ、こちらへと近づいてくることに気づいた。裃をきている男の姿が浮かびあがってくる。どうやら、前田家の武士のようだ。きれいに月代を剃りあげた若者で、どこかで見たことがある。

「まさか、金《キム》か。金如鉄《キムヨチヨル》か」

秀家は目を見開いた。

金如鉄《キムヨチヨル》――第一次朝鮮出征中に、秀家が保護した孤児である。

「お久しゅうございます。今は脇田家の養子となり、侍の端くれになりました」

朝鮮の地で、泥まみれになり捨てられていた姿がよみがえる。

秀家の回想を察したのか、金如鉄《キムヨチヨル》が微笑をうかべた。

「実はこたび私が参りましたのは、豪様からの命を受けたからです」

「どういうことだ」

「もし悩んでいるようなら、これをお渡しするようにと。そう豪様から言いつかりました」

金如鉄《キムヨチヨル》は、袖のなかから袱紗を取りだした。片手に納まるほどの大きさだ。

いぶかしみつつ開く。でてきたのは一枚の貝殻だった。内側には、絵が彩色されている。歌を詠む貴人、宴を楽しむ村人の様子が浮かぶ。

秀家が豪姫に託した貝あわせではないか。だが、以前と様子がちがう。暗いために絵柄は不鮮明だが、剝げていた塗料が新しく塗り直されていた。

厚い雲が割れて、月あかりが差しこむ。

「これは……」

秀家の言葉が、貝あわせをつつむ掌に落ちる。

かつてと構図が変わっていた。

歌を詠む貴人と宴を楽しむ村人の姿は、色が鮮やかになった以外は前と同じだ。ちがうのは、ある人物が描き足されていることだ。貴人に寄りそうように、ひとりの女人が立っている。女人の白い頰には、そばかすが散っていた。

四

「い、今、なんとおっしゃった」

まぶたをつりあげた使者が、あわてて問いただした。虫の音が途切れるのを待ち、秀家は口を開く。

「悪いが、島をでるつもりはない」

孫九郎が驚いたようにこちらを見ていた。

「本当に、島をでるつもりはない……のですか」

秀家はうなずいた。

「それは、まさか、もう戦いたくない、と」

使者は、恐るおそる問いを重ねる。

「戦うのが、怖いのですか」

「そうとってもらってもかまわない」

「武士のお言葉とは、とても思えませせぬ」

秀家は反論しない。虫の声が部屋に染みわたる。うっすらと潮騒の音も聞こえた。

「豪様が悲しまれますぞ」

刹那、秀家の胸が押しつぶされたかのような錯覚に陥る。平静を装いつつ、苦しい呼吸を整えた。

「見損ないましたぞ。なるほど、西軍が負けるのも納得でござるな」

使者は勢いよく立ちあがった。

「まさか、このような腑抜けの大将に西軍がひきいられていたとは。とんだ、見込みちがいでありましたわ。この話、なかったことにしていただきたい」

床板を蹴って、使者は退室していく。

「休復殿」と、たまりかねたように、奥山縫殿助が声をかけた。

「本当によかったのですか。罪人のまま一生を過ごすことになりますぞ」

「はい、十分に考えて決断したことです」

さらに言いつのろうとした奥山縫殿助だったが、秀家の顔を見て説得をあきらめたようだ。

使者が遠ざかる乱暴な足音を、秀家はただじっと聞いていた。

「腑抜けの大将か」

知らず知らずのうちに、秀家はつぶやいていた。

最初からそのように生きることができれば、どれほど楽だったろうか。

五

　秀家が鍬を振りあげると、土と汗があたりに飛びちった。石だらけの地面へと食いこませる。奥山縫殿助から与えられた畑に、秀家らはいた。

　汗だくになりながら鍬をふるい、地中からでてきた石を畔《あぜ》に捨てる。石が膝ほどの高さに積みあがるころ、手を止めて休む。

　風が気持ちいい。いままで感じたことがないほど、土の香りが立ち上っている。

　息子の孫九郎は、やってきた奥山縫殿助の娘とあしたばの葉を楽しそうにつんでいた。これを麦や米と一緒にまぜて炊くのだ。美味いとは言いがたいが、食べれば血の流れがよくなるような気がする。

「おーい、船がでるぞぉ」

　声が聞こえてきた。前田家の船が出航するのだ。

「今日はここまでにしようか。孫九郎たちはもうあがっていいぞ。私は用事がある」

　あしたばをつむふたりに言いのこして、秀家は畑に背をむけた。

　草がしげる細い道を歩いていると、青い海が現れる。鯨のように大きな船がうかんでいる。

前田家の家紋の〝剣梅鉢〟を染めぬいた帆が、風を食んでふくらんでいた。

櫂の一漕ぎごとに、どんどんと船影が小さくなる。

潮の飛沫が、宇喜多秀家の頰をぬらした。

船が豆つぶほどの大きさになってから、懐に手をやった。貝あわせを取り出す。

幼き日に父と結んだ約束に、思いをはせる。

秀家の見る風景に、ちらちらと白いものが舞いはじめた。

八丈富士の噴煙が、風にのってやってきたのだろう。

海原は陽光をうけ、黄金色に輝いている。もう、前田家の船は、かすかな点にしか見えない。

顔に灰がふりかかり、秀家の目がにじむ。

腕でこすった。

まぶたをあげたときには、もう船の姿は見えなかった。

ただ、海がどこまでもつづいているだけだ。

解説——宇喜多秀家の生涯

大西泰正

宇喜多秀家の生涯は、すこぶる数奇であった。時勢に翻弄されたといってもいい。織田信長が本能寺に斃れた天正十年（一五八二）に、わずか十一歳で家督を継いだ秀家は、羽柴＝豊臣秀吉の引き立てによって、豊臣政権の最有力大名の一人に立身し、秀吉の死の直前、慶長三年（一五九八）には豊臣「五大老」の一角を占めるに至った。秀吉が後事を託した「五大老」が、秀家のほか、徳川家康・前田利家・上杉景勝・毛利輝元から構成される点をみても、この人物が尋常一様ではない地位にあったことが推し量られるであろう。

官位の面でもその厚遇に申し分はない。正四位《しょうしい》下《のげ》・参議《さんぎ》叙任《じょにん》が天正十五年（一五八七）の十一月。翌年四月には従三位《じゅさんみ》に昇進、文禄三年（一五九四）十月に至って権中《ごんちゅう》納言《なごん》に任官している（事典類には天正十五年の従三位・参議叙任を説く場合があるが、正確には右の通り）。

正室は前田利家の四女にして秀吉の養女であった樹正院《じゅしょういん》。通俗的にいうところの「豪姫」である。秀吉の寵愛をほしいままにした彼女を娶ったがゆえに、秀家は栄華を極めたともいえる。

だが、その生涯は、秀吉の死を画期に暗転する。秀家の施政に対して、その有力家臣が徒党をなして反抗し（いわゆる「宇喜多騒動」）、宇喜多氏内部の混乱がおさまらぬうちに、関ヶ原の合戦に巻き込まれてゆく。秀吉が逝《ゆ》いたのが慶長三年（一五九八）の八月、「宇喜多騒動」の勃発が慶長四年（一五九九）の冬、そして関ヶ原の合戦が慶長五年（一六〇〇）の九月である。

石田三成に与《くみ》して関ヶ原に敗北した秀家は、大名の地位を失った。翌年の夏まで畿内に潜伏、次いで薩摩の島津氏（当時の当主は忠恒《ただつね》〈のち家久〉）を頼って九州南部に身を隠したが、慶長八年（一六〇三）の秋、伏見に出頭《しゅっとう》して駿河へ移送、さらに三年後に八丈島に流された。

敗軍の将となった秀家は、旧知の禅僧にみずから支援を求めるなど積極的に運動して、徳川家康から助命の沙汰を勝ち取った。島津忠恒の助命嘆願もあずかって多大な効果を挙げたものと推察できる。亡命先の選択といった、このプロセスから並々ならぬ秀家の器量を見出すこともむつかしくない。

流罪人の秀家は、絶海の孤島にその余生を送ること、およそ五十年に及んだ。明暦元年（一六五五）十一月二十日、八十四年の天寿を全うして秀家の没したとき、徳川将軍家は四代目、家綱の治世に入っていた。

木下昌輝氏の歴史小説『宇喜多の楽土』は、この秀家の生涯を取り扱う。関ヶ原の敗戦によって、関係史料の多くが散逸を免れなかったらしく、大名宇喜多氏の内情や秀家の動向にはなお不明点が少なくない。そうした情報の乏しさが、秀家その人への接近を阻んでいる。この二十年ほどで宇喜多氏の実証研究は飛躍的に進んだが、秀家のひととなりは、いまだ遠く霞んでいて、正確に捕捉するような段階にはない。

その風貌を伝える肖像すら伝来がない。元禄年間（一六八八〜一七〇四）に彫られた木像の温顔に、かろうじて生前の秀家を知る人々の、何らかの証言が活かされている可能性がうかがえる程度である。昭和後期以後に流布した著名な肖像（岡山城蔵）は、二十世紀の想像に過ぎない。

そうした史料的制約にこそ、創作家の腕の見せ所が生まれるのではなかろうか。秀家の様々な可能性を、いかに創作の世界に蘇らせるのか。絢爛たる前半生と暗澹たる後半生という対比から、類型的な悲劇を紡ぐことはそう難しくあるまい。

「八郎殿の器量は、金将の一歩手前だそうだ」。本書の秀吉は、養女の豪姫の月旦《げったん》として、このような言葉を幼い秀家にかけている。大名としての秀家は結局、「と金」

に化けることなく終わったのかもしれない。関ヶ原の敗戦がその政治生命を絶った時、数え年二十九である。その無念を思えば際限がない。

しかし、本書の読後感は思いのほか、さわやかである。血の気の多い時代を描きながら、淡彩的な雰囲気が漂い、秀家の人物像にも枯淡な味わいがある。

ことに没落後の描写に着目したい。「八丈島の暮らしは貧しいが、なにかが足りないということはない。秀家には十分だ」。木下氏の造形した秀家は、過去への執着をほとんど断って、流罪人という境遇を穏やかに受け容れている。だが、それだけではない。「腑抜けの大将」と嘲られたことに対して、秀家の思いであろう、「最初からそのように生きることができれば、どれほど楽だったろうか」という一文が添えてある。みずからは「腑抜けの大将」ではなかった、という自負であろうか。

八丈島に流された秀家には、様々な伝承が残されている。だが、別の機会に指摘したように、その逸話の一部には、語られる時代が降るにつれ、悲劇性を加えて、秀家の境遇をなるだけ惨憺《さんたん》たるものに強調する傾向がある（拙著『論集　加賀藩前田家と八丈島宇喜多一類』桂書房）。

たとえば、大道寺友山《だいどうじゆうざん》（一六三九～一七三〇）の著作『落穂集《おちぼしゅう》』には、若き日に聞いた次のような伝説が書き留められている。いわく、八丈島の秀家が、免罪のうえ「日本の地」に戻り、旧臣花房氏のもとで白米を腹いっぱい食べて死にたいと常々語っていた。それを哀れんだ花房氏が、秀家のために白米を八丈島へ送ってやったという。

この真偽不明の逸話は、寛政三年（一七九一）成立の「南方海島志《なんぽうかいとうし》」にも引き継がれるが、白米を食べたいという言葉は、八丈島において人々から嘲弄《ちようろう》され、なぶられ、憎まれた秀家が、その艱難《かんなん》のあまりに放ったことになっている。

このように近世の人々は、秀家の無念を勝手に憶測、あるいは増幅して語り継いでいったらしいが、現代に生きる我々も無意識のうちにその陥穽《かんせい》にはまっている恐れはなかろうか。人生のおよそ三分の二を絶海の孤島に過ごした貴種は、なるほど恨みをのんで無念のうちに果てていったのであろうと。

秀家の子孫（らしき人物）をして、徳川幕府への復讐こそ「宇喜多一党に与えられた使命」と語らしめる以下の作品は、そういう想像をたくましくした一例であろう。市川右太衛門《うたえもん》主演・佐々木康監督「旗本退屈男　謎の幽霊島」（東映京都、一九六〇年公開）に、月形《つきがた》龍之介扮するところの宇喜多「ヒデクニ」（漢字表記は不明。映画終盤までは「伴夢斎」を名乗る）が登場する。むろん月形は敵役として「何代重ねた執念か知らぬが」と、右太衛門の早乙女主水之介《さおとめもんどのすけ》に斬り殺されてしまう。個人的には月形の配役と、この敵役が拝む秀家らしき人物の木像に関心が向くのだが、ここで重視すべきは、結束《けつそく》信二の脚本に織り込まれた秀家（やその子孫）の無念や怨恨である。プログラムピクチャーの描写にふさわしく、類型的といえようか。一般大衆のイメージも、かくやと思わせる。

だが、木下氏による秀家の造形はそういう通俗的な想像を許さない。みずからを襲う転変をありのままに受容する。逆境にあっても理性を失わない秀家のしなやかさが、本書には説得力をもって描かれている。

苦難と不幸とは似て非なるものである。秀家の後半生は、確かに苦難の歳月というべきであろう。秀家が築こうとした「楽土」も霧消した。だが、誤読を恐れずにいえば、不幸ではなかったという気息が、木下氏の文章からは伝わってくる。

「ちいさな戦国乱世を、宇喜多家はかかえているようなものだ」。大名当主として未熟な秀家が、領国支配や有力家臣の統制に苦慮した様子を、木下氏はこのように例えている。惣国《そうこく》検地（領国全域の検地）にともなう家臣団の混乱が、宇喜多騒動に向かってゆく描写も手際が良い。

文禄三年（一五九四）に断行をみた惣国検地によって、宇喜多領内における土地の所有権が大名当主、すなわち秀家に一元化された。家臣たち独自の土地支配を否定したうえ、知行地の変更や分散を強いて、秀家の権力は飛躍的に高まった。

家臣たちの不満は募らざるをえまい。秀家の施策を推進した一派と、これにあらがう一派との権力闘争が生じ、事態はその後者にあたる秀家の「従兄弟《いとこ》」左京亮《さきょうのすけ》（木下氏は秀家より十歳年上に設定しているが、実際には秀家と同世代とみられるので、ここでは「従兄弟」と表記しておく）や戸川達安《みちやす》による決起＝宇喜多騒動に至った。木下氏はその流れを、近年の研究成果や各種の伝承を取り混ぜて描いている。子細にみれば歴史的事実との食い違いもあるが、歴史小説はそもそも、そうした虚構と事実との緊張関係を楽しむものであろう。

関ヶ原の戦場から逃れ、落ち武者狩りに追われた秀家が、なぜ命を保ちえたのか。木下氏はこの疑問を、白樫《しらかし》村の郷士を幼き日の秀家に遭遇させることで解いている。史料の語らぬ間隙《かんげき》をどのように埋め合わせるのか。歴史小説において、あたかも存在したかもしれない具体的情景を復元するには、史実は無論、時代の雰囲気を捉えておく必要がある。白樫村をめぐる叙述は、一つの可能性に過ぎないが、その要点を外していまい。

浮田（宇喜多）左京亮の人物像についても、さもあるべし、と思わせる彫琢であった。余談ながら、左京亮の父忠家も同じく奇矯な振る舞いの多い人物で、とかくの悪評がつきまとう直家（秀家の父）よりも、この親子の方がむしろ戦国的な狂気をまとっていた、というのが私の見立てである（拙著『「豊臣政権の貴公子」宇喜多秀家』角川新書）。さらに補足を一つ。のちに坂崎出羽守と改めた左京亮の実名は、確かな史料によれば、「知家《ともいえ》」や「正勝《まさかつ》」などであって、事典類で見かける「詮家《あきいえ》」や「直《なお》盛《もり》」は俗説に過ぎない。一部の研究者にはなお「詮家」に固執する向きもある。だが、木下氏はこうした近年の研究も踏まえているらしく、本書において左京亮の実名にあえて言及していない。

「かならず生きて帰ってきてください」。徳川方との戦い（関ヶ原の合戦）を控えた秀家に、正室の豪姫はそう声をかけている。むろん木下氏の創作だが、史実上の彼女も、大和の長谷寺にねんごろな願文を納めていて、繰り返し秀家の武運とその無事を祈っていた。ほかの残存史料も洗ったうえで、個人的な印象を述べれば、秀家・豪姫の夫婦仲の良さは認めざるをえない。

平成二十四年（二〇一二）にオール讀物新人賞を受賞した木下氏のデビュー作『宇喜多の捨て嫁』（のち文春文庫）が大きな評判をとったことは記憶に新しい。「難き道をいく」という直家の口癖や、秀家と豪姫とを結ぶ貝合わせ（の貝）など、『宇喜多の捨て嫁』との併読によって生まれる味わいも本書にはちりばめられている。秀家をめぐることどもを、さらに書き綴ってみたい。重ねて個人的な読後感をいえば、そういう執筆意欲をくすぐられた。読者それぞれの期待にも、必ずや何事かをもって応える一冊であろう。木下氏の視角から描き出された時代の息吹や、宇喜多秀家の可能性を堪能いただきたい。

（史家／織豊期政治史）

【参考文献】

『「大老」　宇喜多秀家とその家臣団』　大西泰正／岩田書院
『豊臣期の宇喜多氏と宇喜多秀家』　大西泰正／岩田書院
『宇喜多秀家と明石掃部』　大西泰正／岩田書院
『備前宇喜多氏』　大西泰正（編）／岩田書院
『豊臣秀次』　藤田恒春／吉川弘文館
『文禄・慶長の役』　中野等／吉川弘文館
『新釈　備前軍記』　柴田一／山陽新聞社
『新釈　備中兵乱記』　加原耕作／山陽新聞社
『都史紀要十二　江戸時代の八丈島』　東京都公文書館／東京都
『八丈島流人銘々伝』　葛西重雄・吉田貫三／第一書房
『関ヶ原前夜』　光成準治／ＮＨＫ出版
『史伝　明石掃部』　小川博毅／橙書房
『宇喜多直家・秀家』　渡邊大門／ミネルヴァ書房
『戦国史の俗説を覆す』　渡邊大門（編）／柏書房

『敗者から見た関ヶ原合戦』　三池純正／洋泉社
『関ヶ原島津退き口』　桐野作人／学研パブリッシング
『関ヶ原合戦の真実』　白峰旬／宮帯出版社
『津和野ものがたり4　坂崎出羽守』　沖本常吉／津和野歴史シリーズ刊行会
『一次史料にみる関ヶ原の戦い』　高橋陽介／私家版
『おふり様と豪姫』　大桑斉／真宗大谷派善福寺
『宇喜多秀家と矢野家』　小川治（編）／揖斐川町
『織豊期主要人物居所集成』　藤井讓治（編）／思文閣出版
「家伝――金（脇田）如鉄自伝――」　笠井純一／金沢大学教養部論集 人文科学篇
『新訂　寛政重修諸家譜』　高柳光寿・岡山泰四・斎木一馬（編）／続群書類従完成会
『美作垪和郷戦乱記』　小川博毅／吉備人出版
※所領を扶持米などで俸給化することを物語では便宜上、宛行と表現しています。
※関ヶ原布陣が通説と異なるのは、薩藩旧記雑録などの関ヶ原合戦の生存者ののこした史料を基にしているためです。

【初出】
「別冊文藝春秋」二〇一六年九月号〜二〇一七年五月号
【単行本】
二〇一八年四月　文藝春秋刊
DTP制作　エヴリ・シンク

文春文庫

宇《う》喜《き》多《た》の楽《らく》土《ど》

定価はカバーに
表示してあります

2021年1月10日　第1刷

著　者　木《きの》下《した》昌《まさ》輝《き》
発行者　花田朋子
発行所　株式会社 文藝春秋

東京都千代田区紀尾井町 3-23　〒102-8008
TEL 03・3265・1211㈹
文藝春秋ホームページ　http://www.bunshun.co.jp

落丁、乱丁本は、お手数ですが小社製作部宛お送り下さい。送料小社負担でお取替致します。

印刷製本・凸版印刷

Printed in Japan
ISBN978-4-16-791624-4

（　）内は解説者。品切の節はご容赦下さい。

門井慶喜
ゆけ、おりょう
「世話のやける弟」のような男・坂本龍馬と結婚したおりょうは、酒を浴びるほど飲み、勝海舟と舌戦し、夫と共に軍艦に乗り長崎へ馬関へ！　自立した魂が輝く傑作長編。（小日向えり）
か-48-7

梶　よう子
一朝の夢
朝顔栽培だけが生きがいで、荒っぽいことには無縁の同心・中根興三郎は、ある武家と知り合ったことから思いもよらぬ形で幕末の政情に巻き込まれる。松本清張賞受賞。（細谷正充）
か-54-1

木内　昇《のぼり》
茗荷谷の猫
茗荷谷の家で絵を描きあぐねる主婦。染井吉野を造った植木職人。画期的な黒焼を生み出さんとする若者。幕末から昭和にかけ各々の生を燃焼させた人々の痕跡を掬う名篇9作。（春日武彦）
き-33-1

木下昌輝
宇喜多の捨て嫁
戦国時代末期の備前国で宇喜多直家は、権謀術策を縦横無尽に駆使し、下克上の名をほしいままに成り上がっていった。腐臭漂う、希に見る傑作ピカレスク歴史小説遂に見参！
き-44-1

木下昌輝
人魚ノ肉
八百比丘尼伝説が新撰組に降臨！　人魚の肉を食べた者は不老不死になるというが……舞台は幕末京都、坂本竜馬、沖田総司、斎藤一らを襲う不吉な最期。奇想の新撰組異聞。（島内景二）
き-44-2

木下昌輝・髙橋直樹・佐藤巖太郎・簑輪　諒
天野純希・村木　嵐・岩井三四二
戦国　番狂わせ七番勝負
戦国時代に起きた、島津義弘、織田信長、真田昌幸などの七つのストーリーを歴史小説界気鋭の作家たちが描く、想定外にして予測不能なスピード感溢れる傑作短編集。（内藤麻里子）
き-44-51

小前　亮
月に捧ぐは清き酒
鴻池《こうのいけ》流《りゅう》事始《ことはじめ》
尼子一族を支えた猛将の息子は、仕官の誘いを断って商人の道を歩む。日本を代表する鴻池財閥の始祖が清酒の醸造に成功するまでの波乱の生涯を清々しく描く。（島内景二）
こ-44-2

堺屋太一
豊臣秀長
ある補佐役の生涯（上下）
豊臣秀吉の弟秀長は常に脇役に徹したまれにみる有能な補佐役であった。激動の戦国時代にあって天下人にのし上がる秀吉を支えた男の生涯を描いた異色の歴史長篇。（小林陽太郎）
さ-1-14

早乙女　貢
明智光秀
明智光秀は死なず！　山崎の合戦で生き延びた光秀は姿を僧侶に変え、いつしか徳川家康の側近として暗躍し、二人三脚で豊臣家を滅ぼし、幕府を開くのであった！（縄田一男）
さ-5-25

佐藤雅美
関所破り定次郎目籠のお練り
八州廻り桑山十兵衛
河童の六と、博奕打ちの定次郎。相州と上州。二人の関所破りを追いかけて十兵衛は東奔西走するが、二つの殺しは意外な展開に……。十兵衛は首尾よく彼らを捕えられるか？
さ-28-24

佐藤雅美
怪盗　桐山の藤兵衛の正体
八州廻り桑山十兵衛
消息を絶っていた盗賊「桐山の藤兵衛一味」。再び動き始めたのはなぜか。時代に翻弄される人々への、十兵衛の深い眼差しが胸を打つ。人気シリーズ最新作にして、最後の作品。
さ-28-26

佐藤雅美
頼みある仲の酒宴かな
縮尻鏡三郎
日本橋の白木屋の土地は自分のものだと老婆が鏡三郎に訴え出た。とはいえ、証拠の書類は焼失したという。老婆の背後には腕利きの浪人もいる。事の真相は？　人気シリーズ第八弾！
さ-28-23

佐藤雅美
美女二万両強奪のからくり
縮尻鏡三郎
町会所から二万両が消えた！　前代未聞の事件は幕閣の醜聞に発展する。殺される証人、予測不能な展開。果たして鏡三郎たちは狡猾な事件の黒幕に迫れるか。縮尻鏡三郎シリーズ最新作。
さ-28-25

佐藤雅美
大君の通貨
幕末「円ドル」戦争
幕末、鎖国から開国へ変換した日本は否応なしに世界経済の渦に巻込まれていった。最初の為替レートはいかに設定されたのか。幕府崩壊の要因を経済的側面から描き新田次郎賞を受賞。
さ-28-7

（　）内は解説者。品切の節はご容赦下さい。

酒見賢一
泣き虫弱虫諸葛孔明　第壱部
口喧嘩無敗を誇り、自分をいじめた相手には火計(放火)で恨みを晴らす、なんともイヤな子供だった諸葛孔明。新解釈にあふれ、無類に面白い酒見版「三国志」、待望の文庫化。（細谷正充）
さ-34-3

酒見賢一
泣き虫弱虫諸葛孔明　第弐部
酒見版「三国志」第2弾！　正史・演義を踏まえながら、スラップスティックなギャグをふんだんに織り込んだ異色作。第弐部は孔明出廬《しゅつろ》から長坂坡《ちょうはんは》の戦いまでが描かれます。（東　えりか）
さ-34-4

酒見賢一
泣き虫弱虫諸葛孔明　第参部
魏の曹操との「赤壁の戦い」を前に、呉と同盟を組まんとする劉備たち。だが、呉の指揮官周瑜は、孔明の宇宙的な変態的言動に殺意を抱いた。手に汗握る第参部！（市川淳一）
さ-34-6

酒見賢一
泣き虫弱虫諸葛孔明　第四部
赤壁の戦い後、劉備は湖南四郡に進出。だが、関羽、張飛が落命し、あの曹操が逝去。劉備本人も病床に。大立者が次々世を去る激動の巻。孔明、圧巻の「泣き」をご堪能あれ。（杜康　潤）
さ-34-7

酒見賢一
墨攻
古代中国、「墨守」という言葉を生んだ謎の集団・墨子教団。たった一人で大軍勢から小さな城を守った男を、静謐な筆致で描いた鬼才の初期傑作。（小谷真理）
さ-34-5

桜庭一樹
伏《ふせ》
贋作・里見八犬伝
娘で猟師の浜路は江戸に跋扈する人と犬の子孫「伏」を狩りに兄の元へやってきた。里見の家に端を発した長きに亘る因果の輪が今開く。（大河内一楼）
さ-50-6

佐藤賢一
ラ・ミッション
軍事顧問ブリュネ
幕府の軍事顧問だった仏軍人ブリュネは、日本人の士道に感じ入り、母国の方針に逆らって土方歳三らとともに戊辰戦争に身を投じる。「ラストサムライ」を描く感動大作。（本郷和人）
さ-51-3

佐伯泰英
神隠し
新・酔いどれ小籐次（一）

背は低く額は禿げ上がり、もくず蟹のような顔の老侍で、無類の大酒飲み。だがひとたび剣を抜けば来島水軍流の達人である赤目小籐次が、次々と難敵を打ち破る痛快シリーズ第一弾！

さ-63-1

佐伯泰英
願かけ
新・酔いどれ小籐次（二）

一体なんのご利益があるのか、研ぎ仕事中の小籐次に賽銭を投げて拝む人が続出する。どうやら裏で糸を引く者がいるようだが、その正体、そして狙いは何なのか――。シリーズ第二弾！

さ-63-2

佐伯泰英
桜吹雪《はなふぶき》
新・酔いどれ小籐次（三）

夫婦の披露目をし、新しい暮らしを始めた小籐次。呆けが進んだ長屋の元差配のために、一家揃って身延山久遠寺への代参の旅に出るが、何者かが一行を待ち受けていた。シリーズ第三弾！

さ-63-3

佐伯泰英
姉と弟
新・酔いどれ小籐次（四）

小籐次に斃された実の父の墓石づくりをする駿太郎と、父のもとで錺職人修業を始めたお夕。姉弟のような二人を見守る小籐次に、戦いを挑もうとする厄介な人物が―。シリーズ第四弾。

さ-63-4

佐伯泰英
柳に風
新・酔いどれ小籐次（五）

小籐次は、新兵衛長屋界隈で自分を尋ねまわる怪しい輩がいると知り、読売屋の空蔵に調べを頼む。これはネタになるかと張り切る空蔵だが、その身に危機が迫る。シリーズ第五弾！

さ-63-5

佐伯泰英
らくだ
新・酔いどれ小籐次（六）

江戸っ子に大人気のらくだの見世物。小籐次一家も見物したが、そのらくだが盗まれたうえに身代金を要求された！　なぜか小籐次が行方探しに奔走することに……。シリーズ第六弾！

さ-63-6

佐伯泰英
大晦り《おおつごもり》
新・酔いどれ小籐次（七）

火事騒ぎが起こり、料理茶屋の娘が行方知れずになる。同時に焼け跡から御庭番の死体が見つかっていた。娘は事件を目撃して攫われたのか？　小籐次は救出に乗り出す。シリーズ第七弾！

さ-63-7

佐伯泰英
状箱騒動
酔いどれ小籐次（十九）決定版
水戸へ向かった小籐次は、葵の御紋が入った藩主の状箱が奪われるという事件に遭遇する。葵の御紋は権威の証。誰が何のためにやったのか？　書き下ろし終章を収録、決定版堂々完結！
さ-63-69

佐伯泰英
奈緒と磐音
居眠り磐音
〝居眠り磐音〟が帰ってきた！　全五十一巻で完結した平成最大の人気シリーズが復活。夫婦約束した磐音と奈緒の幼き日々から悲劇の直前までを描き、万感胸に迫るファン必読の一冊。
さ-63-70

佐伯泰英
武士の賦
新・居眠り磐音
〝でぶ軍鶏〟こと重富利次郎、朋輩の松平辰平、そして雑賀衆女忍びだった霧子。佐々木道場の門弟で、磐音の弟妹ともいうべき若者たちの青春の日々を描くすがすがしい連作集。
さ-63-71

佐伯泰英
初午祝言
新・居眠り磐音
品川柳次郎とお有の祝言を描く表題作や、南町奉行所与力の笹塚孫一が十七歳のとき謀略で父を失った経緯を描く「不思議井戸」など、磐音をめぐる人々それぞれの運命の一日。
さ-63-72

佐伯泰英
陽炎ノ辻
居眠り磐音（一）決定版
豊後関前藩の若き武士三人が、帰着したその日に、互いを斬る窮地に陥る。友を討った哀しみを胸に江戸での浪人暮らしを始めた坂崎磐音は、ある巨大な陰謀に巻き込まれ……。
さ-63-101

佐伯泰英
寒雷ノ坂
居眠り磐音（二）決定版
江戸・深川六間堀の長屋。浪々の身の磐音は糊口をしのぐべく、鰻割きと用心棒稼業に励む最中、関前藩勘定方の上野伊織と再会する。藩を揺るがす疑惑を聞いた磐音に不穏な影が迫る。
さ-63-102

佐伯泰英
花芒ノ海
居眠り磐音（三）決定版
深川の夏祭りをめぐる諍いに巻き込まれる磐音。国許の豊後関前藩では、磐音と幼馴染みたちを襲った悲劇の背後にうごめく陰謀がだんだんと明らかになる。父までもが窮地に陥り……。
さ-63-103

（　）内は解説者。品切の節はご容赦下さい。

澤田瞳子
若冲
緻密な構図と大胆な題材、新たな手法で京画壇を席巻した若冲。彼を恨み、自らも絵師となりその贋作を描き続ける亡き妻の弟との相克を軸に天才絵師の苦悩の生涯を描く。（上田秀人）
さ-70-1

坂岡　真
火盗改しノ字組（一）
真《ま》っ向勝《こうしょう》負《ぶ》
その屍骸は口から鯖の尾鰭が飛び出ていた——。火付盗賊改方の「しノ字組」同心・伊刈運四郎は、供頭・杉腰小平太ら曲者の仲間達と犯人を逐う！　若き新参侍を描くシリーズ第一弾。
さ-71-1

坂岡　真
火盗改しノ字組（二）
武士《もののふ》の誇り
伊刈運四郎ら「しノ字組」は、白兎の面を被る凶賊「因幡小僧」捕縛に失敗。別の辻斬り事件の探索で運四郎は白兎に襲われる。神出鬼没の白兎の正体は？　書き下ろしシリーズ第二弾。
さ-71-2

坂岡　真
火盗改しノ字組（三）
生か死か
「しノ字組」は極悪非道の凶賊「葵蜥蜴」を追うが尻尾すら掴めない。運四郎は一味の疑いがある口入屋に潜入するが、正体がばれ絶体絶命の危機に！　風雲急を告げるシリーズ第三弾。
さ-71-3

坂岡　真
火盗改しノ字組（四）
不倶戴天の敵
伊刈運四郎は、凄惨な押し込みを働く「六道の左銀次」を追う最中、女郎や大奥女中の不可解な失踪を知る。これも左銀次の仕業か？　「しノ字組」に最悪の危機が迫るシリーズ第四巻。
さ-71-4

佐藤巖太郎
会津執権の栄誉
長く会津を統治した芦名家で嫡流の男系が途絶え、常陸の佐竹家より婿養子を迎えた。北からは伊達政宗が迫り、軋轢が生じた芦名家中の行方は家臣筆頭・金上盛備の双肩に。（田口幹人）
さ-74-1

司馬遼太郎
竜馬がゆく
（全八冊）
土佐の郷士の次男坊に生まれながら、ついには維新回天の立役者となった坂本竜馬の奇跡の生涯を、激動期に生きた多数の青春群像とともに大きなスケールで描く永遠の傑作青春小説。
し-1-67

司馬遼太郎
坂の上の雲
（全八冊）
松山出身の歌人正岡子規と軍人の秋山好古・真之兄弟の三人を中心に、維新を経て懸命に近代国家を目指し、日露戦争の勝利に至る勃興期の明治をあざやかに描く大河小説。（島田謹二）
し-1-76

司馬遼太郎
翔ぶが如く
（全十冊）
明治新政府にはその発足時からさまざまな危機が内在外在していた。征韓論から西南戦争に至るまでの日本の近代をダイナミックかつ劇的にとらえた大長篇小説。（平川祐弘・関川夏央）
し-1-94

白石一郎
横浜異人街事件帖
「人生意気に感じるのもよいが、ほどほどにしておけ」――義侠心にあつく、悪には情容赦ない岡っ引の衣笠卯之助。維新前夜の横浜を舞台にくり広げられる痛快熱血事件帖。（細谷正充）
し-5-23

白石一郎
海狼伝
日本の海賊の姿を詳細にかつ生き生きと描写し、海に生きる男たちの夢とロマンを描いた海洋冒険時代小説の最高傑作。第97回直木賞受賞作。（北上次郎）
し-5-29

篠　綾子
白露の恋
更紗屋おりん雛形帖
想い人・蓮次が吉原に通いつめ、生まれて初めて恋の苦しさと嫉妬に翻弄されるおりん。一方、熙姫は亡き恋人とおりんのために将軍綱吉の大奥入りへと心を動かされ……。（細谷正充）
し-56-5

篠　綾子
紫草《むらさき》の縁《ゆかり》
更紗屋おりん雛形帖
弟の仇討のため江戸を出た蓮次と別れたおりんは、悲しみから、針を持てず縫物ができなくなってしまう。大奥入りした熙姫の依頼で、将軍綱吉主催の大奥衣裳対決に臨むが……。（菊池　仁）
し-56-6

杉本章子
起き姫
口入れ屋のおんな
江戸のおんなを描いて「不世出の名人」と評された杉本章子、最後の傑作。お嬢さま育ちのおこうが妾斡旋もする口入れ屋の女あるじへ――。人生の機微を描いて泣かせます。（諸田玲子）
す-6-17